U0831227

一场说走心就走心的恋爱

YI CHANG
SHUO ZOU XIN
JIU ZOU XIN DE
LIAN AI

十三 作品

中国华侨出版社

目录

Contents

第一章

白小七具备失恋者的一切症状：失眠、暴食与毫无食欲交替出现，眼泪像更年期盗汗，毫无预兆就涌出来。在质量欠佳、数量也很有限的睡眠里，她最常做的梦是薛立平拉着她沿着陡峭的岩壁一路狂奔，突然，他松开了手……白小七忽地从踩空的失重中惊醒过来，一头一脸分不清是汗是泪。

两人最后一次一起吃饭，又谈到结婚的计划，薛立平再次一言不发，仰在沙发靠背上，抱紧双臂。这一次，白小七倒有点释然了，既然已经等了四年，又何必在乎这最后几分钟。

与往常的每一次一样，她没有等来任何答案，于是叫服务员埋单打包，穿好外套，拿起包，把自己打理得整整齐齐，一回身，走了。

薛立平一双细眼睛睁得老大，像孽子习惯了母亲的娇惯，不相信她有一天也会忍无可忍，一巴掌把他逐出家门。

白小七推开火锅店沉重的大门，走进这一晚的漫天大雪中。

车窗外的雪片比白小七打包的羊肉片还大，扑啦啦撞在挡风玻璃上，悲壮得像是要杀身成仁。车流前进得很慢，雪花把车大灯的光截得一跳一跳的。白小七的眼泪流下来，被燥热的暖风吹干，又流下来，又吹干。

白小七家在城郊有一处闲宅，因为采光不好，天儿一冷更少过去住了。白小七径自开车去了那儿。走进厨房，烧一锅水，把打包的刀削面、羊肉、虾滑和蔬菜陆续倒进去。面汤的蒸汽把脸和手都熏得滑腻腻的，指尖恨不能滴下水来。窗外砰一声炸响，是贪玩的小孩在偷放爆竹。

白小七伸手抹一下雾蒙蒙的窗玻璃，对面楼不少人家已经挂上了灯笼，映得她一张脸红彤彤的。

要不是赵佳薇打电话来约吃饭，白小七绝不会出关。

佳薇的高跟鞋嗒嗒踏过大理石地砖，一路吸睛无数，活脱脱把白小七衬成了不修边幅的师奶。

“差不多行了白编辑，不就是失个恋嘛，至于头不梳脸不洗报复社会吗？”

白小七也觉着自己太寒碜，抻抻毛衣下摆，拢拢头发。

佳薇又问：“看你这捂得快发芽的样儿，给自己放失恋假了吧？”

白小七白了佳薇一眼，说主编出差了，杂志社全员进入春节前的冬眠模式。白小七在时尚杂志当编辑，负责情感类版面。

“你们爽啊，隔三岔五还能歇歇，哪像我们没个消停时候。”

当年新闻系分配寝室多出赵佳薇这个单数，安排在白小七所在的中文系寝室。佳薇容貌出众，眼睛长在天灵盖上，从没把几个室友放在眼里。

一次大考之前，大家都忙着去自习，只有白小七看佳薇还躺在床上，觉察出不对，问她怎么了。

“我没事。”佳薇烧得满脸通红也没半句软话。

白小七不理她那一套，从自己床上抱了被子给她盖上，掖好被角，又拿来一片药和一大饭盒热水。佳薇说吃了药会困，明天考英语，她还没复习完。白小七说，巧了，中文系也考英语，她们可以一起复习，保证不犯困。好说歹说，佳薇总算把药吃了。

一层楼的人都去自习了，寝室里很安静，两人一问一答，效率挺高。快到午饭时间，白小七去食堂打了一碗白粥，粥里卧着荷包蛋。看着佳薇吃完，白小七又拿了饭盒去洗。佳薇在身后叫她：“白小七……”

“啊？”

“你……下午还能陪我吗？”

“当然啦。在寝室复习多好啊，又宽敞又安静。”

第二天佳薇才知道，中文系考的其实是文学史，可白小七愣是陪她复习了一天英语。她自此跟白小七形影不离。毕业前，听说白小七已经签了家乡城市的杂志社，佳薇直接把简历投到了同一城市的晚报。“有白小七的地方怎么能没有赵佳薇呢！”

在晚报文化版做记者的佳薇比白小七嗅觉灵敏：“市公园每星期六都有相亲大会，特别火，我想做个专题。怎么样，周末一起去看看？”

对于还在失恋中的白小七，“相亲”两个字无疑格外刺耳，但佳薇不给她机会伤春悲秋：“下午会展中心有个艺术展，我约了采访，先走了……星期六下午市公园，你开车过来接我！”

没等白小七回答，佳薇已经一路踢踢踏踏走了。

星期六下午，白小七接了佳薇去市公园，问起那天的艺术展怎么样，佳薇笑而不答。

“赵佳薇，你有情况吧？”

“被你猜着了。”

白小七乐得不绕弯子：“说吧。”

“你知道刘培林吗？”

“当然。画家从商，现在都叫刘总了。在城郊有个loft，画室兼文化公司，结婚三次，离婚三次。跟第二个妻子有个四岁的女儿，由他抚养。钻石王老五，资深浪荡子。女友无数，个个美女……”

“你知道得这么详细，省得我介绍了——就是他。”

“不会吧？！”白小七临到路口才看到红灯，猛一脚刹车，幸亏两个人都系了安全带，不然非在前挡风玻璃上撞破了相不可。

“你这司机什么技术啊，回头就把你炒了！”

“别岔开话题，到底怎么回事？”

“那天采访之后他说时间晚了，开车送我回家，一路上聊得特别投机，又一起吃了晚饭。他已经决定为我画张画了……”

绿灯亮，白小七狠踩一脚油门冲过去。

不看不知道，原来相亲大会并非大男大女们的盛会——人头攒动不假，可都是帮儿女找对象的大爷大妈。人手一厚沓色彩鲜艳的资料，虔诚地挂在树枝间的红绳上。白小七和赵佳薇这样的女孩儿一出现，家有大男的大爷大妈立马扑上来问长问短，直把儿子的资料往俩人手里塞。

终于挤到一个僻静处坐下。白小七接过刚才的话头，劝佳薇再考虑考虑：“你不是说再也不碰搞艺术的了吗？上次跟那个画油画的掰了，你说搞艺术的脑子都被艺术搞了。还有那个自称玩摇滚的，还动手打人……”

“行啦，我知道我的前男友都入不了你的眼。那你解释一下，就薛立平那个活不起的，你为什么跟了他四年……他欠你的钱还了吗？”

“没有。”

薛立平的律师事务所本来应该足够小康，但他这人太凉薄冷傲，又懒懒散散不懂经营。几个合伙人陆续撤资，只剩一个文员叫李美玲的，跟白小七同岁，大概没有更好的去处，前台、会计、秘书、保洁都兼任了。四年来，白小七始终没断了帮薛立平堵窟窿，李美玲的工资几乎都是白小七发的。年底房东要涨房租，薛立平交不起，只好换地儿重起炉灶。薛立平没辙，在白小七这儿拿了两万块钱。

“你能别提薛立平了吗？”

“分手了还不让说！你永远这么惯着男人……”

“行啦！都没关系的人了，提他干吗呀！”

“没关系？我不相信。白小七，你要是真能把薛立平那个渣男忘了，你就……”佳薇指着不远处的相亲大会服务台，“你就去那边，我给你交十块钱，让他们在资料库里找个符合你条件的男的，今晚就见面！”

“去就去！谁怕谁啊！”白小七脸涨得通红，站起来就走。

佳薇掏出十块钱往桌上一拍，把白小七的基本情况和择偶要求一一报上。西装笔挺、一脸青春痘的工作人员立马冲着电脑噼里啪啦一顿敲：

“白小姐，您的条件很好，所以择偶条件相对也要高一些。经过精心筛选，符合您要求的男士有五位，我这就把他们的资料给您打印出来。”

白小七当即被相亲大会的雷厉风行震惊，正想闪人，却听见佳薇在身后嚷嚷：“什么呀，才五个？你们的资源也太少了吧！”

资料打印出来，佳薇一把抢了去，把她认为不靠谱的直接踢出绣球射程。没等白小七看见五位备选真命天子的真容，佳薇已经把唯一一张入得了她法眼的资料拍在桌上。“就这个了——36岁，未婚，做生意的，身高一八零，有房，独居，养一只金毛，业余爱好是玩越野车！”

“好好好，我马上为您联系这位……陈朗先生。”

白小七突然有点紧张——要是对方听了自己的条件觉得不成，给一口回绝了，人可就丢大发了。

“白小姐，我已经把您的联系方式告知陈朗先生了，他稍后会联系您，祝你们相处愉快！”

白小七还在愣神，佳薇一把拽她起来：“靠谱！成了得给我红包啊，我可是大媒人！”

上了车，白小七还懵懵懂懂的，佳薇挺直脊背靠在座椅背上：“司机，你的大媒人我要逛街去，开车。”

商场里，佳薇拿着一堆衣服进了试衣间，白小七在外面等。

电话响，是陌生号码。白小七接起来：“您好。”

“您好，是白小姐吗？我是陈朗。”

“谁是陈朗？哦哦哦……您好，我是白白白白小七……”白小七恨不能把佳薇从试衣间里拎过来揍一顿。

“白小姐，您今晚有时间一起吃饭吗？不好意思，刚才一直在跟客户谈事，所以现在才约您——当然，如果您晚上有事也没关系，别勉强……”

白小七本来想找个借口推托，可这个陈朗的声音听起来太过真诚，她只好硬着头皮答应下来。收了线，她把相亲大会给的资料拿出来看。

照片只有一张：深灰色立领衬衫，黑色工装夹克，牛仔裤，寸头，看得出来是个高个子。不笑，双手松垮垮叉着腰。整个人的气场是强势的，但因为眼角下垂的缘故，又显得蛮温柔。照片的背景是一辆硕大的吉普车，更远处似乎是沙丘。

佳薇试完衣服，悄悄走到白小七身后："思春啦？"

"都是你闯的祸！人家给我打电话约吃晚饭，现在怎么办？"

"好事啊！那你答应了吗？"

"废话，要不怎么办？"她把车钥匙递给佳薇，"你把车开回去吧，陈朗说他开车过来。"

商场门口，白小七对着一辆拔地而起的大吉普车，迅速调动肾上腺素，先把包扔上车座，再提一口气，手脚并用，总算是奋力爬了上去。

还在庆幸自己成功着陆没有丢脸，陈朗已经开始了寒暄："白小姐，资料里说您是厦门大学毕业的。"

"对啊。"

"谈情说爱在厦大啊。"陈朗笑。

"都这么说：穷清华，富北大，吃喝玩乐在浙大，谈情说爱在厦大。"

"说明厦大像你这样的美女多。"

"就因为美女太多了，我这种难看的才剩到现在。"

"哈哈，白小姐好幽默啊！"

"叫我小七就好。"

陈朗说，他在厦门做过几年生意，现在厦门还有房子。他其实很喜欢厦门，回来也是不得已——父亲去世了，母亲虽然身子骨硬朗，到底年纪大了，需要人在身边照顾。

陈朗问她想吃点什么，白小七说天晚了，在附近吃一口就成。她指着路边一个小饭馆："就这儿吧。"

"太简单了吧？"

"不会。"

两人一起吃了晚饭，陈朗很健谈。论长相，虽然不算客观意义上的帅哥，但魅力独特，像某些以"毒药"做噱头的香水。

"我养了一条狗……你不怕狗吧？"陈朗问。

"对对，你养了一条金毛是吧？资料里写了。"

"对，叫Happy。"

饭后，白小七跟在陈朗的身后走出饭馆，两人的身高差使她的脸正好对着他穿咖啡色粗针毛衣的肩背——他跟薛立平差不多高，但比薛立平健硕得多，上半身是标准的倒三角。跟在这样一个背影身后，让人想把脸靠上去，说说女人的幽怨……室外的冷气呼一下扑过来，把白小七脑中的温存画面吹散了。

又爬上车，陈朗开暖风，开大灯，开座椅加热，接着一只手准备向副驾驶趋近，似乎犹豫了一下，最终还是规规矩矩放回去。

车到楼前，陈朗把车窗放下一个缝来，看了看楼号："是这栋？"

白小七已经安全落地："对。"

进了家门，白爸和白妈都在，电视里是嘈杂喜庆的乐曲："都要过年了，还加班啊？"

"没有，跟佳薇逛街来着。"

自从跟薛立平分手，白小七总觉得对父母有所亏欠。可感情这回事不仅只能自己认栽，还要殃及他人，但一时间也难有办法来找补，只能维持表面的相安无事。

早早洗漱完进了房间，佳薇已经迫不及待地打来电话盘问白小七跟陈朗初次见面的细节。

"人还成，就是破吉普车太大，爬上爬下把我累得半死。"

"哈哈，我都想好了，以后就叫他吉普！你觉得他对你印象怎么样啊？"

白小七想到车上醉翁之意不在酒的按钮们和车窗放下的那条缝，觉得有戏，还没等跟佳薇说，手机一响，是陈朗发来的微信——吃饭的时候，他主动要求加了白小七的微信。"非常想跟你交往，你就是我一直在找的那个人。"

"白小七，你太牛了！"佳薇叫出来，"啊呀，你们要是结婚了，必须给我包个大红包啊！"

佳薇话音未落，又是一条。"明天下班有时间吗？到我办公室坐坐，然后一起吃晚饭，可以吗？"

"吉普挺靠谱啊！这么快就邀请你去做老板娘了？"佳薇被成人之美的喜悦彻底击中，"唉，以后你跟大吉普双宿双栖了，我就落单啦。"

“哪能，你不是有刘总了吗？”白小七也想开了——给朋友的感情建议只能点到即止，不好横加干涉。再说赵佳薇想做的事，拦也是白拦。佳薇又提出新问题：“对了，你有吉普了，你家巨蟹君怎么办？”

巨蟹是白小七的同事，本名王早。两人前后脚进的杂志社，感情好得很，好到社里人都以为他们在谈恋爱。王早是巨蟹座，有这个星座的男生共性的贴心絮叨和贫嘴。佳薇听白小七转述王早的事多了，就给起了这个绰号。

“哈，我永远拥有巨蟹君。”

“他还等他那个前妻呢？”

“那必须等啊。”

王早没结过婚，所谓前妻是他的高中同学兼初恋女友姚蓓蓓。父亲重病，母亲下岗，姚蓓蓓高中毕业就开始打工挣钱。五年前，家里给她找了个去新加坡打工的机会，说是赚得比国内多。异地熬人，但王早从没放弃过。

睡前，吉普又发了微信过来：“在车上很想拉拉你的手，没敢。”

哈，果然——白小七想。

吉普租了居民楼的一层，有院子绕房半周。客厅里是典型的老式人家装修，木质地板，齐腰的墙围，烦琐吊顶。地板上堆满装着货物的纸箱，一列列快碰到天花板。

“不好意思，最近在搬库，把这儿当半个库房用了。”吉普解释。

“只有你自己？其他人呢？”白小七发现几间办公室都空着。

“年底了，外地员工得提早走，本地的几个员工都在外面忙着呢。”吉普把白小七领进最里边一间办公室。

进门，吉普示意白小七坐在沙发上，他则坐在茶几对面泡工夫茶。白小七刚坐定，门后一只俊俏的金毛探出头来，半是胆怯半是雀跃地偷望着她。

“Happy？”白小七试着叫它。

金毛看看吉普，似乎在征询意见。吉普使了个眼色，金毛便欢天喜地蹭到白小七脚边了。

吉普放一小杯茶在桌角。“小七，我这么着急让你过来，希望没有冒犯到你。我呢，也算走南闯北，现在人到中年，想法很简单，就是找个合适的人结婚过日子。我没什么爱好，就是玩玩车，顺便弄弄无线电——就是对讲机。”他随手拿起茶几上的一台对讲机示意白小七。

正说着，突然走进来一个黑脸膛的高个儿男人，脊背挺得笔直，器宇轩昂，颇像老电影里的英雄人物，年纪与吉普相仿。

吉普赶忙介绍：“这位是李凝大夫，在车队代号西域。这位是杂志社的白小七——白编辑。”

白小七向他点点头，算是打了招呼。西域则冲白小七一抬手，敬了个帅气不羁的礼。

吉普问西域今天怎么有时间过来了，西域说恰好路过。“放心，我取了东西就走。”他把茶几上的对讲机拿了，“OK，你们继续。”说完便迈着大步走出去了。

这个西域风一样来去，看得白小七直发愣。

“他就这样，你别介意。”吉普摇摇头，像个娇宠儿女的无奈父亲。

当天吃了晚饭，吉普送白小七回家。白小七说：“西域挺有意思的。”

“他性格就是那样，但人不坏，你别见怪。”

白小七说她没见怪，只是好奇。

“我们俩认识那会儿，他刚从县城的小医院调过来，受排挤，不得志；我刚创业，局面没打开，日子过得紧巴巴。反正都不招人待见，就总凑在一起喝酒，搭伴玩车。现在都好起来了，但这种感情不一样，怎么说呢……”

“相识于微时。”白小七说。

“什么？”

“相识于微时，就是在彼此都一文不名的时候认识的。”

“还是你有文化。”吉普抓过白小七的手。她犹豫了一下，没有拒绝。

经过一处高尚社区，吉普说：“我现在就住这个小区，A座1204。”

“你跟阿姨住？”白小七想到他说从南方回来是为了照顾妈妈。

“我自己住。我妈说舍不得老房子老邻居，不肯搬，我常去陪她。”

到白小七家，吉普问：“明天你干什么去？”

“明天晚上杂志社年会，要到城边的一个会所，喝酒又不能开车，还不知道怎么回来呢。”

“我接你。”吉普紧了紧白小七的手。

年会自然要热闹，要恶搞，要灌酒，要互相拍着大腿说这一年真是不容易。吉普来电话，说他刚从越野车队年会脱身，已经在赶来的路上。白小七借接电话出来躲酒，靠着洗手池发呆。没一会儿，王早也出来了：“想谁呢，白总？”

“想你呢。”白小七瞪了他一眼。

“唉，不要努力了，你只能得到我的身，得不到我的心——我的心是我前妻的。”

“你就不要脸吧。”

“我看你的包和衣服还在，就知道你在外头躲酒呢。”王早把外套脱下来给白小七披上，“也好意思叫高档会所，走廊没钱买暖气片了是怎么着？”

白小七伸手拢拢衣服：“有一天你要是真被你前妻收了，我会想你的。”

“什么叫‘要是’？必须是！”王早一双小眼睛瞪得溜圆。

“对对，我错了，必须是。”

王早这才心满意足：“哎，我说，你那个大吉岭啊……”

“吉普。”

“Sorry，大吉普，到底怎么样啊？”

“时间太短，有待考察。”

正说着，大堂的门开了。“哎哟，白老师、王老师，在这儿处对象呢？要处回家处啊，快来喝酒！”几个喝得红头涨脸的人钻出半个身子，冲白小七和王早嚷嚷。

“来啦来啦！”王早站直身子，做了两下扩胸运动，“你等女眷不宜抛头露面，待哥哥我再去跟他们大战三百回合！”

白小七把披在身上的外套递给王早，他摇摇头，转身朝大堂走过去了。走廊里又剩下白小七一个人盯着大理石地砖的纹路发呆。

虽然跟吉普只见过几面，但因为他的出现，白小七对薛立平的怨和念已经没那么强烈了，至少有日子没做一脚踩空的噩梦了。不过话说回来，薛立平当然不及吉普温柔体贴，可与薛立平初见的心动，也再难复制了吧。

四年前，城市文化研究会组织沙龙，白小七来晚了，刚蹑手蹑脚坐在角落里，身边人问她："你就是白小七？"

她这才注意到他。白色正装衬衫潜着极淡的蓝色竖纹，西裤，黑皮鞋，短发，眼镜，瘦瘦高高，手长脚长，嘴角挂着不恭。"文章写得那么老辣，真人这么年轻，想不通。"他大摇其头，样子可笑，"你介意我抽支烟吗？"

"你介意发我一支吗？"白小七说。

他扑哧乐了："你这丫头有点儿意思。"他给白小七点了烟，又很正式地伸出手来，"我叫薛立平，是个落魄的律师。"

白小七吐了一口烟，并没有跟他握手的意思："薛律师，您是来相亲的吗？您贵庚啊？"

"哈哈……本公子年方37，至今未婚。敢问姑娘芳龄几何？"

"免芳25。"

25岁的白小七看似浑不吝，其实心里早噼里啪啦跳成鸡兔同笼，只能用抽烟来掩饰不规则的呼吸。

白小七还在回想，电话响了。她看着手机上的名字，不接也不按掉，像是把此刻的命运全权委托给了老天爷。

到底接起来。

"小七，是我。"

白小七的心生发出根须和藤蔓，童话里的魔豆茎一样飞速生长，冲破皮肉，带着血腥味向大地深处扎根。

"小七，你在哪儿呢？"

"跟你有关系吗？"

"我刚喝完酒。"

"跟我有关系吗？"

"小七，你别这样。"

分手一个多月，这是她跟薛立平之间的第一个电话。眼泪在白小七的眼眶里热乎乎地滚了几滚，终于掉下来。

正想挂断，薛立平说："小七，我……我要结婚了。"

藤蔓化作巨蟒，缠裹住白小七的整个身体，在喉咙处发力。

也许是走廊里太冷，眼泪刚到脸颊就冻住，冷硬得不肯落下来。此刻的白小七自觉是北方城市街边的旧冰雕，渐暖的天气里融得面目全非，被环卫工人看不过眼，举起铁锹几下敲碎了，一地耻辱地散碎。她转过身，一只手紧紧箍住洗手池的边缘，嘴唇不住打战。

一个人在身后扶住她："怎么了？"是王早。

手机掉在地上。王早把手机捡起来。薛立平还在说话："小七，我可以解释……我也不想跟她结婚的……"王早用力扶住小七，挂断了电话。

这天晚上，王早活像婚礼上的新娘父亲，把白小七一路搀到吉普面前："陈朗是吧？幸亏你来了，要不真不知道拿她怎么弄！不禁劝，不喝正好，一喝就多。"

一路无话。白小七默默感激吉普的不问，心里待他又近了一分。至于薛立平的闪婚，无论娶了谁，都该是早就开始了吧。她真希望自己不知道这个消息，分手的人应该保持一种素净。

红灯处，吉普不知道从哪儿掏出一把塑料扇子，一下下给白小七扇风："外面太冷了，必须用暖风吹前挡风，不然就上霜。你热吗？"

她把扇子柄按住，扭头看向车窗外："不热。现在几点了？"

"10点了。"

"你们车友年会结束了？"

"应该没有，哪年不得闹到后半夜啊？我是因为要接你提前溜出来的。"

"我想去，合适吗？"白小七不想让父母看到她一双哭肿的眼睛，也不想独处。她必须给自己找点事做。

"有什么不合适？"

吉普在空寂的环城路上打舵，朝新目的地开过去了。

两人赶到的时候，车友年会已经喝到下半场，清醒的人几乎没有，所以他们进来也没人招呼。一屋子人多是正值壮年的爷们儿，不省人事的，抢麦K歌的，互诉衷肠的，对着墙角运气的，给歌曲伴舞的，席地而睡的，抱着马桶吐得昏天黑地的……零零星星也有三四个女人，互不交谈，各自守在自己的男人身边，金刚怒目的有，低眉顺眼的也有。

吉普有点不好意思，好像家里的脏乱不雅唐突了客人，牵着白小七坐在包房墙角的沙发上："他们平时不这样。"

一个高大的黑影从人群里走出来，冲她打招呼："嗨，白编辑是吧？"

西域攥着两瓶啤酒，一屁股坐在吉普身边的沙发扶手上，递过一瓶来。吉普摇摇头，白小七却向前一耸身，把酒接了过来。吉普的手从白小七背后绕过去，拍拍她的头："少喝点儿。"

吉普当着西域这样与她亲昵，让白小七有点窘。他的手就势搭在白小七肩上，皮沙发向后陷，白小七必须努力挺着脊背才能让自己不滑到吉普怀里去。吉普的手臂被白小七执拗的坐姿抻得绷直，但他并没有拿走的意思。

"坤儿呢？"吉普问西域。

西域仰起脸来喝了一大口："走了。"

"又吵架了？"

吉普电话响。"不好意思，我接个电话。"说着，站起来出去了。

嘈杂的人声里，西域和白小七隔着一人的距离，一高一低坐着，没话讲。白小七想，坤儿大概是西域的女朋友，可她也不真的对此感兴趣——她自己的事还不是一锅粥？

西域先开腔："我会看相，给你看看？"

白小七近乎挑衅地把脸摆正了冲着西域，他也真的仔仔细细端详起来："你这个人嘴硬心软。陈朗也这样。"还以为能说出什么新鲜东西来，原来不过老一套。白小七把脸别过来，任由身体陷进沙发里去了。"两个太像的人不适合在一起。"他又补充。

白小七本来有点焦灼，心想：吉普怎么还没打完电话？这么晚谁还找他？转念一想，她本来也是来消磨时间的，跟谁磨不是磨，何况这包房里能说出整话的人也没几个了。既来之，则安之，她问西域："大师还看出什么来了？反正已经泄露天机了，都说了吧。"

西域大概难得遇到对手，啤酒瓶随着手势上上下下，煞有介事："你太聪明。笨人犯的错都是小错，聪明人百密一疏，要犯就犯大错……最后啊，只剩下后悔。”仰头又是一口，啤酒见底了。

这话其实足够挑衅，可在此刻白小七的心里，跟吉普的将来尚未在日程上，倒不觉得有多逆耳。只是一想到薛立平的婚讯，心便刺啦啦被扯开一道口子。“有句话怎么说来着——‘就让结婚的结婚，单身的单身吧，反正你们最后都会后悔的。’谁没后悔过？咬牙说不后悔的，只是说了也没用，所以不说。”她也把酒喝干。

“哈哈哈哈，说得好。”西域这几声笑有哑音，不勉强，只是无力。

“坤儿去哪儿了？”之前的阵都破了，终于轮到她挑衅他。

“海南。”

“去旅游吗？”

“不，她本来就在海南。”

“你们这么远？那不是常常两头跑？”

“以后不用跑了——她不会回来了。”西域仰头还想喝酒，才发现瓶子已经空了。他自嘲地笑一下，笑得白小七心里凉凉的，像是例行问候对方父母的健康，却被告知父母已经不在了，需要赶紧道歉才好。她还在踌躇如何接续对话，西域已经穿过手舞足蹈的人群，走向包房对角装啤酒的纸箱。

“不早了，走吧。”吉普接完电话回来了。白小七是踢球砸碎了别人家窗玻璃的孩子，乐得赶紧逃离犯错现场。

吉普把车停在白小七家楼前，时间已接近凌晨。他没有熄火，让暖风继续吹着。一路上，白小七几次想问西域的事，但因为怕显得八卦，到底什么也没问。夜色很浓，寒意被隔绝在车外，白小七困得可以随时倒头大睡。正准备跟吉普告别，他双手捧起她的脸：“小脸红扑扑的。”

“喝酒了嘛。”

吉普的嘴唇突然凑上来，先在她额头上点了一下，继而是鼻尖、眼睑，很快滑到嘴唇，舌尖突破而入。白小七下意识向后闪身，才发现吉普的一只手臂早绕到她的颈后，另一只手紧紧箍着她的腰，她根本动弹不得。

跟薛立平在一起的后几年，因为他的潦倒，也因为要贴补他的潦倒，什么柔情蜜意、闺房之乐，早不见了。白小七本来最不食人间烟火，对钱毫无概念，对物质也没要求，可因为要帮薛立平堵窟窿，她逼着自己发了疯似的接兼职：审稿、写软文、做访谈、写剧本……如今薛立平远离了她的生活，她像一张绷满的弓垮下来，松弛得没了方向。

在这个冬夜，吉普用嘴唇，用舌尖，用一双不由分说的手臂唤醒的那个女人，在白小七的身体里左冲右突。

“哧”，他拉开她外套的拉链，手从领口伸了进去。

白小七忍不住呻吟了一声。这声呻吟使他更全力地向她压过来，手上的动作也更勤力。她突然懂得诗里所谓“我的我要爆了”，这感受切实存在。

两副嘴唇终于分开。他微微喘着气，拉好她外套的拉链。“别着凉了。”

白小七不好意思看吉普的眼睛，半低着头：“我走啦。”

“等等。”吉普打开车门，长腿一抬跳了下去。

白小七还在愣神，吉普已经走到副驾驶一边，拉开车门，双臂搂住白小七的腰：“车高，我抱你。”她抬起双臂环住吉普的脖子，他一努劲抱紧她，把她稳稳放在地上。

白小七的年假开启，吉普却忙得很。员工都休假了，里里外外都靠他一个人打点。无论做什么，他都要白小七陪在身边，去商场巡店、去库房点货、见客户、参加酒会，或者只是陪他在办公室待着，两个人像长在一起了。

这天早上，白小七难得一个人在家，又被王早一个电话叫出来：“白总，我前妻过几天回来过年！快陪我置办几身像样的行头！”

商场里，王早麻雀似的蹦来蹦去，正装嫌太正式，休闲装嫌太不正式，絮絮叨叨，坐立不安。“光着吧，简单直接。”白小七翻了个忍无可忍的白眼。

“我说你不能饱汉不知饿汉饥啊！我一向信任你的品位才让你伴驾购物，结果你冷嘲热讽高高挂起，一点力不出也就算了，还极尽讽刺打击之能事……”

“好啦！真后悔陪你出来！”白小七迈起大步，在手边的货架上一路翻拣，没一会儿就挑了一堆衣服搭在手臂上，一股脑儿塞进王早怀里，“去试吧！”

世界终于清静了。白小七从包里掏出手机，摩挲了半晌，犹豫着要不要打个电话给吉普——快中午了，他还没打电话来。

昨天，在吉普办公室，白小七在沙发上看书，他探头亲她的脸颊，手臂绕过她的背，抱她在怀里。

“小七，我发现你不爱提问。”

“你希望我问什么？”

“每个女人都会问的——你爱我吗？你打算什么时候结婚？你为什么这么大年纪还没结婚？等等。”

“你也没问我啊。”

“男人都不爱问吧？”

“是啊，该知道的自然会知道的。”

白小七嘴里这样说着，其实自己也觉得心虚。难道不是因为怕？怕得不到答案？怕答案与预设的不同？怕即使回答了也不兑现？她是被生活抽过耳光的人，知道其中多少不确定和无意义，不如让时间去给答案。她羡慕佳薇，一颗心被击得粉碎，照样分分钟满血复活——这段时间，佳薇又玩起热恋期人间蒸发，白小七也不主动联系她，反正她想出现的时候自然会出现。

吉普的手指温柔地摩挲白小七的耳廓：“真的没有什么想问的？”

“还真有一个问题。西域和坤儿是怎么回事？年会上他说坤儿平时都在海南。”白小七想，她与吉普的关系日渐紧密，早晚要与彼此的朋友有交集，了解一下也无妨。

“坤儿可不是一般人，女强人。”吉普被这个问题逗引得兴味盎然，“当时西域刚从县医院调到市里，还没站稳脚跟，日子不好过。正赶上有南方企业家来医院参观，要给医院投资扩建，院领导认为应该找个有专业知识的人接待一下，带企业家四处玩玩。大夫们都忙着上手术台，只有西域闲着，就被派去接待了。”

“他接待的就是坤儿。”

“对。苏艺坤——苏总。”吉普拍拍白小七的头，“聪明。”

西域与贵客一接头，发现传说中的苏总不过是个小女人，越发觉得自己被大材小用，脸色难看，一言不发地开车，懒得理会坤儿兴致勃勃的提问。她瞧出不对劲，问他怎么了，他推说胃疼，老毛病了。她立刻叫：“停车！”

西域吓得一个急刹车：“怎么了，苏总？”

“饿了。”她已经下车，“走啊，李大夫，吃饭去。”

坤儿在路边找了个小饭店。西域还真有点饿了，三两口吃完一碗米饭，才发现她一粒米也没动：“苏总，您怎么不吃？您不是饿了吗？”

她双手托着腮看他，分明是隔壁家的傻丫头，哪像什么女强人。“胃不好得按时吃饭，这几天我要是玩起来忘了时间，你一定提醒我。”她一边说，一边给西域盛满了一碗汤。

听吉普复述这些，白小七想，谁说情不知所起？回头想想，都有端倪。

离开的前夜，坤儿带了几罐啤酒，两人坐在湖边的木栈道上对饮。彼此心意已经很明白，但西域正在低谷中，没有心思也没有能力许诺什么，何况在他和坤儿之间有太大的落差。

他不接她的招：“苏总，回去吧，明早还要送你去机场。”

她像一个程序失去了响应，僵持了几秒，突然跳进湖里。

西域一惊，紧随其后跳下去抱住她，双脚却踏进软烂的泥里。站直身体，水刚刚没到腰。她回身抱他，左手却被西域高高举起。

“留神手表进水！”当天坤儿戴了一块名表。

她挣脱西域的手，一把搂住他的脖颈儿：“表是防水的——你就是不在乎我。”

就是这么在一起的。

“他们俩常吵架？”白小七想起年会上吉普问西域的话。

“嗯，坤儿个性强，压力大，总跟西域发脾气。西域更是又臭又硬，受不了这个，总吵。”原来西域那句“两个太像的人不适合在一起”，也是说给他自己的。

“嘘。”吉普把食指凑近嘴唇。刚才说话的时候，Happy一直在他们脚边睡觉，这会儿居然打起呼噜来了。

“Happy把你当自己人，不设防了。”吉普压低声音说。

“它是因为有你在才敢这样，主人在当然安全了。”近乎耳语的音量衬托了唇齿间的喘息。

“我才不安全呢，我最危险了。”吉普故意凑近白小七的耳朵，暖暖的气息似有千斤之力的嫩芽，穿破巨石。

又吻在一起了。像喝断片了，一睁眼，在陌生的床上，怎么到这里的？不知道。像梦中在街上走，怎么就到了街上？不知道。只知道吻上就分不开，窒息而死也在所不惜。吉普像一头尚未睁眼的小兽，无边的黑暗中跌跌撞撞找寻母亲的乳头，只要触到稍稍相像的，就执着地吮吸不停。这些天来，一个又一个缱绻不绝的长吻撩拨得白小七脑中的弦嘣嘣作响，武侠小说里的魔琴似的，迷人心志，乱人性情。

吉普的手从白小七的胸前轻柔地滑到了下身。一切对他像是熟手工作——他知道她脑中的弦已被他拨弄得兵荒马乱，于是趁乱把手伸进她的裤子里去……可白小七不是小女孩了，既然他悄悄地，她也就悄悄地，稍稍用一点儿力道，用手截住他的动作。默默的角力中，长吻没有停，好像大脑只是支配他们接吻，至于手上的动作，单纯是手的意愿，它们不为你牵着心，也不羞赧。

吉普的舌头灵活地卷入白小七的耳廓。弦断了，她的整个身心闪了电，像暴雨中的醉汉，声嘶力竭的呐喊都消匿于雨声，四肢绵软得没一点儿力气，最后的挣扎不过是一声抗议：“不，不要。”

她已经被压躺在沙发上，他的脸紧贴着她。“小七，我爱你，我是要娶你做老婆的。”他的脸被欲望的暴风刮得走了样，急得快哭出来了。

白小七的兴致熄了火——表白放在这里真是唐突，简直有点可笑了。这当儿，吉普的舌头又卷过来，下身隔着裤子把白小七顶得一震。

跟薛立平在一起四年，他没有说过一次“我爱你”，连作为回应的“我也爱你”都没有。白小七不能想象，这样的一个薛立平就要结婚了，那么他已经对新娘说过“我爱你”了，也像模像样地求过婚了？想到这儿，白小七觉得其他的一切都并不可笑了，而她又何必执着。天要下雨，就让它下吧。

吉普终于到达梦想之地。白小七身处风暴中的大海，起伏摆荡，几欲倾翻。

吉普迅速起身，扯了几张纸巾。白小七也挺身坐起来，想赶快穿好衣服，别把场面搞得太尴尬。吉普制止她："别动！"又扯了几张纸巾，坐回沙发上，把白小七的双腿搭在他的腿上，为她整理干净，穿好裤子鞋袜。

他料理得过于温存，反比做爱本身更让人害臊。"袜子穿反了。"她提醒他。

"哦，对不起。"他重新给她穿。

"这么大人了，没穿过袜子啊？"

"第一次帮别人穿。"

这句话声音低低的，让白小七心里一动。

"明天我要去巡店，年前最后一次了，你陪我去吧。"都穿好了衣服，吉普让白小七躺在他膝盖上。

"不了吧，我得在家赶个稿子。"白小七不想让吉普觉得她是那种一发生关系就神经兮兮看住对方的女人，更不想自己太过于依赖他。吉普显然有点吃惊，好像他才是那个刚刚失身的合该患得患失的女人："好，明天电话联系。"

Happy早被两人扰醒了，默默地盯着他们。

一个上午过去了，吉普没有打电话来。白小七说不清自己是不是后悔了。如果只是一场性事，你情我愿，她不怨愤，唯一的后顾之忧是没有采取措施，有怀孕的风险。可白小七的月经历来不准，大概也不是那么容易怀上的。他说"我爱你"，说到婚嫁，其实不过是想她就范吧……然而也不过是一上午没有通话而已。

吃完午饭走出来，坐扶梯下楼。王早突然说："白总，那不是你家大吉普吗？"

可不，吉普正快步穿过商场大厅。他一边走一边掏出手机，拨出白小七等了一上午的电话："小七，你干吗呢？"

“随便逛逛，你呢？”

“我刚在商场巡完店，有事跟你说。”

扶梯把白小七和王早送到地面，吉普的背影已经消失在大厅的转角。

“老太太突然说想去厦门过年，我现在得马上订机票，厦门那边的房子空了几个月了，必须早点儿过去收拾，年货也要置办……时间紧张，来不及跟你告别，我年后就回来。”白小七的嘴唇开合了几下，没能发出声音。

“喂？我进电梯了，回头说。”

“怎么了你？干吗不过去啊？”王早问她。

“你认错人了，不是他。”白小七把攥得滚热的手机扔进包里。

第二章

吉普走后，与白小七靠微信和电话联络。她庆幸没把吉普的存在告知父母，否则这个年不知道要怎么过。她想象得出那些问题：他是做什么的？收入稳定吗？相亲大会靠谱吗？他为什么这么大年纪还不结婚？他说去厦门就是去厦门了啊？你怎么这么轻信呢……是啊，谁知道他是不是找个借口就此消失了呢？

大年初五，白小七接到佳薇重返人间的电话："小七，我回来了。"

"回家过年去了？"

"没，跟刘培林去英国了。你……现在能来我家一趟吗？"

白小七听出佳薇声音不对："我马上过去。"

白小七套上一件衣服冲出家门，油门一阵风，刹车又恨不能把柏油路划出两道深沟。看到佳薇好好的，白小七才长舒了一口气："赵佳薇，你吓死我了，我还以为刘培林也跟之前那个唱摇滚的一样动手打人呢……"

佳薇从脚边的行李箱里翻出一条丝巾："送你的，不用太感谢我，正好赶上打折。"

"算你有良心。"白小七接过丝巾，脖子上绕了一圈，在穿衣镜前左右端详，"怎么了？这么着急让我来？"

佳薇不言语。白小七顺着她的眼光看过去，茶几上放着一支验孕棒，清晰的两道横线。

“刘培林知道了吗？”

“他不要。”佳薇的声音像丢了魂的空壳子发出来的，“例假晚了一星期，刘培林还说可能是因为在英国水土不服。”

佳薇蹲在地上，把行李箱里的衣物一件件拿出来：“明天陪我去医院吧。”

“好，明天一早我开车来接你。我这几年月经不调，正好也检查一下。”

“今晚别走了行吗？”佳薇抬起头望着白小七，“陪陪我。”

当天晚上，两人躺在佳薇的大床上。

“小七，我有个哥哥——亲哥哥。”

白小七跟赵佳薇认识10年，从不知道她有个哥哥。

“你记得吗？大一迎新晚会，我用小提琴拉了一首曲子，我说把这首曲子送给一个对于我来说特别重要的人。”

当然记得。白小七闭上眼睛还能看见10年前的佳薇穿着水蓝色长裙，长头发随着乐曲起伏飞扬。

“那天是我哥的生日。他是18岁那年走的——要不是我哥有先天性心脏病，父母也不会要我，所以我的命是我哥用半条命换的。我喜欢的男人都有点像我哥，但都不如他。他篮球打得好，会弹吉他，会唱歌，会画画……我从小就是他的跟屁虫。”

“他走那年，我已经懂事了，站在医院走廊里哇哇大哭，谁也劝不住，他让大人们把我放进病房。我一直哭，说：‘哥，我不让你走，哥，你别走……’”佳薇强收住泪，“后来，我哥跟我拉钩，说今后我长大当妈妈了，他就回来给我当孩子，陪着我。我说爸妈有两个孩子，要是我也有两个孩子，怎么知道哪个是他变的呢？他笑了，说那他就来做第一个孩子，还当哥哥，照顾弟弟妹妹——那是我最后一次看到我哥笑。”

听到这里，白小七才明白佳薇的用意：“你要把这个孩子生下来？”

“对。”

白小七有一箧的劝诫要说给佳薇听——刘培林没有许诺你婚姻，当单亲妈妈有多难，你估计到了吗？你一个人在这个城市，经济压力、舆论压力，你真的能承受吗？就算美若天仙，有了孩子，再组建家庭也难上加难……对佳薇，白小七向来有求必应，但这一次，她心里梗着一万个“不”。

“小七，我知道你要说什么，但我已经决定了。”

“如果你坚持要生，最好再跟刘培林沟通一下，说不定有转机呢？”这话出了口，白小七马上觉得不妥。让赵佳薇为了任何事去求取同情都是不可能的。

“以后别再提刘培林——他以为我要用孩子讹诈他。他太看扁我，也太高看他自己了。我想好了，孩子跟我的姓，用我哥的名字——赵佳木。”

白小七平躺着，手肘搭在头顶，盯着天花板。夜归的车绕过小区花坛边的弯道，车灯的光由远及近，由近及远。吉普走了，佳薇回来了；薛立平走了，姚蓓蓓回来了——是该回来了吧？这一年刚刚开头，已经像足了多事之秋，让人不敢深想。

第二天一早，两人在妇产科候诊厅等待，白小七也挂了号。

白小七还在想说些什么去阻止佳薇，佳薇先开口了：“净忙我的事了，你跟吉普怎么样了？”白小七实话实说。佳薇皱眉：“你们没采取措施？以后一定得注意，千万别有侥幸心理。”

其实白小七最大的担心不是怀孕，而是吉普再也不会出现了。每天几通电话又怎样？电话可以说不打就不打。除了办公室地址和他自说自话的既往人生，白小七对这个叫陈朗的男人其实一无所知。

白小七拿出刚领的病历看日期：“原来今天是情人节啊。”

“哈，像咱们俩这么长情的情人可不多。”

白小七看着她俏丽的侧脸，心里一揪一揪地疼。

“赵佳薇！谁是赵佳薇？”护士在诊室门口喊。

两个人同时站起来，佳薇说：“你坐着吧，不然一会儿叫到你了没人应，白等这么半天了。”

到诊室门口，佳薇突然转身，冲白小七吐了一下舌头，才一闪身进去了。

一直折腾到下午，两人各自抓着一叠单据在候诊大厅会合。

“怎么样？”白小七问佳薇。

“一切OK，注意营养均衡，小心别感冒，定期复查，开了一堆营养药。你呢？”

“我没事。情人节怎么过？我请你吃饭吧。”

“不了，昨晚已经押你一宿了。你回家休息吧，过两天就上班了。吉普什么时候回来？”

“说是明天。”

把佳薇送回去，白小七一个人开车回家。

“你需要做进一步检查。”

“做检查？我得了什么病？”

“暂时不能确诊。”

“那可能会怎么样？”

“不孕。”

像是老式卡带转着转着就绞了，医生说的话在白小七心里纠缠成一团乱线。

吉普一下飞机就来找白小七。

晚饭时间早过了，天黑得透透的，一辆硕大的吉普车老远开过来，在白小七身前停下。Happy在后座上，见白小七上来，尾巴摇晃不停。她没问他吃饭了吗，几点的航班，要开车去哪儿，只是沉默着靠在椅背上。吉普把车停在两栋楼之间的黑暗处。

“小七，是我不好，我不该走得这么突然，不该不陪你过年，不陪你过情人节，都是我不对……别生气了，好吗？”吉普抱住白小七，不住地道歉。

从医院出来之后，白小七不知道可以跟谁说说这件事，只能让它烂在肚子里。在小区门口等吉普的几分钟里，她甚至希望他是个骗子，骗她这么站上一夜，他却再没出现，这样她反而更心安理得一些，不用因为有所隐瞒而心存亏欠。白小七在吉普的怀里掉了眼泪，他没有察觉。

“三月末回福建总部开会，我想带几个客户顺路去武夷山、厦门逛逛，你跟我一起回去吧。”

“我去方便吗？”

“带媳妇散散心，有什么不方便？”

有些人是这样的吧，在被生活洒过狗血之后，对命运的安排已经不大抱希望，一旦真有个人脚踏七彩祥云出现，既是谦谦公子又是金刚罗汉，既是红玫瑰又是白玫瑰，反而无法置信，恨不能狠掐自己一把来验证这是不是梦。

白小七略微离开吉普的怀抱，脸对脸望着他，吉普下垂的眼角流露出实实在在的温柔：“我还可以陪你回母校看看……你哭了？”

所以这不是梦。

两个人又一次没头没脑地吻在一起，白小七是黑铁栅栏上攀缘的藤蔓，吉普是阳光，她本能地向他的方向伸展自己。吉普纵身跨过来，手在座椅边上轻轻一按，白小七已经被他压在身下，放倒在车里。不待她细想，车震的新鲜刺激已经糅合着他的动作倾轧过来，吞没了她的视听。

后座上，Happy被车里的暖风吹得哈哈吐着舌头。

两人都穿好衣服坐回座位上，吉普说：“如果有了宝宝就留着。”

“你喜欢孩子？”白小七一惊。

“你不喜欢？”吉普反问。

“我……没想过。”

“我一直希望能有个女儿，从小带她各处去，去沙漠，去海边，让她长了见识，就不会轻易被骗。男孩的话，也一样，增长见识……”吉普说得眉飞色舞，显然早有身为人父的美好设想。

“增长见识去骗别人家的傻丫头吗？”白小七截断这个话题。

吉普大笑：“小七，我是真喜欢你。”

说完这话，他下车拉开副驾驶的车门，抱白小七下来，又开了后门让Happy也跳下车，他自己则一抬腿踩上两栋居民楼之间的花坛。白小七搞不懂他要做什么，只是觉得不安，伸手要拽他下来，已经来不及了，吉普两只手在嘴边围成喇叭状，一张口，哈出一股冬天的白气：“我——陈朗——爱白小七！”

这中气十足的一吼，大大侵略了小区安静的晚上。白小七还没回过神来，他马上又是一句："我——爱——你！白——小——七！"喊声一停，更衬得周围毫无声息，而过于安静就是肃杀了，是两军交战前的屏息怒目，下一秒就要刀兵相见。

白小七压低了声音去拉他："别喊了，快下来！"

他躲开她的手："我还没说完呢。"

"有病吧，几点啦？"楼上一句怒冲冲的回应。

白小七心里咯噔一声，吉普却毫不在意："哥们儿不好意思，我跟媳妇表个白！"还是吼着。

"要表白回家表去，在人家楼下腻歪个屁啊！有病！"楼上的人显然不想牺牲睡眠时间赞助这份浪漫。

"你骂谁呢？"吉普的脸色变了。

"骂别人都对不起你！"

这之后的对话越发火星四溅，Happy不安地转着圈，白小七虚虚地拽着吉普的衣角，像是徒劳地哀求。周围几栋楼的灯光次第亮起来，每个窗口都有几张脸挤着看热闹。

终于，楼上的人吼了一句："傻×，有种你别走！"

"老子不走！是爷们儿你就下来！"

白小七急得用手狠狠捶吉普："你疯啦？快走！"

吉普镇定得很："你别管。"

楼上再没话接应。三个男人终于在楼栋口出现的时候，白小七好像看到了港片里开闸放水一样从街角成群漫出的小混混。一样的气势汹汹，一样的同仇敌忾，只不过古惑仔擎的是西瓜刀，而面前的三个男人把装备换成了木棍。

开局比白小七预想的要快。没有自我介绍，没有鞠躬拱手，没有自报家门，看来打架斗殴并不那么讲究仪式。白小七刚觉得手里一直扯着的吉普的衣角一动，就看见他唰唰跑出去老远，Happy紧随其后，三个男人高举木棍追赶而去。同时，窗玻璃上紧贴着的看热闹的脸孔们已经纷纷套上棉衣赶到现场，扑啦啦都跟着跑起来，乱糟糟的画面里只有白小七一个人是静止的。

接下来，这几百米跑得白小七心脏狂跳，整个视线跳宕不定，是电影幕布被风吹动，环境人物全部扭曲走样。人群停在路灯下，围成自然的椭圆形，动物园里看狗熊似的其乐融融。白小七用手肘撞开层层叠叠的人墙："让开！都让开！"

事情也不会更糟了——吉普蜷在地上，双臂死命护住头，三个男人挥舞木棍打得正欢，偶尔冲他后腰狠狠踢上两脚。白小七的能量条被爆发的肾上腺素冲击得快要爆掉。

"滚！"

她随手拽住一个打得正欢的男人的胳膊，男人没防备，被她甩撞到了人墙上。另外一个见是个女人，只得停了手。剩下个愣头青，看起来不过20出头，趁乱又狠狠地踹了吉普一脚，回身拎着木棍冲白小七来了："你个娘们儿滚远点，否则我连你一起打！"他狠狠地瞪着白小七，哈出的白雾带着杀气。

白小七回了他一眼，不屑嘲讽，咬牙切齿。愣头青呆住了。她收了眼光，拉地上的吉普站起来。刚伸出手，就听见三个人中的一个说："原来这傻×刚才就是跟这娘们儿腻歪呢……"

她"认"得这个声音——刚才在楼上跟吉普对骂的就是他。借着路灯，白小七冲那个声音看过去：寸头，矮胖，人如其声的油腻、粗蠢。

吉普一起身，三个男人马上又围拢过来。白小七上前一步，挡在吉普身前。他推她，她不动。

人群里突然传来一个尖厉的女人的声音："没素质，大半夜喊个屁啊！"

白小七张开双臂挡着吉普，像篮球运动员死守篮下。她声音低沉，语气却不由分说："你家九点多就叫半夜？"

女人不罢休，音量又提了一档："没道德，在人家楼下喊！"

白小七牙缝里挤出一声冷笑："道德？三个打一个还好意思讲道德？"

的确，即使是打架斗殴，也得大概有个势均力敌的原则，三个打一个，还拿着木棍，实在说不过去。围观群众开始窃窃私语，那喊话的女人见不是白小七的对手，翻了个大白眼，不言语了。愣头青还要伺机动手，被刚才让白小七拽住甩在人墙上的男人制止——这个带头的矮胖子和愣头青之外的第三人本来最没有存在感，此时却拉开阵势要跟白小七谈人生："妹妹，咱们从头捋捋，你看事情是这样……"

白小七心想：好嘛，三人组合，还有军师，有护法，有带头大哥，你们机构倒是完善。她看也不看这个敌营军师："咱俩说不着。"

此时，白小七身后传来吉普的声音："110吗？发生了一起斗殴事件……三个人打一个人，有凶器，现场都在，位置在……"

愣头青眼神里透出慌张，嘴里却还在叫嚣："报警就报警呗，谁怕谁啊……"军师给他使了个眼色。矮胖子大手一挥："你们走吧！我等警察来！"刚说完，人群中窜出个人来，把他拉到一边——正是刚才跟白小七喊话的女人。

白小七转头看看吉普："没事吧？"吉普摇摇头："Happy呢？"

两人四下寻找，只见Happy瑟缩在不远处的雪堆后，神情惊恐委屈。

"一会儿警察肯定得带我走，你等我电话，带好Happy。"吉普棉衣的一只袖子被扯掉，晃晃荡荡挂在肩上，露出白色的不规则的棉絮，像败露了不堪的秘密。

警察很快到了，大概问了情况，吉普和矮胖子被带上警车——军师和愣头青已经趁乱逃走。喧嚷的人群之外，白小七像一座孤岛。一切都来得太突然，虽然她刚刚还跟吉普并肩战斗，但心里的鼓点跳乱了套，迟迟缓不过神来。

警车发动，Happy两只耳朵一耸，猛然一蹿追了上去。围观的人们正意犹未尽地走在回家的路上，飞奔的Happy成了他们新的焦点。在一片嬉笑和感叹声中，狗在追车，白小七在追狗，这几个对象之间的速度差距如此明显，所以白小七只是必须要做这件事，心里知道并没有胜算可言。眼见着Happy跟着车转过了小区的一个弯道，她整颗心都揪紧了：要是Happy跑丢了怎么办?

这个弯道她跑了整整一个世纪。终于转过来的时候，她非常欣慰地看见警车停下了，一个警察陪吉普下了车，Happy吐着舌头蹲在主人脚边，不忘回头看看白小七追到哪儿了，好像这两个愚蠢的人是靠它照管的。

吉普拍拍Happy的头，交代白小七："你摁住它，等看不见车了，它就会跟你走。"

白小七摆好造型，几乎是趴在Happy身上，双臂夹住它的身体，腿上也使了一点儿力气。见吉普又走远，Happy嘴里发出呜呜咽咽的哀吟。警车再次发动，Happy全身的肌肉都绷紧了，白小七不得不整个人趴上去才能压住它。

Happy转头看她，眼里全是哀求。不知Happy是否感觉到了白小七的坚决，总之，它终于不再挣扎，眼看着警车消失在下一个转角，马达声也渐渐听不见了。

可白小七一松手，Happy依然像猎人肩头的鹰隼，嗖一下射了出去。白小七知道，它执意要追的话，她无论如何也赶不上，能做的只有等待，等待Happy像吉普说的那样，明白白小七是它当下唯一可以信赖和依靠的人。

Happy跑到空荡荡的十字路口，开始原地打转，不肯离开。白小七叫它，一声，两声。它站住，望着她，又看看警车消失的方向，不动。又叫了一声，它泄了气，向她缓缓走来。它是一条又胖又大的金毛，平时养尊处优，今晚的经历耗尽了它的体力，走向白小七这一段路，像随时会躺倒在地，让人很难想象它刚才还烈马似的追在一辆疾驰的汽车后面。

白小七蹲下来摸摸它的脸："你没的选了，走吧。"

她故意带Happy绕了一大圈，估摸着看热闹的人都散了，才回到吉普的车旁。车还没熄火，白小七开了后车门，Happy熟练地蹿上去。她坐上驾驶座，闻见车里明晃晃的两人疯过的暧昧气味。白小七知道此地不宜久留。

她把车开出小区，没过几分钟，车里有电话铃声响，不是她的。停了车去找，在副驾驶脚垫上——是吉普的手机。来电名是两个字：邱慈。

白小七觉得心被针扎了一下。她把手机静音，放在一边。

没过几分钟，白小七手机响，是个座机号码："小七，在哪儿？"

"开你的车，刚出小区。"

"Happy呢？"

"在车上。"

"我的手机是不是在车上？"

"没看见啊。"

"那是跑丢了。"吉普骂了一声，"我在湖滨街派出所，你过来吧。"

白小七挂断电话，看向吉普的手机。屏幕还亮着，还是那个名字——邱慈。她说不清刚才为什么不告诉他手机就在车上，这个谎言对她又有什么意义。她只是本能地把这话说出来，像已经预见到它早晚能派上用场。

到了派出所门口，白小七把车停好，回头安抚Happy："乖乖在这儿等着。"Happy已经困倒在后座，抬抬眼皮算是应允她。为保持通风，她把后窗左右各放下一条窄缝，熄火，连着车钥匙，吉普的一大串钥匙都在白小七手里。

临下车，她又把他的手机拿起来看一眼：邱慈，8个未接来电。

刚进门就被穿警服的人拦下，问明了来由，不耐烦地指指楼梯。一步步上楼，老远已经听见吉普扯着嗓子跟人说话，与平素对待白小七的温柔有礼判若两人。

走近了，听见一个声音问："哥们儿，你在楼下喊什么啊？"

"跟媳妇表白啊。"

"这大冷天的……你媳妇特好看吧？"

一口烟吐出来的停顿："你问哪个媳妇？"

两个男人都哈哈大笑。白小七推门进来，发现这并不是问询室，而是值班室：屋里两张折叠床，一张正对着门靠窗摆，另一张与它垂直方向靠着右手边的墙。约莫四十出头的警察坐在门对面的床上，盘腿抽着烟，满脸戏谑的笑意还没来得及退去。吉普侧头看白小七，他也衔着一支烟，棉衣脱在身后，脏兮兮的格子床单衬出衣服上硕大的破洞和露出的棉絮。白炽灯下，满眼乱糟糟的落魄。

警察上下打量白小七："老弟，你跟弟妹单独待会儿吧，我看看那边问得怎么样了。"说完就出去了。

屋里只剩下吉普和白小七，她挨着他坐下。"电话真的没在车上？"他问。

"没有，一会儿我再回小区找找吧。"

"没了就没了吧，别找了。"他叹口气，沮丧轻松，然后站起来开始脱裤子，吓得白小七从床上蹦起来："你要干吗？"

"用你手机把我身上的伤拍下来，拍清楚一点，连着脸一起拍——这都是证据。"

吉普的后背、手臂、后腰、膝盖和小腿上都有擦伤和瘀青，不过并不严重，最大的伤口在左肩膀后侧，10厘米左右的口子，好在不深，都是皮外伤。值班室里暖气充足，吉普不着急穿衣服，动动四肢和脖颈儿，扭扭腰。"还好，没伤筋动骨。"他半裸着上前来揽白小七的腰，"刚才吓坏了吧？"

她微低头，脸红了。吉普轻轻推着她向后退，直到退无可退，一声闷响把门板顶住。他压过来，很专心地吻她。这个吻深长而真切，与从前的迫切和霸道都不相同，有了点真心取悦她的味道，要她情难自禁地回应了才甘心。她正陶醉其中，却想起他手机上那个名字：邱慈。

她推开他："别疯了，快把衣服穿好。"

吉普笑看她绯红的脸颊，一边穿衣服一边嘱咐她："一会儿警察要是问你，你就说：'我们俩都是他说了算，我不管，也管不了。'记住了吗？"白小七问他现在是怎么个处理方法。

吉普说："他们看我伤不重，想用点钱把我打发了，坚决不行，必须拘了那个傻×。敢打老子！"他眼中露出得志的凶光，让白小七觉得格外陌生，也格外性感。

警察敲门，叫吉普去问询室。吉普走出去，没有回头，看起来对白小七非常放心。值班室只剩下她一个人抱着膝盖坐在床沿上。刚才跟吉普侃大山的警察走进来，身后跟了一个女人，正是打架时在一旁尖着嗓子跟白小七打嘴仗的那个。

"你也坐吧。"警察招呼她，"说说吧，刚才为什么打架？几个人？谁先动手的？"神情和语气十分例行公事。

"我不知道啊，我没看见。"

女人有二十五六岁，中长头发直愣愣地戳在肩上，是过了时的离子烫。她的反应木木的，是刻意装作懵懂，非常不自然。白小七明白这不是正规的问询，这个警察值班正好赶上了，随便问问而已。看他刚才跟吉普聊天的状态，也是个人来疯，爱说爱闹的，稍有姿色的女人对他温存点就好办事。那女人这样回答，自以为严防死守，其实已经失算了。

警察果然不屑地瞥了她一眼："不知道是吧？那你去旁边那屋等吧，

那是等候室。”

女人看看稳坐在床上的白小七，又看看警察，撇撇嘴，好像昭告她早就看出了他们的裙带关系，于是补了一句：“都几点了，什么时候能处理完？”

警察的不耐烦到了顶点，烦躁地四处找着烟灰缸：“嫌晚？那干吗打人啊？”

女人出去，白小七眼疾手快地把烟灰缸递过去——她早看见烟灰缸就在她坐着的那张床边上，刚才吉普用来着。她挂着七分笑：“哥，不好意思啊，这么晚还给您添麻烦。”

警察看看她，坐在斜对着她的另一张床上：“你爷们儿挺倔啊。”

白小七想起吉普刚才交代她的话：“可不嘛，什么都得他说了算。”

“不能够啊，刚才他都跟我说了，他特喜欢你，一天见不到你全身不自在。”

“他？打死他也说不出这话来！”白小七假笑。警察也乐，默认了自己的谎。又抽出一根烟来，问白小七的岁数、吉普的岁数，在烟气里眯着眼睛：“差七岁，正好。”

白小七跟警察越聊越近，她约莫着时机已到，赶紧进言：“刚才她说她都没看见，太假了，当时她明明就在旁边，还骂人呢。”他眯着眼睛看她，目光中有戒备。她马上转了调，捂着胸口：“哎呀，今晚真是吓死我了！我倒巴不得什么都没看见呢！”

“怎么，吓着了？”

“三个打一个啊，还拎着木棍，吓得我差点儿哭了。”果真有哭腔。

“你挺疼他啊。”警察开始做白小七的工作，无非说没打得怎么样，人以和为贵，让她劝吉普息事宁人。她都按吉普嘱咐的柔柔挡回去，说得警察嘿嘿笑，拿她没办法。

白小七看看时间，已经快到零点。警察去看问询情况，她担心Happy在车里不稳妥，下楼去了。经过旁边的等候室，瞥见尖嗓子女人趴在桌子上，眼睑困乏，紧张地开开合合。

本以为Happy能在车里乖乖睡觉，没承想看到白小七，它老远就汪汪叫个不停。白小七无奈，心想：还是把它送到个安稳地方才行——最合适的地方就是吉普的办公室了。正好大串钥匙都在。她上车，拿起吉普的手机看：邱慈，23个未接来电。

Happy蹿到副驾驶座，白小七蹭蹭它毛茸茸的脑袋，把吉普的手机放回原处，发动汽车，冲吉普的办公室开去。

午夜的城市如此安静，白小七第一次开越野车，跟她的轿车比起来，视野好像上了一层楼，街道更加宽敞得不像话。一路飞驰到了目的地，拿钥匙开了门，Happy去它的水碗啪嗒啪嗒舔了水，转脸已经趴在地毯上打起呼噜来了。白小七也困得不想动，倒在长沙发上沉沉睡去。

白小七是被电话声叫醒的，还是刚才的座机号："小七，你回家了？"

"没有，Happy在车里不肯睡觉，我把它送到你办公室，正好钥匙在这儿……"未经吉普同意就开他办公室的门，多少有点唐突，她忙不迭地解释。但他似乎并不在意，说只要她和Happy安全就好。白小七这才安下心来，问他解决得怎么样了。

"这家人太烦了，说死不肯被拘，非要私了不可，我要的数又不给……"吉普说。

"你要多少？"

"1万。"

吉普并不缺钱，伤得也不重，这个价位有点离谱。白小七心里生出些许鄙夷来——杀人不过头点地，非要这样不可吗？你也不是全无过错。可转念又想，吉普到底是挨打的，他的感受无人能揣测和代替，想要补偿也可以理解。

"要我现在过去吗？"

"不用，我刚才看你没在，担心了。你再睡一会儿吧，完事我给你打电话。对了，我柜子里有大衣，你盖上再睡。"

又睡了个把小时，北方冬天天亮得晚，窗外还是晨昏交替的朦胧。白小七坐起来，胡乱用冷水洗了把脸，拿起一大把钥匙出门。到车上一看，吉普的手机已经因为电量耗尽关机了。

沿途经过KFC，白小七下车打包早餐。KFC多开在繁华处，相距不远的农贸市场已经在吐纳着来往的人们。白小七掀开农贸市场厚重油腻的棉门帘，冲近处一个摊位走过去——一位老爷子穿着深蓝长工作服，套袖已经磨得发亮。白小七把吉普的一大串钥匙递过去。

“大爷，配钥匙。”

刚走出来，吉普的电话就到了。“你的手机在车上呢，找到了。”白小七说。

“嗯，有电话找我吗？”

“不知道啊，没电关机了。”

“找到就好。”吉普的声音不辨悲喜。

白小七又走在派出所走廊里的时候，天还没有完全亮起来，也没到白班警察的上班时间。走廊两边的门都关着，也没有照明，越往里走越幽暗，视觉上也更狭窄，让人感觉窒息。她先听到几个人在一扇门里说话，声音不大，内容不清，但听得出是军师、愣头青和那个尖嗓子的女人——她大概在这里等了一夜，声音已经像卷了刃的刀片。再向前走，走廊尽头的一扇门里传来吉普的声音，是锯齿来回慢悠悠拉扯的残忍耐心。

“老弟，我十年前当警察，让犯人揍一拳，一生气不干了。后来我当律师，成天接触些烂糟糟的事，刑事案嘛——看着别人挨揍，心烦，也不干了。现在我做买卖，挺好，一分付出一分回报……你知道我最烦的是什么吗？就是你干的这个事——打我。”

另一个声音说：“哥，我错了，一时半会儿我真的拿不出这么多钱，我孩子才两岁，我跟我媳妇都没工作……”如果声音可以具象化，白小七分明看到它刚从矮胖子喉咙里出来，就扑通一声给吉普跪下了。

“兄弟，这不是钱的事。我要的是个说法——你为什么打我？爷们儿动手，一对一也行，可你找了俩帮手，还拿着棍子。你有媳妇，我也有啊，你们当着我媳妇的面打我，你让我以后怎么做人……”

白小七幽幽地叹了口气，把头抵在门板上。据她所知，吉普没当过警察，也没当过律师，但他居然可以说得那么笃定，这是最让她吃惊的地方——那么他说别的假话也应该很轻松吧。她不知道已然全线溃败的矮胖子是否对吉普的话照单全收，不过屁股决定脑袋，此刻的吉普占尽了理，说什么都是成立的。

正想着，身后几步远的门开了，白小七回头，是军师。

“狗呢？”他笑着问她，仿佛熟人相见，那笑一半讨好一半嘲讽。

白小七心想，昨晚那出闹剧的确滑稽，于是也微笑对他："在家呢。"

她冲军师走过去，不想惊动门里说得正high的吉普。军师夹着一支烟，语气平静："你家男人说，要么交钱，要么就拘我弟弟——我弟弟家真的没什么钱，他孩子还小……你能不能劝劝他，让他别要那么多钱了，也别……反正就是，各退一步吧。"大概军师自己也觉得这话没说服力，没再说下去，只专心抽那支烟。

白小七很想顶他一句，"没钱？没钱还敢打人？""拘也不行，要钱也不行，合着人让你们白打了？""我们为什么要退一步？我们凭什么退一步？"诸如此类，随便什么吧。但话在喉头滚了两滚，就是出不来。白小七跟军师一起沉默着，晨光渐渐从门窗的缝隙透进这个阴沉的走廊。

"我也管不了他，我说了不算啊。"最后，她依旧只照吉普先前叮嘱她的说了。

军师后面走出来一个警察，是昨晚值班室里那个。"来啦。"冲白小七点点头，"那俩人也聊了挺长时间了，我去看看。"军师身后的等候室里果然是愣头青和那个女人，困累得趴在桌上不动，四个人都没有了互相攀谈的欲望。

没一会儿，警察带矮胖子出来了，叫白小七："你来吧。"

白小七走进去，带上门。这间办公室里有几张写字桌，摆放得中规中矩，整洁到近乎冷清。吉普背对着门坐，身上搭着那件破棉衣，跷着二郎腿，半仰头冲着天花板，门开了也不回头看，满世界都是他志得意满的后脑勺。白小七用手拂开飘浮的二手烟，把打包的KFC放在吉普面前的桌上，拣他旁边一张椅子坐下了。吉普赶紧掐灭了烟，腿也放下来，上身前倾，一把抓住白小七的手臂："开车了吗？停哪儿了？"

"门口。"

"你快走，千万别让他们看见车牌号，回家等我——你家地址是什么？"吉普很焦灼，完全没了刚才逼宫矮胖子的气定神闲。

白小七心领神会，怕吉普把车开回事发地附近不妥帖，于是把家里那处闲宅的地址告知他，之后快步下楼，一路把车开走，进了屋，一头扑在床上睡死过去。

门铃是几点钟响的，白小七不知道，反正梦游似的起来开门，蒙眬中是吉普站在门口，带着一夜光景钻出来的青胡茬儿和嘴角不多不少的一分笑。楼道里的光从他背后打过来，轮廓凸显，五官的缺陷在黑暗中隐匿。这一刻惺忪的印象，在这之后很久，白小七还能牢牢记起，与人生的许多瞬间一样牢牢镌刻在内存有限的记忆里。但在当时，她只管把他扔在门口，自己折返回床上接着睡觉。

半梦半醒间，她只觉得枕头一陷，一双粗壮手臂从背后抱过来，不多一会儿，耳后就起了鼾声。

一觉醒来已经是下午，两人出门。在吉普的车前，她把他的一大串钥匙物归原主，同时摸摸外套的口袋——那里有她早上配的两把钥匙，一把是吉普家的，一把是吉普办公室的。

春节已经过完了，北方却还在下雪。眼看着雪片渐大，吉普载着白小七，把车往办公室开。这本来没什么，他去了厦门那么久，一下飞机就打架进派出所，又睡了一天，总该处理些公司的事。但人既已起了疑，便看哪里都不对了：他受了伤，又这么疲惫，为什么不回家？既然他独居，为什么从来不邀请白小七去他家？

“小七，钱我拿到了。”吉普先开口。

白小七马上明白了——矮胖子到底不肯被拘留，所以给了钱。她一时间百感交集，虽然昨晚她还为了吉普与三个男人大动干戈，此刻却实在调动不起同仇敌忾的情绪。

“但我不开心。如果我打人，给对方赔偿，现在可能还开心一些。”

白小七伸手轻轻摸着吉普的头发：“疼吗，那些伤？”

“还好。这个钱我不想留着，给你买个礼物吧，想要什么？”

雪越下越大，吉普在方向盘边拨了一下，雨刷器开始规律地左右摇摆。

“没什么想要的。去你家吧，你好好休息，我给你做点饭吃。”白小七尽量让语气自然。

“做饭有的是机会，先商量买点什么。”吉普扭头看她，笑笑的，神情没有异样。

“你的伤口得消消毒，你家有医药包吗？我给你弄。”

“真的没什么想要的？”

“没有。”白小七强按着懊恼。

“小七，咱们俩算是共过一次患难了。你做到，我看到。”白小七第一次在吉普脸上看到这种神情，肃穆，坚定，像心有许诺。窗外的雪已经大得离谱，车辆龟速移动，堆在一处。白小七双手插在口袋里，反复摩挲那两把钥匙，心里、眼前都是一片雾蒙蒙的。

“改天再说吧，实在想不出有什么想要的。”

“既然你没主意，我就做主了。”

吉普突然打个了急舵，车在冰雪路面上急转，惊得白小七嗷嗷直叫：“你疯啦？这么多车，别开玩笑！”

“你看我像开玩笑吗？”吉普哈哈大笑，猛踩了一脚油门。

白小七懵懵懂懂跟着吉普走到商场的金饰柜台前，“小姐，麻烦把这个戒指拿给我看看。”吉普趴在玻璃柜台上扫了一圈，指着一款戒指对导购小姐说。

“先生，您真有眼光，这个是当季新品，卖得特别火。给您太太戴上，她可就被您套牢啦！”

吉普把戒指戴在白小七左手的食指上反复端详：“喜欢吗？”

白小七只是发愣。

吉普去付钱了，白小七茫然地坐在柜台前的椅子上，正放空，身后有人拍她肩膀。白小七以为是吉普回来了，回头却看见王早——穿着年前她给他挑的衣裤。

“这不是白总吗？”

王早身边站着个女人，个子不高，很短的黑发，巴掌大小的脸托着一双太大的眼睛，眼角的细纹和疲倦也一起被聚焦，显得格外憔悴。五官的感觉是秀气的，理应温柔可亲，不知为什么，却有点冷若冰霜的戒备意味。

“我介绍一下——姚蓓蓓，我前……啊不是，未婚妻。”王早扬起下巴，一夜暴富的得意扬扬，“这位是我最铁的同事，之前总跟你说起的白小七。这些年要不是她给我摇旗呐喊，我肯定晚节不保挺不到你回来了。”

果然是传说中的姚蓓蓓。白小七不由得有点激动：“老听王早说起你，今天终于见着了。”

说这话的时候，白小七本能向前靠，姚蓓蓓的身姿却随之向后一闪，像是受了冒犯，有点怒目。白小七傻愣在原处，不知道发生了什么。她用眼神求助王早，他却全没注意到这些，陶醉在顾盼自雄里。

白小七正不知如何是好，吉普回来了，自然地跟王早打招呼：“又见面啦，你们来买什么？”

王早清清喉咙：“钻戒。”

白小七看向姚蓓蓓，她眼神中一闪而过的不是喜悦，而是羞涩。倒是白小七有点不好意思了——王早这样堂而皇之说到钻戒，多多少少像在给吉普施压。白小七胡乱恭喜了几句，拉着吉普迅速离开。告别的时候，姚蓓蓓抻抻嘴角，机械地抬手挥了两下，对王早“别走啊，一起吃饭吧”的提议明显不以为然。

回到车上，白小七攥着装戒指的红色盒子，想起昨晚不断打来电话的“邱慈”，不再有心情理会姚蓓蓓的异样。去办公室须先经过吉普家的小区，她又找借口要上楼看看。

“家里太乱了，改天我好好收拾一下你再上去……再说Happy自己在办公室待了一天了，我实在不放心。”吉普拒绝得有理有据。

白小七没说一个不字，也没说一个好字。她像是受了伤还犹自战斗的战士，进了营帐才感觉到疼痛。熬了一整夜的疲惫、懊恼和周身不适延迟到此刻才击中她。她尽量让自己陷进座位里，扭头看向窗外。雪后的街市分外洁白无瑕，可白小七突然发现被雪遮盖的世界如此虚情假意，挤眉弄眼，是厚厚粉底掩住丑脸上层叠的疤痕、斑点、粉刺、痤疮，只可惜再怎么遮掩，丑脸始终是丑脸。

吉普因为表白“我爱你”挨打，又用赔款买了价格不菲的礼物给她，这礼物恰巧不是别的，而是戒指，必定主观、客观地带有一定的承诺意味。所有这些，都足够让一个女人如在云上飘飘然，如果恰巧遇见个情感充沛的，搞不好还要喜极而泣。可白小七只是对着雪后的城市沉着一张脸，手在口袋里反复摩挲着钥匙的轮廓。

年后上班第一天，杂志社上上下下都收到了王早的婚礼请柬。

“恭喜啊，梦想成真了！”白小七打开请柬看时间和地点，“筹备得怎么样了？”

“基本差不多了，等天气暖和一点儿就把婚纱照拍了，最近太冷，怕蓓蓓穿婚纱着凉。”

白小七实在没法把王早语气里的怜惜跟冷若冰霜的姚蓓蓓联系在一起。

“领证了没？”

“还没呢，她爸爸身体不是一直不好嘛，最近又住院了，她说等老人身体好点儿再说。”

“那不正好领证冲喜吗？早领早利索。”跟姚蓓蓓打的照面儿，使白小七对王早的婚讯隐隐担忧，总觉得煮熟的鸭子振翅欲飞。

“还早死早超生呢！我还没问你呢——大吉普对你不错啊，怎么着买戒指是要求婚吗？”王早完全没感觉到白小七的担忧，一脸喜气洋洋。

白小七正有一肚子话想跟人说：她的病，她对吉普的怀疑……可是跟谁说呢？佳薇未婚先孕，已经担着一个硕大的麻烦；王早春风得意，正是智商最低、心情最好的时候，她又何苦拉他下水？

想说的话在喉头滚了几滚，白小七冲王早挤出一个微笑，算是默认一个两可的答案。

“哎哟，看你这一脸的幸福！难得见着白总这么不淡定，脸都红了！”王早抖擞着一身喜气走了，假笑还僵在白小七的脸上。

下班，白小七买了水果和菜去看佳薇。

白小七扎上围裙在厨房忙活，佳薇懒洋洋地倚在冰箱上。白小七一边洗菜一边叮嘱佳薇：“以后我有时间就来给你做饭，少在外头吃东西，也避免去人太多的地儿，现在食品安全特别成问题，更别提什么二手烟啊、传染病啊……”

“你这位著名的贤妻良母没嫁出去可真是天理难容。”佳薇嫌白小七啰唆，打断她的话。

“你一个班花都没嫁，老天爷哪还有闲工夫替我操心。”

两人说笑了一阵，饭菜上桌，红绿蓝紫，佳薇吃得很开心，问白小七：“吉普从厦门回来了吧？”

“嗯。”佳薇这一问，白小七实在按捺不住，把过去几天的斗殴事件和吉普手机上的未接来电一股脑地都说了。当然也说到吉普送她的戒指：“喏，就是这个。”她在佳薇眼前晃晃手指。

佳薇脸色一沉，敷衍地瞥了一眼戒指：“你配钥匙了——他家里的和办公室的？”

“对，就在我包里。”白小七不知道佳薇接下来要说什么，如果是指责，她也只能承受，这就是倾诉的代价。

酒足饭饱的佳薇拍拍肚子：“吃了这么多亏，你总算学聪明点了。”

白小七长舒了一口气：“对了，这个月底我跟吉普回福建开会，机票已经订好了，得走个四五天，你这儿行吗？”

“我这才几周啊，你别草木皆兵的，大夫说我健康着呢！放心走吧，好好玩。”

白小七起身收拾碗筷，佳薇没动：“刘培林联系过我。”

白小七重新坐下来等着后话。

“他劝我打掉孩子——他觉得我是想用孩子讹诈他。”

看来刘培林与佳薇在一起只是贪图美色，对赵佳薇的脾气秉性一无所知。

佳薇嘴角动动：“可笑吧？”

“你怎么回答的？”

“我让他玩儿去。”

白小七走进厨房，把餐具放进水槽。佳薇跟过来，依旧是仪态万方地斜倚在冰箱上：“到福建，你们俩就可以朝夕相处了，好好观察，别像过去似的，一门心思就知道对人好，人家把你卖了，你还帮着数钱呢。”

“嗯。”白小七拧开水龙头。

“钥匙放好，以后说不定用得着。”

“知道啦。”

“做好措施，别跟我似的，单亲妈妈不兴扎堆的。”

哗哗的水声里，白小七刷着碗筷，鼻子一酸。

“什么事别老自己担着。记着，不管到什么时候，赵佳薇是你娘家人。”说完这句，佳薇一扭身走出厨房。

第二章

这天晚饭后，白小七把跟吉普的结识和交往情况加以选择地向父母汇报。

白妈马上提出要求："一起回福建？可以，不过得先让他来家里坐坐。我们当父母的，总不能还没见过是个什么样的人就让你跟他跑那么远吧？"

白小七脑中瞬间浮现三条黑线。她被薛立平折磨怕了——在一起三四年，两人从没触及跟婚姻搭边的任何实事，谈婚论嫁成了白小七人生中的一个硬核果子，一涉及婚姻就要触霉头。何况她太了解她妈了，接下来她一定会说——

"这事本来应该男方张罗，哪有女方张罗的？俗话说'抬头嫁女儿，低头娶媳妇'，这是原则，都让你搞反了。之前跟那个薛立平，我就说过多少次，你不听，看看现在怎么样……"

果然。

白小七给白爸使了个眼神，白爸马上心领神会："什么抬头低头的，闺女喜欢就行，你别那么多说道。"

"行，那就都听你闺女的——小七你说吧，他哪天来家里？"

事到如今，退无可退，白小七只好硬着头皮答应："我们尽快确定。"

白妈还想说什么，被白爸打断：“我有点头晕，你去拿血压计给我测测。”白妈起身，还是把话说下去：“我跟你爸岁数大了，不能照顾你一辈子，你们年轻人不急，我们可等不起。我看这样吧，十天后是你生日，让他到家里一起吃顿饭。”

大概是真的头晕，白爸捧着圆滚滚的肚子向后靠在沙发上，没有再声援女儿。

在这之后的几天里，白小七惶惶不可终日，她不知如何开口才能自然地让吉普乖乖就范。无论如何，不让父母伤心失望是她的底线，何况母亲提出的要求并不过分。可惜她天生不是一个善于提要求的人，万一吉普拒绝也只能坐以待毙，想不出任何力挽狂澜的办法。白小七眼看要被内耗而死，对30岁生日的期待趋近于负。

这天晚上，吉普开车送白小七回家，他问她：“过几天是你生日吧？”

“嗯。”听到“生日”二字，白小七脑袋里“嗡”的一声。

“我本来计划到福建给你庆祝的，可惜时间差了几天。你看这样行不行——咱们俩认识几个月了，我也应该去拜访你父母，要不你生日那天，我请叔叔阿姨吃顿饭吧？”

白小七不敢相信自己的耳朵，她拼命镇定心神，不让自己马上咧嘴狂笑：“不用了，每年生日都是三口人在家里吃饭，你时间方便的话就一起来吧。”

吉普扭头看了一眼白小七，扑哧乐了：“白编辑，你可想好了，我这金龟婿一上门，你爸妈肯定相中我，你这辈子就逃不出我的手掌心了。”

照以往，白小七早一张利嘴把他顶回去，可当下的她只剩下一张满弓松下来的释然，瞬间与这个世界达成最大程度的和解。

到家后，白小七把吉普的决定告诉父母。“他问我行不行，我说那行吧。”白小七说得理直气壮，同时再次暗暗感激吉普既给了她面子，又给了她里子。

“这还差不多。他爱吃什么？我去买。”白妈的欣慰一闪即逝，“你爸又不舒服了，心脏早搏。”

白爸还是在沙发上捧着肚子，冲白小七嘿嘿笑笑：“没事，我坚持吃药就行了。”

白小七猛然觉悟到，她从没有选择幸福或不幸的权利——她必须幸福，这是她的义务，是她的责任。

白小七的生日恰是星期六。白妈和白爸决定在家里——一处在城郊的空房子接见未来女婿，这个房子面积大、楼盘新，只是位置偏了些，三个人为了上班方便，平时很少过去住。星期五下了班，老两口儿直接过去准备第二天的筵席。吉普剪了头发，穿了新衣新裤，来接白小七下班，两人一起去买女婿上门的见面礼。超市里，两人提了一箱螃蟹、一箱水果、一箱坚果和两瓶白酒去付款。白小七抱怨：“干吗买这么多啊？两瓶白酒就够了。”

“外行了吧，女婿上门得带四样礼，这是规矩。”

“呦，挺有经验啊，看来丈母娘没少见啊。”

“胡说八道，这是常识。”吉普拉长一张脸。

到了收银台，吉普找不到钱包了：“糟了，肯定是在换衣服的时候忘了掏出来了。”

白小七哭笑不得：“我来吧。”

“记账，回头还你。”

“废话，当然得还我。”白小七把单据塞进钱包，“我说你今天穿这么精神干吗呀？明天才上战场呢！”

“就因为要上战场才提前演习呢——我这身衣服怎么样？你要觉得行的话，我明天就穿它了，不行我再换。”

吉普穿了一件浅灰色高领打底衫，外罩灰色向豆沙色渐变的开衫粗针毛衣，下着深色牛仔裤和烟灰色休闲皮鞋。他本来就是倒三角形的身材，此时又提着几大包东西，手臂更显得粗壮有力。白小七忍着像树袋熊一样攀住他不放的冲动，收回眼光。

“凑合吧，我爸妈不挑这个。”

回去的路上，吉普突然一拍脑袋：“对了，往返福建的机票早该订了，我一忙起来就忘，再不订就来不及了，要不你订吧，钱你先垫着，回头给你。”

交代完正事，吉普美滋滋地看了白小七一眼：“明天你就30啦。”

“嗯。”

“老咯！”吉普故意夸张语气。

“后悔还来得及。”白小七伸手拍拍吉普的肩膀，做安慰状。

“暂时还没后悔，不过心里有落差。你想啊，我认识你的时候你是20多岁，这才几天啊，就30了！你得补偿我。”

白小七忍着笑：“行，你说吧，怎么补偿？”

“今晚我不走了。”

一进白小七家门，吉普就冲进浴室洗澡，没一会儿裸着身子出来，躺倒在床上。白小七刚洗完澡迈出浴室，吉普已经迫不及待地大叫：“老婆！老婆！快来啊，老婆！”

白小七哭笑不得：“别喊了！也不嫌丢人。”

吉普在床上一滚，手肘支起来趴着，双手捧着脸，睁着一双无辜的小眼睛：“我想跟我老婆上床，哪儿丢人了？”

他把她抱在臂弯里，两人身上是同一种洗发水和沐浴液的香味。吉普轻柔地吻着白小七，白小七的手指抚过他肩膀后凸起的伤疤。

“还疼吗？”

“你多摸摸它就不疼了。”吉普扔出一个问题，“小七，你这么好，老天爷怎么就便宜我了呢？”

这本来是一句情话，却在白小七心里打了个结。明天她就30岁了，不仅吉普心里有落差，她也有。如果薛立平懂得她、珍惜她，此刻的白小七本该卧于薛立平的臂弯。多少年来，她本以为她这颗心、这个人，早晚都是薛立平的。

吉普感觉到白小七的异样，停下动作：“怎么了？”

白小七叹了一口气，第一次跟吉普讲起薛立平这个人。她知道男人未必乐于探听女人的过去，也知道缱绻时不该多话，可她还是想告诉吉普，让他更了解她，也是对既往人生的一个交代。如果还有什么不甘不愿，也便一并扔在今天，不带到新的一岁。白小七想，如果吉普当真靠谱，甭管之前让她经历多少波折，老天爷总算待她不薄。

四年说长不长，说短不短，白小七讲完，吉普无话，一对裸着身子的男女在床上沉默相对，气氛有点尴尬。白小七刚想说点什么找补，吉普一跃压在她的身上，脸逼近她的脸，眼睛对着她的眼睛：“小七，你让别人这么伤你，让我这么心疼，我得惩罚你。”他用膝盖分开她的双腿：“你是我的。从现在起，不许再为别人伤心。”

感喟退去，快感袭来，白小七的手臂箍住吉普的背。话都说完了，只剩下呜呜咽咽，如泣如诉。白小七的手指渐渐要刺穿吉普的皮肤，扎到骨头里去，持续的呻吟来自身体最深处的震动。吉普像操纵牵线木偶的匠人，他每动一下，她便如玉碎山崩。白小七只觉得吉普抱着她飞升而起，所经之处氧气稀薄，云气缭绕，她看不到，听不见，说不出……最后，她跟他同时发出含混不清的低吼。

吉普就势把头埋在白小七肩头上，久久不动。他的汗滴在白小七身上，滑过锁骨的凹凸，与白小七的汗汇合。不知过了多久，吉普终于喘匀了气，问她：“想什么呢？”

“想再来一次。”

白小七肩头传来吉普的笑声：“你啊……你猜我想什么呢？”

“你跟我想的一样呗。”白小七也笑。

“没有，我在想要是有了宝宝，起什么名字。你说叫什么好？”吉普抬起头，看着白小七的眼睛。

白小七轻轻把吉普的头按回她肩膀上，没有回答。

是白妈开的门，白爸笨拙地在鞋柜里找拖鞋。“小陈来啦，快进来！”白妈热情洋溢。

吉普把几样礼物呈上去，白妈客气几句收下，白爸引吉普到沙发上坐了。白小七随手从果盘里拿了个苹果啃，坐在沙发扶手上看吉普跟白爸两人寒暄。

“我在外面年头多了，一回来很不适应，遇见小七，总算有个能说话的人了。”

吉普没了跟白小七在一起的气定神闲，话明显比平时密了。

白爸也有点紧张，抬手拿茶壶给吉普倒茶：“这茶就是小七从福建带回来的，你尝尝。”

白小七去厨房帮忙，白妈听到女儿的脚步声，低低地说了一句：“长得还行，身高也差不多。”

白小七知道这已经是很高的褒奖了，吉普的印象分不低。

老白夫妇前一夜提前来准备，果然勤力——满桌的饭菜叠得老高，四个人互相都快看不见对方的脸了。主菜有螃蟹、松鼠鱼、红烧肉、蚝油大虾、酱排骨，另置了若干炒青菜、一道汤，还有星星点点的凉拌小菜。白酒、红酒、啤酒都齐了，大中小、高中矮的杯子人手好几个。主食也有面食和米饭的备选。这姹紫嫣红的阵势把白小七也吓了一跳：过年也没这么铺排过啊!

白爸一只手在桌上虚晃一下：“没几个菜，随便做做，也不知道你能不能吃得惯。”

“太破费了，太劳烦了。”吉普双手搓着膝盖，诚惶诚恐。

白小七端详着几瓶酒，问：“喝什么？”

吉普见白爸拈起白酒的小盅，赶紧说：“我陪伯父喝点儿白的。”

白爸大乐，亲自给吉普斟酒，吉普承受不起，双手举着酒盅站起身来凑近酒瓶。两个男人在餐桌两面躬身施礼，场景颇为怪诞，白小七却看得眼热。从她念大学起，每次假期回家，她爸就几个小菜自斟自饮，都要絮叨一句：“自己喝没意思，不知道什么时候能有人陪着喝点儿。”

白小七便没心没肺地搬把椅子坐过去：“爸，我陪你喝。”

“哎，哪有闺女陪喝酒的？都是女婿陪。”

跟薛立平蹉跎的年月，白爸几次问：“他酒量咋样？”

白小七知道这是父亲发出的邀约，可她对薛立平无计可施，只能无言以答。常有人不解，问她为什么不好好跟他谈谈——怎么谈？白小七看过一个药品广告：“拉肚子伤肠胃，拉一次伤一次。”这就很像她跟薛立平。她一次次发出邀约，他一次次拒绝，看似跟感冒发烧拉肚子一样无关紧要，谁也没受多大损失，但每个人的隐疾只有自己知道。被挫掉的锐气和勇敢，对他的期待，对未来的憧憬，就这样一次次像拉肚子一样不露痕迹地来去，在她和他的关系里埋下了没法根治的病灶。

白妈突然说：“呀，忘了生日蛋糕了。”

白妈去取蛋糕，剩下的三人费了一番功夫才把叠满盘碗的餐桌挪出个空儿来。蛋糕摆好，蜡烛插好，白妈把打火机交给吉普，自己回身把灯关了。吉普啪啪点燃两支“3”和“0”的数字蜡烛，烛光映红了白小七的脸。

“都别说话，我许愿啦。”她双手握拳顶在嘴唇上，闭上双眼。

许了愿，吹了蜡烛，白妈重又把灯开了，吉普笑笑对白小七说：“你得感谢灯光师。”

白妈笑开了：“哎哟，小陈真会说话！”

白小七很久没看到妈妈这么高兴了。她感激地看向吉普，却见他从口袋里掏出个红绒盒子来，递给她：“小七，生日快乐。”

打开盒子，是一条金项链，坠子跟吉普之前买给白小七的戒指配套。

“别看小陈人长得高高壮壮的，心真是细，看这坠子挑得多好看。”白妈抿着嘴看着吉普，满脸的欣慰。

这一餐饭，吉普接二连三举起酒盅向白爸敬酒，却不让他多喝，说小辈理应先干为敬，伯父要保重身体，哄得白爸和白妈都很开心。白小七则担忧地看着他的脸越来越红，一直红到脖子根。

酒足饭饱，老白夫妇收拾碗筷。白妈嘱咐白小七：“带小陈参观一下咱家吧。”红扑扑的吉普乖乖地跟在白小七后面穿过走廊，听白小七煞有介事地一个房间一个房间地介绍。到了她的卧室，床上躺着一只硕大的抱熊，吉普撇撇嘴：“肯定是头公熊。”

“呸！”白小七正想挖苦吉普两句，他的电话就响了。他接电话之前，眼神迅速地在白小七脸上扫了一下，走远了几步。白小七没有听到电话那边说什么，只听到他程式化地应对了几声，然后说了一句“我马上到”就挂断了。

“商场有点急事，我得马上过去。”

“你喝酒了，怎么开车啊？”

“没事，我能开车。”

“那可不行！”不知道什么时候，白妈已经端着刚切好的水果站在门口了，“酒后驾驶太不安全了，而且小陈刚才没少喝，这不是酒驾了，是醉驾！小七，你刚才没喝酒，你开车送小陈过去吧！”白小七终于见识了什么叫丈母娘看女婿，这么快就把闺女卖了。

吉普极力推托，白妈还是坚持。在电梯上，吉普一言不发，电梯门一开，他狂奔而出，抱住路边的垃圾桶狂吐不止。

白小七又心疼又好笑，拍着他的背："不能喝就少喝点儿，这是何苦呢？我去给你买瓶水吧。"

吉普双手紧紧箍住半人高的垃圾桶的边沿，无法回答。这时候，吉普裤子口袋里的电话又响了，白小七略一犹豫，轻巧地把手伸进吉普口袋，抽出电话。

邱慈！又是邱慈！

白小七的心情瞬间降至冰点："你手机响。"她把手机递给吉普。

吉普迅速按掉电话："还是刚才的事，一个客户，不接了，马上到了。"

白小七系好安全带，发动车："去哪儿？"

"回家。"

"不是着急去商场吗？"

"先换身衣服，这一身酒气怎么谈事啊？"

吉普迷迷糊糊地躺在副驾驶上，偶尔抬头给白小七指路。车快到吉普家，白小七说："我内急，一会儿借你家厕所用用。"

"憋不住了吗？"吉普无厘头地问出这么一句来。

"怎么，舍不得借吗？"

"不是……那你在前头转弯吧，咱们先去办公室，我办公室衣橱里也有衣服。"

白小七的眉头越锁越紧："为什么从来不让我去你家？"

"家里太乱，怕你笑话。"

白小七放弃了争辩。挨打的那次也是这么说的吧。乱，是人乱、心乱还是房间乱？

送完吉普回到家，白爸和白妈已经坐在沙发上看电视了。白小七筋疲力尽地一头扑在床上，抱着大熊不想起身，白妈端了一盘水果放在床头："我跟你爸都觉得陈朗还不错，不过他走南闯北的，比你大好几岁，又是生意人，你也长点儿心眼……我最近好像什么过敏了，全身起疹子，疼。"边说话边走出屋："老白啊，给我涂点药膏！"

白小七摸出手机给吉普打电话，无人接听。再打，还是无人接听。她噌地起身，从衣橱的抽屉里找出两把钥匙，攥在手里。

第二天上班，白小七正满腹心事地低头理着稿子，王早在QQ上叫她：“白总，你来。”

白小七牙缝里挤出一个“嘁”，晃晃荡荡走到隔壁王早的编辑室。王早坐在角落，脸冲着显示器，并不招呼她，只管死死盯着电脑。

“干吗呀，耍大牌吗？”白小七没心没肺地坐到王早旁边。

王早这才转过头来，白小七吓了一跳。王早两只眼睛布满了血丝，嘴唇四周一圈胡茬儿，两条眉毛之间刻着几道深深的川字纹。

虽然还不知道发生了什么，但先前见到姚蓓蓓时不安的预感再次攫住了白小七。

“蓓蓓失踪了。我去她家找她，敲门，没人应。在门口守了两天两夜，没人进去，没人出来。电话关机了，其他联系方式也都没回应。”

“她家其他人呢？”

“去之前，她爸住院的地方找了，说是转院了，不知道转到哪儿了。”

两人沉默，肩并肩傻坐着。

“小七，她不会出什么事了吧？”

“不会的，别乱想。”

“我们没吵架，没闹别扭，从她回来，一次脸都没红过。”眼泪从王早满是血丝的眼睛漫出来，流过他熬得青青黄黄的脸颊，冲刷过密密匝匝的胡茬儿。王早伸手胡乱抹一把，又从兜里掏出烟和打火机：“小七，我想不通。”

白小七心疼地别过脸去：“什么时候开始抽烟了？”

“夜里坐在她家楼下，怕睡着了等不到她，抽一根人就精神了。”王早吐纳着烟气。

“接下来你打算怎么办？”

“不知道，继续等吧。下班你有事吗？陪我一起去吧。”

“行。”

这天晚些时候，白小七跟王早来到姚蓓蓓家楼下，王早在旁边的杂食店买了两罐冰镇啤酒，递给白小七一罐，两人并肩坐在旧居民楼低矮的水泥花坛上。夕阳过后是黄昏，黄昏过后天黑了，白小七在附近买了点吃喝，放在王早脚边。

王早已经有些神经质。他随身带着充电宝，必须保证手机满电，同时每隔几分钟就要看看手机，生怕错过什么。他拿过白小七的电话，给他的手机拨过去，响了，于是嘀咕："接得通啊。"好像姚蓓蓓的杳无音信和不辞而别都是手机的错。

白小七并不觉得这等待冗长难耐，这不仅因为她是王早的朋友，有义务在艰难时刻与他站在一起。漫长无望的等待是人生常态，这或喧嚣或静默的无奈，人人皆可分一杯羹。一整天了，吉普没有消息，她也没有主动联系他，"邱慈"这个名字在她眼前晃来晃去，让她心乱如麻。

在水泥花坛上坐酸了双腿的白小七突然对自己的处境又多了一些觉悟：吉普从来没有带她去过他家，他的电话一回家就关机，即使不关也很少接起电话，只要他在家，微信也都是打字，从不语音。

王早正失魂落魄地在她身旁抽着烟，烟盒和打火机放在两人之间。她也拿过一支烟，点上。

王早站起来："小七，时间不早了，你先回去吧。"

"那你呢？"

"我再等会儿——这么晚你自己走我也不放心，要不你给吉普打个电话吧，让他来接你。"

"他不会来的。"她咬咬牙，拉拉王早的袖子，"你坐下，我跟你说点儿事。"

白小七把事情的前前后后讲了一遍之后，王早又点了一支烟。他没有给她什么建议，她也没有因为倾诉而得到解脱。

白小七站起来，拍拍屁股上的尘土："我走了，你别太晚，要是明天白天顶不住，就别上班了，我帮你请假。"

王早也站起来："我还是送你回家吧，要不我不放心。"

"不用，你等着吧，万一她这会儿回来呢。"

"要是想回来，早就回来了。"

王早一直把白小七送到楼下。走过她和吉普热吻过、交缠过的故地，王早说：“小七，不要去。”

“啊？”

“别去开他家的门，也别问他——你的这些怀疑，没必要问他。”王早又说，“我怕你伤心。”

“其实蓓蓓回来之后，我也总觉得有点不对劲，可我想毕竟两地这么多年，大家有点变化都很正常。求婚很顺利，张罗婚事一路都很顺利，顺利到不像真的——你看，果然不是真的。”王早苦笑，“谁都不傻，如果你发现不对劲，那就是真的不对劲。除非你甘愿蒙起眼睛过一辈子，不然就不用给对方找借口。”

“你不打算继续等了吗？”

“我刚才突然想明白了，她为什么就这么走了，为什么不给我解释。只有一种可能，因为说不出口，解释比不告而别更伤人。”

白小七承认王早说得对，可她做不到。“我需要合理的解释，我不甘心。”她说。

夜里，白小七躺在床上回想着临进家门时王早说的话：“小七，那些不甘心的，其实根本由不得你甘不甘心。”

第二天一大早，吉普打电话来约白小七看电影。他语气轻松，解释说昨天一直陪客户，晚上饭局又醉死了，所以才没联系她。“你想我了没有？”他故意放低声音，颤颤地撩拨她。

白小七无心恋战：“晚上电话联系吧。”

下班后，白小七又买了菜去给佳薇做饭。为了肚子里的宝宝，佳薇不再化妆，也不再穿高跟鞋，套着松垮垮的睡衣，趿拉着拖鞋，懒洋洋地看白小七忙活。素着一张脸的赵佳薇还是20岁的样貌，这10年，在她们的皮相上都没留下太多痕迹。

“过几天我得去做产检，你陪我去。”佳薇说。

“行。”白小七义不容辞。

吃饭的时候，白小七只放了一副碗筷：“吉普说今晚看电影，我等他来接我，跟他一起吃。”

之后白小七洗碗、做家务，把佳薇的衣服扔进洗衣机里又洗好挂起来，终于在沙发上坐下来歇一会儿。佳薇问她：“你家吉普怎么还没打电话？”

可不，最后一场电影的时间也快过了。白小七拨出电话，无人接听；再拨，无人接听；再拨，电话被按掉了，拒接。

吉普这次爽约比白小七预想的要久，他跟姚蓓蓓一样失踪了，不接电话，不回复短信和微信。差不多48小时后，他通过一条没有温度的短信重返人间：“小七，我临时有事去外地出差，忙，等回去找你。”

接到这条短信的白小七正开车回家，她忽地掉转方向，朝吉普家开去。虽然他只说过一次，但是她还是记住了：A座1204。

终于站在吉普家门口，白小七深呼吸了几秒，抬手敲门——或许他在家，那么她好歹能得到一个解释。

“谁啊？”

是一个女人。

白小七抬眼看看门牌号，没错：“请问陈朗在吗？”

门里的声音迟疑了一下：“他没在家，您到公司找他吧。”

白小七觉得一股火往头上涌，掏出钥匙打开了门。一个女人立在她的对面，满脸惊讶：“你怎么有我家钥匙？你是谁？”

“我是陈朗的女朋友。你是谁？”

“我是陈朗的妻子。”

白小七的目光越过女人的头顶，正看见对门的电视墙上的婚纱照。

白小七像被蜜蜂蜇了耳朵，“嗞”地疼了一下之后是铺天盖地的空白。她单手撑住门框，打量对面的女人：个子比她矮一头，稀疏的黑长头发，面色苍白，两眼间距离稍远，整个人显得涣散寡淡。

“你怎么有我家钥匙？”吉普妻子的脸上写着区别于喜怒哀乐之外的另一种情绪。

白小七全身疲软，像烧到油枯的灯，她指指门边上的沙发：“我可以进来坐一会儿吗？”

女人迟疑了一下，后退几步，给白小七闪出一条路。

白小七刚在沙发上坐下，女人又问："你怎么有我家钥匙？"

女人没头没脑地找上门来，正房太太理应急火攻心，搞不好还要仪态尽失，大打出手，总之，大概不会反复纠结于钥匙的来历——这重要吗？

"钥匙吗？陈朗给我的。"说完，白小七在沙发上正正身子。

"不可能！"

白小七突然明白了——这个女人满脸的情绪不是别的，是恐惧。

她清楚丈夫的禀性，他在外总归是有女人的，作为妻子，她对此无能为力，因此，他有什么样的女人、几个女人，甚至她们是不是找上门来，都不重要，重要的是他会不会因为她们放弃已有的家，这才是事关正房太太名分、地位的大事。只有这样，才能解释为什么她一再追问钥匙的来历，因为在她眼中，钥匙才是为这件事定调的关键。

知己知彼，白小七镇定了一些，话锋一转："我今天来还有别的事。"

"什么事？"

"陈朗欠我钱。"

女人没搭茬儿。可话说到这一步，白小七已经释然得多，无所谓对方的反应："你就是邱慈吧？"

女人含混地"嗯"了一声，继而惊讶地抬眼看了白小七一眼。真相如多米诺骨牌，缺的只是轻推一下。王早说得对，早知如此，何苦来这一趟？

"如果你不相信我的话，可以给他打个电话，让他现在就回家，我们当面对质。"白小七知道邱慈不会也不敢打这个电话，她只是要进一步验证自己的判断。

邱慈果真没说话。

"我先前不知道他已婚，我也是受害者。所以我没想破坏你们的家庭，我今天也不是来示威的。但是陈朗欠我钱这个事跟他已婚未婚都没关系。"

邱慈束手站在沙发边上，眼睛盯着地板："你们是怎么认识的？"

"相亲会认识的，陈朗是那里的会员。"

"我之前跟他说过不要去相亲会，那里都是严肃的想恋爱结婚的人。"

"现在这都不重要了，只要他把钱还我，以后我不会再跟他有瓜葛了。他欠我的钱分两块：前几天他去我家拜访我爸妈买东西的钱是我垫的；二是他之前说要我陪他一起回福建开会，机票是我订的，他得把机票的损失补给我。”这点钱不值一提，白小七只想把她突然找上门来这件事合理化。

“那等他晚上回来我侧面问问他。”

这句回答让白小七大大地惊讶了，她宁可相信这只是邱慈的缓兵之计——外面的女人已经找上门来，作为妻子，还要“等他晚上回来”，而且只敢“侧面”问问……难道要捉奸在床才敢正面问?

白小七正在感慨，邱慈又问：“钥匙不是他给你的吧？”

这句问话让白小七彻底没了脾气，她甚至不再自怜，因为面前这个有名分的女人明显比她可怜得多。

“不是。”算了，这样的对手不值得周旋。

确定白小七不是吉普发来的人肉离婚书，邱慈陡然放松，一屁股坐在沙发上。

白小七环顾客厅，目光所及是婚纱照上吉普幸福的表情，怎么看都显得猥琐，于是收回眼光：“你是做什么工作的？”

“工作早辞了，我身体不太好，常年在家休养。”

“你们结婚……”

“快10年了。”

“有孩子吗？”

“没有。”

白小七起身：“我们留个手机号吧，方便回头联系，钱的事情究竟怎么解决，希望你们尽快给我答复。”

“等他晚上回来我问问他。”

临走前，白小七看看邱慈的打扮，似乎也要出门：“你去哪儿？我开车带你一段吧。”

“去市医院复查，前两天做了个小手术。”

“正好顺路，我带你。”

邱慈最终没有推辞，两人一起上了电梯。

“你多大？”电梯下降，邱慈问。

“刚过了30岁生日。”

“你小我5岁。”

车上了立交桥，白小七有点分神，下错了出口。邱慈问她：“你想什么呢？”

“想怎么跟我父母说。”白小七叹了一口气。

邱慈下了车，白小七一个人开回去的路上，突然想到西域就在市医院上班，所以他应该一早就知道吉普已婚。那么西域几次若有若无的暗示，如今想想都有了指向。白小七正感叹自己掉进了深坑，王早打来电话：“晚上有事吗？一起喝点。”

北方的春末阴晴莫测，前一天碧空万里，后一天却狂风大作，乌云密卷，末日来临般运着气，分分钟就要雨雪混杂着甩下来。王早跟白小七约在她家附近的小酒馆。白小七走着熟悉的路线，却好像迷路在丛林里，进三步，退三步，来来回回绕圈，看不到曙光。懵懵懂懂到了地儿，雨夹雪终于降临，汤汤水水裹着雪片抽来踹去，每个行人都一身潮乎乎的衰相。

白小七一路跑向酒馆，推门太猛，几乎闪了个趔趄。王早坐在离门口最近的小桌，看她到了，无声地咧了一下嘴。白小七在王早对面坐定，来回甩甩头发上的水滴。

两人肃穆地等待上菜上酒。窗外已经是一片呼呼啦啦的白雾，雨雪打在酒馆的老式木头窗棂和窗玻璃上，滴答滴答地响。白小七想到与薛立平分手那天也下了雪，却比今天这雪端庄干净得多。

该说些什么呢？雪夜，两个失意的人。

几盅酒下肚，身体和脸色都温热些，白小七讲了刚刚在吉普家发生的一幕。

“你就那么开门进去了？”王早有些惊讶。

“对。”

“白总，唉……”王早沉吟一声，没再说下去。

王早没提姚蓓蓓，白小七也没问，想来应当还是杳无音信。仿佛又回到王早等待姚蓓蓓回国而白小七被薛立平搁置一边的日子，两人互相安慰，互相勉励，用朴素的行动诉说着祝愿和陪伴……然而，到头来，并没有迎来苦等的善果。

被叵测的命运摆了一道又一道之后，白小七抿着盅里的小酒，体察到自己的心像此时搁在窗外的那些守了一冬的大白菜，由绿到黑，从嫩变老，本来的水灵都蜕去了。挨了冻，落了雪，又得了暖，化了雪，以为终于完事了，没承想在这样的天气里再次挨冻落雪……她白小七到底做错了什么，要被如此反复摧残？

“这事不算完。”白小七吐出这么一句。

“反正不能就这么完了。”

王早又叹了一口气，没再说话。

这雨雪来得快去得也快，两人酒还没喝完，天地已经清静。微醺着出来，车扔在小酒馆门口，王早步行送白小七回家。劝她的话，白小七已然听不进，只管一步一个脚印往家走。

进家门，白妈正涂药膏，疼得五官扭曲。

“可回来个人了，快帮我涂一下肩膀这儿。”白妈把药膏递过去。

白小七一边涂一边问：“我爸呢？”

“你爸最近不是心脏不舒服吗？今天我让他去医院检查了，医生说得观察。他刚才给我打电话，说天气太不好了，他在医院挂个床，将就一宿，明天早上直接看心脏监视结果。”

“住院了？这么严重！”白小七吓了一跳。

“不算住院，就是懒得来回折腾，没事，我们俩刚通过电话。”白妈忍着疼安慰女儿，“对了，你这是跟谁喝酒去了？这一身的味儿。”

“跟王早喝点儿，说单位的事。”白小七的父母都知道王早，“妈，你这身上的癣怎么越来越多啊？也去医院看看吧？”

“不用，已经好多了，坚持涂药就能好，去医院也没有什么更好的办法。反正就是疼，晚上疼得睡不着觉。真是老了，什么病都得。”白妈叹口气，“我说小七，你单独跟王早吃饭，小陈不会有什么想法吧？”

“不会的。”白小七涂药的手停了一下。

“怎么了？药膏不够了？”白妈问。

“不是，涂完了。”

“小七啊，上次你说跟小陈一起去福建开会，就这几天了吧？”

“嗯，这周末的航班。”

“以前你每次开学放假自己坐飞机，这么远的路，我跟你爸都担心得不得了。现在有小陈陪你，我们总算可以放心了。”白妈欣慰地笑笑，“你爸刚才在电话里一直问你怎么还没回来，担心你雪天开车不安全，你给他打个电话吧。”

白爸的声音略显疲惫，一再说自己蛮好，让白小七不必担心，明天他就回家住了。他又问：“你妈说你过几天要回福建，用不用爸开车送你去机场啊？”

“不用啦，爸，你好好休息吧。”

“对对，现在有小陈了，不需要爸啦，哈哈。”

白小七跟着附和了两声干笑，嘱咐白爸夜里盖好被子别着凉，收了线。

临睡前，白妈说：“小七啊，我跟你爸都觉得小陈这孩子比那个薛立平强多了……这段时间虽然我们俩身体都不大舒服，但这心里头可真是敞亮啊。”

白小七看着妈妈身上一块一块尚未吸收完全的白色药膏，又想想在医院病房戴着监视器独自入睡的爸爸，决计不取消福建之行，也决不能让父母知道整件事的真相——至少不是现在。

白小七躺在床上，心想，吉普这个时间应该已经在家了——邱慈不是说他天天晚上都会回家吗？那么他现在应该知道白小七偷配了钥匙，闯进他的家门，假借索要欠款与他的妻子对话。

白小七把手机拿过来。没有电话，没有短信，没有微信，世界出奇安静，好像什么都没发生过。

第二天一早上班，白小七给吉普拨电话，他居然接了，语气冷硬：“什么事？”

“我的钱什么时候还我？”

“你把账号给我，10点前到账。”

10点钟，钱没有到。再拨电话给吉普，拒接。

一股火噌地蹿上来，白小七冲出办公室，一转弯跟王早结结实实撞在一处。

没心情顾念被撞疼的肩膀，白小七继续风风火火地跑向电梯口。王早紧随其后，一把拽住她的胳膊。

“干吗？”白小七灼灼地瞪着王早。

“别去，小七，别去。”

“别管我！”电梯到了，白小七挣脱王早，冲进电梯。

门缓缓合上，将白小七涨红的眼睛与王早煞白的脸色隔绝开来。

一路堵车，每到路口都是红灯，像是上天的某种旨意。在市医院门口的信号灯前，白小七再次不得不踩下刹车，气急败坏地砸了一下方向盘，刺耳的鸣笛声把正在过马路的人们吓了一跳，诧异愤怒地看向车里的白小七。

昨天白小七送邱慈来过这里，大城市的大医院比商场更门庭若市。白小七又羞又恼，恨极了这个世界，只管怒目回视那些目光。这时，她看见一个女人穿过人群又汇入人群，似乎无心理会外界的声响，行色匆匆跑进了医院。

是姚蓓蓓。

白小七一下慌了神——是下车去追还是给王早打电话？可王早明明说过不想再追问原因……正犹豫间，身后的鸣笛声已响成一片，绿灯亮了有一会儿了，白小七阻塞了车流。

算了。白小七松开刹车。饭得一口一口吃。她踩下油门，驶离了这个是非之地。

吉普办公室的门锁着。白小七抬手敲门，笃笃笃，没人应。再敲，笃笃笃，还是没人应。她从包里找到钥匙，开门走进去。

吉普对着电脑端坐着：“来啦，坐。”

白小七搬了一把椅子坐在他的身侧，距离颇为亲近。吉普警觉地看看她，又马上正色，盯着电脑说：“我知道你有钥匙，所以没动。以后直接开门进来就好了。”

“好啊。”

有那么一会儿，他们都没说话，吉普盯着电脑，白小七盯着他，像在玩一个冗长而别有深意的游戏。白小七的目光掠过吉普凸起的额头、浓密的眉毛、下垂的眼角、曲线嶙峋的鼻翼、饱满的嘴唇和尖长的下巴。这些她曾经以为是她的，原来从来都不是她的，她成了一个被动的偷窃者，在不知情的情况下扮演了一个荒唐而不光彩的角色。

若说这一昼夜发生的事让她就此绝了对吉普的感情，似乎也并不可能——到这一刻，真正见到他，白小七才意识到与这个男人的相处中还是幸福占了上风。若不是借机配了钥匙，开门直面真相，令自己退无可退，那么即使他失踪得再久，疑点再多，只要有个差强人意的解释，她都会释怀，与他走下去。

想到这里，白小七如鲠在喉，问出一句话，声音沙哑："钱什么时候给我？"

吉普点了一支烟，并不吸，任它在指尖越烧越短："小七，我最近生意上出了点状况，钱都投进去了，马上又要带客户去福建开会，你容我个空儿，行吗？欠你的我一定还，你需要的话，我现在就给你打欠条。"

白小七突然庆幸薛立平反正没钱还她，她便不用与之当面对峙，免去分手之人被迫相处的大尴尬和大凄惶。吉普并没有质问她配钥匙这件事，也没有责怪她惊动了邱慈，似乎非常坦然地接受了眼前这个糟糕的事实和白小七这个麻烦的女人。还钱的事，他也接得有理有据，滴水不漏。白小七不得不佩服吉普的处乱不惊，看来邱慈没有撒谎：他是个惯犯。

从前的几个月，如今想想，真是与狼同榻。白小七脊背一阵凉。吉普恰在此时掐灭一口没吸的烟，转头直视白小七的眼睛："小七，有好几次我想对你说，可是实在开不了口。我跟邱慈没什么感情，也没孩子——我特别想要个孩子——早就想离婚了，可是她没工作，身体又不好，我总觉得跟她离婚太不仗义了，下不了决心。但是遇见了你，我豁出去了，你给我点儿时间，可以吗？"

白小七没言声，垂头看着脚下。

关于二人的婚姻状况，吉普和邱慈各执一词，总有一个人撒了谎。邱慈的为人，白小七不了解，吉普则早不在她的信任名单之内，所以两个人她都不信。无论吉普是否真的心仪白小七，是否会离婚，欺骗的事实都永远无法改变，他也绝不是一个可以托付终身的男人。今朝他负邱慈，明朝保不齐也会负白小七。

白小七只是想不清，为什么吉普要这么做——只是骗财骗色的话，那点钱也未免太拿不出手，而且既然已经得手，何苦还要去见她爸妈，花这许多心思？题目太难，白小七眉头紧锁，疲惫极了。

“小七，我知道你怪我。都是我不对，你应该怪我，以后我们结婚了，我都会补偿回来的。”吉普轻轻地用双手扶住白小七的肩，“我骗了你，我承认，但我从来没有对任何一个女人这么认真过。如果我只是想骗你，我为什么要去见你的父母？这不是给自己找麻烦吗？如果我说我一开始就想娶你，那确实太假了，但后来我真的觉得一切都是真的。我不指望你原谅我，但也请你不要再怀疑我，可以吗？”

身体接触是最直接的试探。吉普的双手没有被推开，瞬时气势大增，将白小七整个人揽进怀里。白小七如水般就势将下巴搭在吉普的肩上。

“小七，钥匙你就留着吧，你还想要什么钥匙，车钥匙？公司仓库钥匙？只要你要，我都可以给你。”

许多年前，白小七曾短暂地交往过一个男朋友。之所以短暂，是因为天时地利与人和都不占——第一次牵手，白小七笑场；第一次拥抱，白小七还是笑场。这让男人顿感挫败。可是为什么笑场呢？她也说不清，只是确实觉得好笑，所以尽管自责，还是忍不住笑出来，最后只好讪讪分手。这种不合时宜的情绪此刻又冒出头来，白小七突然又想笑了，只不过这次的笑不是毫无缘由——她真心感觉吉普的话牵强、虚假。但他即使演技更好一些也无济于事，白小七恐怕再也不会信任陈朗这个人了，但她也不会这么容易就放过他。

白小七坐直身子：“什么钥匙都给吗？”

“嗯。”

“好，钥匙我不要了，但要一样跟它功用差不多的东西——QQ密码给我。”

吉普一怔，半晌没说出话来。

“不行吗？”

“行。”

吉普把密码告诉白小七，白小七当场在电脑上验证，登录成功。吉普抢过鼠标："你还没吃午饭吧？一起吃点儿吧。"

"好啊。"

去饭店的路上，白小七给王早发了一条微信：

什么都别问，登录567862548这个QQ号，密码是56856585，马上把你的QQ加上，再随便找两个可靠的人加上，然后清理加人的痕迹。搞定了回复我。

在饭店，白小七满脸愁容："去福建的机票就是这周末了吧？"

"嗯，到时候你在家等我，我去接你。"

"我还是不去了吧？"

"为什么不去？"吉普伸手拍拍白小七的脸，"我都不怕，你怕什么？"

白小七没有躲闪："好吧，那你要保护好我，我不想惹麻烦。"

吃了饭回来，白小七说要继续上班，钻进了车。她拿出手机拨电话给白爸："爸，心脏检查的结果出来了吗？"

"出来了，没啥事，就是吃药，别累着，别激动。"

"那就好，晚上想吃什么？我买回去。"

"不用啦。你去福建要带的东西都置办齐了吗？行程没有变化吧？我看最近天气有点反常啊，昨晚还雨夹雪呢，你是不是得多带一件衣服啊……"白爸爱女心切，开始絮叨。

"放心吧，没变化。"白小七说，"那我晚上去佳薇那儿住啦。你记得吃药，早点儿回家给我妈涂药，有的地方她自己够不着，涂不了。"

挂掉电话，王早的微信适时到来：白总，搞定了。

白小七嘴角牵起一丝笑。

第四章

白小七洗碗，佳薇依旧袖手倚在门边，白小七说："后天我就要去福建了，明天陪你把产检做了吧。"佳薇应下来，又问："姐，你情绪不太对啊，心里有事？"

"姐"这个称呼太过郑重，又太过亲昵，佳薇轻易不会出口。如此说来，对白小七的异样，佳薇已有察觉。但到底要不要把最近发生的事告诉佳薇，白小七还没有决断。当下的佳薇大着肚子与全世界为敌，白小七不想再给她增加压力。

正踌躇间，白小七电话响了，是吉普。佳薇在一旁若有所思地望着白小七，见她语气如常，大概放了心，慢慢踱步回屋去了。

白小七问吉普："明天我要陪一个朋友去医院做产检，现在医院排队的人太多，她大着肚子不方便。你方便问一下西域吗，让他帮帮忙？"

吉普对佳薇其人早有耳闻，答应得很痛快，说马上给西域打电话："你记一下他的电话号码，明天直接找他就行。"

白小七不由得在心里暗笑：邱慈看病，想来也没少麻烦西域；如今她带着佳薇去了，还是通过西域——没承想西域才是最全知的那个，真真大隐隐于市。

将厨房收拾停当，白小七解开围裙走出来，通知半躺在沙发上看电视的佳薇：“挂号的事吉普帮忙搞定了，明天咱俩可以多睡会儿了。”

“哎哟，吉普先生挺给力啊！”

“可不。”白小七两下把佳薇的一双大长腿打到一边，在沙发上给自己腾出一块能坐下的地儿。

第二天上午，白小七和佳薇来到市医院，西域已经在门口候着。想到西域应该早已知道她见不得光的身份，或许在心里嘲笑她也未知，白小七的眉毛鼻子拧在一起，神情颇不自然。西域倒大方得很，简单地打了招呼，直接领她们去了产科。

佳薇进了诊室检查，见等候的人太多太乱，西域引白小七去他的办公室坐。他大踏步走在前面，一路跟同事打着招呼。白小七则目光游移，仿佛姚蓓蓓或邱慈都可能随时跟她撞个满怀，让她又期待，又畏惧。医生办公室与诊室是分开的，办公室没有那么多病人和家属穿梭其间，要清静得多。白小七坐下没一会儿，西域被叫去会诊，办公室里只剩下几个实习生。

专家老师们一走，被压在白大衣下的实习生们像惊蛰后的虫蚁般活泛了——

“哎，听说昨晚27床那老头儿又骂闺女啦。”

“又说他闺女在新加坡卖身的事了？”

“靠，这老头儿真够不是人的！他闺女投胎在这人家算是倒了八辈子霉！”

“不一样！据说这次又骂出新词了！”

“什么新词？”

“说是他女儿在国内有个大备胎，好像是高中同学，这么多年一直等着她回来娶她，条件还不错，是个杂志编辑还是什么来着……这不是天上掉馅饼的好事吗？结果呢，她居然不嫁，把一个质量这么好的备胎给甩了！把老头儿气得啊！”

“干吗不嫁啊？”

“谁知道啊。最近每次老头儿一疼得受不了就骂人，越骂越难听。他女儿在一边听着，一个字儿也不说，谁也不知道她心里想什么。”

“要说他这个女儿看起来挺文静的，不像干那个的人啊。”

“你懂什么，你见过干那个的人什么样啊？”

27床。

白小七噌地起身。她穿过走廊里挤挤挨挨的人群，险些把举着吊瓶的大妈撞翻，又差点儿绊倒在轮椅前，来探望病人的人举的花束挡住了她的视线，她不由得分手拨开，花瓣窸窸窣窣谢了一地……不知说了多少句“对不起”“让一下”，白小七终于站在27床的床前。

床空着，一个纤瘦的背影在整理东西。

一个护士从白小七身侧走过：“27床家属，病人现在ICU靠呼吸机维持。你跟医生商量一下还有多大的治疗价值，然后把费用结一下。”

“好。”

护士走出去。姚蓓蓓回头，看见白小七。

姚蓓蓓看人的目光还是跟白小七初见她时一样戒备、疏离，只不过又多了些疲惫、枯槁。一头短发由于疏于修剪和疏于打理而乱蓬蓬的。这双过大的、不笑时几乎像是怒目的眼睛里写满了决绝，似乎什么都不相信，什么都不热爱。

姚蓓蓓苍白的脸色开始泛红，一双大眼睛越过白小七左右张望。

“别担心，他没来。”白小七说。

姚蓓蓓眉眼一紧，两行泪落下来。

姚蓓蓓与白小七并肩坐在空着的27床上。姚蓓蓓说她出国几年都是卖身为生，赚的钱寄给父母，主要用来给父亲治病。

“这事本来没人知道，不过我爸最近一疼得厉害就骂我，现在估计已经无人不知无人不晓了。”姚蓓蓓自嘲，“我在新加坡跟几个朋友一起投资做了点小生意，这边的事料理完了，我想把我妈一起带过去。新加坡挺好的，干净，景色也不错，挺适合养老的。”

这个未来规划里明显没有王早的位置，白小七问：“这些事……王早一点儿都不知道吗？”

“他不知道。”姚蓓蓓焦灼地盯着白小七，“不要告诉他，一定不要告诉他——我对不住他，就让他当我死了吧。”

“你自己将来有什么打算？”

“打算？不如你来告诉我，你将来有什么打算？”

白小七语塞。

“你是好人，王早也是好人，但你觉得你们得到什么好报了吗？付出都有收获了，还是有情人终成眷属了？看，生活不是照你的打算来的，过一天算一天吧。”

告别了姚蓓蓓，去产科诊室接了佳薇出来，西域还没散会，白小七给他发了一条短信表达感谢。回去的路上，佳薇捧着一大堆营养品，把医生说的每一句话转述给白小七。车停在佳薇家楼下，她把手机递给佳薇：“你把通信录里王早的电话记下来。”说完，她又从包里掏出两把钥匙：“这两把钥匙帮我保管好。”

佳薇一时有点发蒙：“这是干吗呀？”

“没事，我就要去福建了，东西放你这儿我放心。”白小七说，“这几天我不在，你好好照顾自己——如果刘培林找你，不要单独见他，你可以打王早的电话，让他陪你。”

“你没事儿吧，白总？怎么搞得跟临别遗言似的？你这是去福建啊，还是上战场啊？”

白小七和佳薇互相翻了个白眼：“去吧去吧，吃你那一大堆孕妇食品去吧！”

佳薇下车，白小七在后视镜看她活蹦乱跳消失在楼门口，心想：姚蓓蓓是对的，不知是不是福。

出行前夜，涂了满身药膏的白妈忙前忙后帮女儿整理行装。白小七给王早打电话，把吉普、邱慈、西域的地址和电话备份给他，又说：“我有个闺密叫赵佳薇，在晚报上班，怀孕了，老公不在身边，平时都是我照顾她。我把你的电话号码给她了，我不在的这几天，如果她有什么事，你多帮帮忙。”

王早一一答应着，白小七又特意嘱咐：“我明天下午2点上飞机，6点下飞机，这四个小时内，你把上次我发给你的那个QQ号申诉密码丢失，然后向你加的那几个QQ号发送申诉请求找回密码。成功后，你把密码改了，QQ号的关联手机号换成你的。一切都搞定后告诉我一声。”

王早没说行，也没说不行，只是问她：“你非得去福建不可吗？”

“小七，这条裙子要带吗？都皱成这样了，我得给你熨一下。”屋外传来白妈的声音。

“必须去。”

“那……注意安全吧。”

“嗯。”姚蓓蓓失踪的真相在白小七脑中盘桓，她忍了又忍，没有开口。

第二天中午，一辆商务车停在白小七家楼下，司机礼貌地把白小七的行李搬上车，又拉开车门请她上车，吉普坐在车里没动，露出副驾靠背上方半个正襟危坐的后脑勺。

沿途接了三个客户，都是女的。两个四五十岁的大姐，第三个女人的年纪倒与白小七相仿，嘴甜而爽利，很有生意人的样子，唤吉普“哥”。人都到齐了，吉普扭了半个身子过来：“给大家介绍一下：两位前辈，张姐、刘姐；何欢，何老板。”到白小七这儿，吉普顿了一下：“白小七，内人。”

何欢马上说：“呀，原来你就是传说中的嫂子！”

白小七脸一红，硬着头皮跟大家打了招呼。

吉普开始跟两位老大姐聊会议，何欢问白小七年纪，才知两人同岁；又问生日，白小七只比何欢略大，而何欢的生日居然正是次日。白小七看她神色，似乎没有把生日放在心上，于是掏出手机给吉普发微信：“何欢明天生日，你要不要跟公司说一下做做安排，给她个惊喜？”

吉普听到提醒，看了微信，马上小声跟司机交代事情。

白小七也说不清为什么要这么做，只是见了何欢，觉得玲珑聪慧，想她一个女人单打独斗做生意，把生日都忘了，总是有点怜惜。反正公司出面，又是与客户搞好关系的感情投资，谁也不搭什么，皆大欢喜。

换登机牌，过安检，等待，登机。白小七临窗，吉普在中间，何欢挨着过道，两位大姐在过道另一边坐定。空乘例行提醒后，三人都把手机开了飞行模式。吉普和何欢聊生意。白小七拿了书读，昏昏沉沉有些困，只听吉普在耳边轻咬了一句：“快睡会儿吧，等到酒店我折腾你，你就睡不成了。”

白小七浑身一激灵，心想：也不知道王早搞定了没。

公司派了一辆商务车接机，沿路何欢突然叫停，脸如纸一般白。两个大姐和本地司机都说是水土不服。车到市区，司机将车停在一家社区医院门口，吉普扶何欢下车，好一会儿才折回来。何欢整个人脱了力气，几乎是挂在吉普身上，司机下车帮忙才将她又扶上车，歪在白小七身侧。吉普递过一瓶水，白小七照顾着何欢把药吃了。

车开出一会儿，吉普扭身：“小七，我嘴角裂了，疼。把你的润唇膏给我用用。”

当着这么多人的面，白小七有点儿窘：“已经裂了，光用润唇膏不行，我有一盒消炎的……”边说边从包里掏出一个小盒子递过去。吉普并不伸手，身体凑近她，努嘴。一车人都笑了。白小七更窘，用无名指在盒子里蘸了一点点，涂在吉普的嘴角。她想不明白，为什么吉普要在车上秀恩爱——于他，客户面前，这样做似乎不大得体；于她，当下的处境，这恩爱更如钝刀一样，让她不知如何自处。白小七觉得不对劲，又说不出哪里不对劲。

车开在夜晚的环岛路上，扑来的海浪声与风声是安静中舒服的嘈杂。大家都疲倦了，两个大姐睡得很熟。吉普回头冲白小七笑：“酒店到了。”笑容和着夜色温柔，是令人绵软的胁迫。

白小七伸手扶何欢，她却躲开了，艰难地挺直身子：“我自己可以。”

到了酒店，吉普去安顿几个客户，白小七整理好东西，沉进硕大的浴缸。

车上种种，她突然有点想明白了。莫不是何欢对吉普有意？没承想吉普这浪荡子，与工作伙伴倒是界限分明，特意与白小七做出恩爱姿态绝了何欢的念头。这也就好解释了，若白小七是何欢的角色，也要挣扎着站起，不肯全身心地做手下败将。

正想着，门开了，吉普进了房间，叫了两声“小七”，没得到回应，推门进了浴室。在这之前，白小七想过再次与吉普赤身相对的画面，总觉得既不堪又罪责，但并没有生理上的厌恶。在床上被吉普点燃的白小七还远没有熄灭对这具身体的热情，也无法违心地因为道德而否定快感。

吉普推门而入的同时，皮带已经解开，裤子匆匆忙忙褪了半边。全然暴露在吉普眼中的白小七被他的急色逗乐了——这种场景下的笑非常说不过去，除了淫荡，令人别无他想。

“你急得跟条小公狗一样。”

“我是怕小母狗等急了。”

吉普褪尽衣衫，扑入浴缸，蛇一样与白小七纠缠在一起。

热潮退去，吉普瘫软在白小七的肩上。白小七故意做出夹酸带醋的姿态：“没给她打个电话？”

“打什么打！”吉普义正词严。

太过坚决快速的回答都是不可信的，是生怕对方怀疑和反驳的自卫。白小七猜想，刚刚安顿客户的时候，他早抽空打过电话了，但这并不重要。白小七当然不觉得自己而今做的事是对的，她只是笃定了自己的报复。

两人裹了浴巾走出来，吉普让小七给家里打个电话：“给我丈母娘报个平安。”

“这么晚了，他们都睡了，我发条微信吧。”

“他们一定放不下心，在等你联系他们——乖，快打个电话吧。”

白小七正拿着手机犹豫，一条微信进来了，是王早：到了吗？搞定了，新密码是你的手机号。

白小七回身，看见吉普找出电脑，正要开机。她几步抢过去，拉下吉普身上的浴巾，又拉下自己的。

吉普果然扣上电脑，笑笑，看着她：“还要？”

第二天一早，窗帘“唰”的一下拉开，吉普裸着身子的剪影逆光站在窗前：“起床起床！”

还在熟睡的白小七被光线晃得睁不开眼：“几点啦？你要去开会了？”

吉普跳上床，身体箍住白小七的身体：“还早呢。我就是想好好看看你。”

“有什么好看的？”白小七伸手遮住阳光，吉普的胡茬儿已经柔柔地蹭着她的脖颈儿。

“看床上一对狗男女，其中就有你。”

又缠绵了一晌，两人都软成一摊，蜷在床上不想动。固定电话响了，吉普懒得接起来，按了免提：“估计是酒店的叫醒服务。”

“哥，我们都吃完早饭逛好几圈了，你跟嫂子怎么还不下来？”是何欢。

“你病好了？”吉普问。

“啊呀，早没事了！快下来吧，我们都等你呢！”何欢的声音听起来确实精力充沛。

“你们体力真好，坐了这么久的飞机、汽车还不累，起这么早。”吉普嘟囔着坐起来。

“我们都不累啊，你是不是有别的体力活儿，所以才这么累啊……”何欢阴阳怪气，两位大姐压抑不住的笑声也传过来。白小七皱皱眉，躺远了些。

吉普起身穿戴停当：“我下楼吃早饭，今天我得忙一天，你什么安排？”

“回学校看看，四周走走。你忙你的吧，这儿我熟得很。”

“好——晚上有酒会，顺便给何欢庆祝生日，你别回来晚了，准备好衣服鞋子，一起去。”

“知道啦，你去吧，我再睡一会儿。”

门轻轻关上。白小七裹上浴巾翻身下床，打开电脑，登录了吉普的QQ。

白小七最先看到的是吉普与邱慈的聊天记录，吉普说给邱慈买了各种补养品云云，而邱慈只回一句：“你不是有新丈母娘了吗？送她吧。”

吉普并没有明确回应，邱慈也没有再问下去。白小七心想：若换了其他女人，这个场景下保不齐要说些“有她没我，有我没她”之类的话，邱慈如此沉默，不知是涵养还是忐忑。

“她比我好吗？”邱慈憋了半晌才问出这么一句。

白小七把胸前的浴巾打了个结，随手从吉普丢在酒店桌上的半盒烟里抽出一支来，又拉开抽屉，找到酒店配给的火柴，“嚓”地划着了。

吉普回道：“我就要去福建开会了，咱们能说点别的吗？”

“带她去吗？”

聊天记录到此为止。白小七不知道吉普最后如何说服了邱慈，总之，她没有阻拦他出差，也没有以任何方式联系白小七。

其他聊天记录多半是工作，白小七一一略过，一路点下来，看到何欢——她用照片做QQ头像，再明显不过了。

“就要回去开会了，东西都整理好了吗？”吉普问。

“当然了，哥，就咱俩去吗？”

“一共五个人。”

“哦，都是客户吗？”

哦——白小七透过想象，看到了何欢打下这个字时哭丧的脸。

“加你一共三个客户。”

“还有谁？业务员吗？”

“还有你嫂子。”

“哦。”又是哦。

何欢又说：“哥，过几天是特殊的日子，你得陪我去鼓浪屿。”

“什么特殊的日子？”

“秘密。”

“好，到时候安排大家一起去鼓浪屿。”

可怜的何欢。

白小七突然觉得有点不对——特殊的日子，莫不就是何欢的生日？这么说来，何欢并没忘了自己的生日，只不过是装作忘了，然后故意把这个消息透露给白小七，从而让吉普知道？这件事拐了太多的弯，让白小七有点迷糊。她同样想不明白的是，在邱慈的质问下，吉普居然没有说她白小七一个不字，哪怕是敷衍的坏话也没一句。客观说来，作为女人，邱慈说再难听的话，白小七也能理解，可吉普的沉默之态却不在情理之中。当下难道不正是该极力挽回的时刻吗？说白小七几句坏话，让媳妇安心又有什么不行？不过说来说去，他并没有真的履行承诺提到离婚，倒在白小七的预料之中。

再看下去，有个叫“颜嫣”的，与吉普聊得格外多，且关系绝不一般。从聊天记录和个人资料上看，颜嫣也是生意人，只是做的行当与吉普并无干系，应该不是合作伙伴；年纪比白小七大四岁，小吉普三岁。又看相册，长得紧实匀称，长发披肩，一双大眼睛炯炯有神，朋友也多，一副很吃得开的样子。

聊天记录里，吉普对颜嫣说：“我就要去台湾出差了，这几天你好好照顾自己，我会给你打电话的。”

“我不要你走，我要去台湾找你。”

“乖，很快就回来了，回来带你去沙漠。”

“不嘛。你什么时候航班？我跟你一起去。”

白小七心想，怪不得吉普不敢告诉颜嫣真实目的地，不然她真的跟着来了可有热闹看了。

颜嫣又说：“什么时候跟我回家见爸妈？”

“等忙完了这些事。”

又是一个傻女人。白小七回到床上熄灭了烟，回身找到吉普的iPad，登录了他的微信——以防万一，她没有用自己的手机登录。微信看不到太多的记录，翻看朋友圈，多半是些晒吃喝和转载链接的，正悻悻要关了，进了一条微信：“你刚才在电话里好坏……好想你啊，快回来吧。”

是颜嫣。

白小七顺势歪倒在床上，内心风云翻滚。

白天，白小七没有联系任何同学朋友，一个人回学校闲逛，沿路新旧不一的建筑都拍下来，然后用微信发过去给佳薇看，两人你一言我一语回忆当初，欢笑声不断，让白小七暂忘了烦恼。傍晚时分，白小七坐在石头台阶上对着足球场发呆。

永远不知愁的学弟们踢着球，永远嫌自己太胖的学妹们跑着圈，远处的海风带着咸腥味一浪一浪吹过来，隐隐约约又有海上的汽笛声播散开去。白小七想起大学时候，无忧无虑的周末午后，大家洗漱完毕准备睡午觉，突然听到手机震动的声音，都把手机找出来，咦，不是。又响——是电脑坏了？也不是。还响——空调声？还不是。佳薇端着脸盆从走廊进来，白小七问：“是不是你手机震动？”

刚洗过澡的佳薇如芙蓉出水，甩甩长头发上的水珠：“那是汽笛声。”

转眼10年。如果这世上真有水晶球，早知有一天会泥足深陷，不知还会不会饱含热情走这一遭。

手机响了，是吉普叫她回去：“小七，我这边会议刚结束，时间差不多了，你往回走吧。”

“好。”

回酒店洗漱，吹头发，上妆，穿好礼服和高跟鞋。白小七把自己打点停当，从浴室里走出来。穿好了衬衫的吉普坐在沙发上冲她吹了声口哨，迎上前去，把领带递给她。

白小七娴熟地给吉普打领带，他的双手却不老实地从她腰间滑下，手指去找裙子的边沿。白小七双手钳住他的手：“干吗，时间来不及。”

吉普邪邪地笑，把打好的领带一角放在白小七手中：“去那边书桌。”

白小七心领神会，倒退向书桌的方向。吉普做出欲拒还迎之态，走得很慢，故意让她用一点点力气拉扯。到了书桌前，吉普猛地把白小七的身体翻转过来，手在她的腰上轻轻一捏：“乖。”

白小七身后传来皮带扣骤然松开的声音。

动作之中，白小七的脸始终对着早上登录过吉普QQ的电脑，那些文字飞快地在白小七脑中闪现，她咬紧嘴唇发出怒气冲冲的呻吟，像一头母兽咬住天敌的喉咙。

吉普牵了白小七的手走在酒店走廊里，站定在电梯前，一只手臂从身后揽着她的腰。电梯的金属门映衬出两个人的身姿。吉普说：“小七，如果你要甩掉我，一定要趁现在。”

“什么？”

“我越来越喜欢你了。”

“别闹。”白小七轻轻擦擦额角的汗——刚才激战太酣。

“真的。几天前，我还能一脚门里一脚门外，但现在明显感觉到离不开你了。”

白小七假装没听到，凑近电梯门检查妆容。

出了电梯，走向酒会大厅的路上，吉普说："对了，我QQ好像被盗了，怎么都登不上去，资料也被改了。"

"是吗？"

"嗯，要是有人在QQ上跟你说什么，你别理就是了，传文件也别接，小心电脑中毒。"

"知道了。"

两人刚刚踏入大厅，此起彼伏的呼唤声便响起来了："陈总！"

一帮男男女女围拢过来，把吉普团团围住，吉普照样介绍白小七是他的夫人，与众人寒暄起来。白小七略略应酬了一下，退到一边拿了杯酒喝。远远望去，吉普的身姿在人群中最是挺拔高大，以夫人身份与他同往的白小七甚至无法掩饰自己的志得意满。她将手中的酒饮尽，又拿起一杯。

身后传来何欢的声音："嫂子，干吗呢？"

"这酒不错，你尝尝。"

白小七回身给何欢递酒，一看她的装扮，心里立刻明镜一般——之前种种，都是何欢设计好的。她穿了一身大红色的晚礼服，曲线毕现。又涂了复古红唇，衬得一张脸白得活像20世纪30年代大上海的歌女。这身装扮放在别人身上大概显得夸张，但何欢跳脱活跃又略显神经质的味道倒与之相得益彰。不过以她在酒会中的身份，实在没必要如此盛装，看来早预料到公司会给她安排生日surprise，生怕聚光灯打过来时猝不及防。白小七感喟：女人的一腔大小聪明都写在这张精心描画过的脸上了。

白小七这晚穿的是墨绿色缎子礼服，简洁端庄，白腻丰腴，并没有输给何欢，何欢眼中满是不服气。一红一绿立在一起，仿佛一对气哼哼的斗鸡。白小七当然无心与之争战，暗地里更是替何欢不值：想来何欢与那个颜嫣又相差多少？若不是有生意往来，吉普一定不会放过何欢。可就算有过露水姻缘又怎样，还不是饮鸩止渴？可惜了何欢一张俏脸和一颗玲珑心，居然处心积虑往火坑里跳。

几轮各路大佬讲话之后，主持人果然宣布了"今天是何欢小姐30岁生日"的消息。聚光灯打过来，更显何欢这身装扮应时应景，光艳照人。众人的掌声和音乐声中，三层蛋糕从后台被推出来。主持人邀请何欢上台，而何欢早站在吉普身旁，挽了他的胳膊就要走。白小七立在场边闲看何欢设计的这幕闹剧，只想笑。没承想吉普并不动，开始全场找人——终于看到白小七，他快步走来，一手拽过白小七，一手被何欢挽着，三人一同上了台。

何欢的脸色已经明显不好看，对主持人的提问和祝福一味敷衍。主持人请她讲话，她拒绝，搞得场面有点尴尬。好在吉普马上抢过话筒："何欢小姐是我公司非常重要的一位客户。非常荣幸，我们今天在东南海岸为来自东北的何欢小姐庆祝她30岁的生日，相聚即是缘分……"

白小七用余光瞥见何欢精心涂抹的红唇已经被她自己咬得有些花了。

"不过今天有此荣幸，我最要感谢的，是我的夫人白小七。"吉普含情脉脉地望着白小七，全场的目光聚拢过来，把白小七吓得一激灵，"我的妻子不仅非常富有才华，而且聪明贤惠，是我的贤内助和左膀右臂，是她提醒我今天是何欢小姐的生日的……小七，借着今天这个特殊的日子，我想跟你说——遇见你，是我今生最大的幸运。"

吉普说完，回身把白小七拥入怀中。名利场上的表演原来如此浮夸，白小七强忍着恶心，伸手在吉普背上轻拍了两下，算作回礼。那边何欢却炸了："我要吹蜡烛！许愿！"

于是点蜡烛，灯光调暗，何欢气哼哼，双手合十，闭上双眼许愿。再亮灯时，何欢抢过话筒："我还有一个愿望——今天我要向我喜欢的人表白。"

全场肃穆，何欢转身面向吉普。白小七明显感到吉普手心渗出汗来。

吉普飞快地看了一眼白小七，两片嘴唇微微地上下开合。白小七听不到他说了什么，却也看得出他满脸慌张。她猜想那不过是无意义的求助甚至恐惧的颤抖。何欢借着酒劲，绯红着脸，迈着大步走过来了，细高跟砸在台上，嗒、嗒、嗒。吉普向地面上的人无奈抬头，等着从天而降的炸弹在头顶开花。

唉。白小七在心底叹息一声，撒开吉普的手，迎着何欢走过去。

台下的人都不知道发生了什么的时候，白小七已经亲切地将何欢抱住，笑眯眯地在她耳边轻轻说了一句："你们可还有生意呢，不做了？"

说完，她把头从何欢脸旁移开，接过主持人手中的话筒："何欢小姐刚才跟我说，她跟大家开玩笑呢！她今天非常开心，谢谢大家陪她过生日。"

大概主持人也嗅出火药味，赶紧打圆场给生日会收尾。白小七回身挽了吉普的手臂下台，他还有点木木的。

这天晚上回到房间，吉普和白小七都没再提起刚才发生的事。吉普靠在床头，一遍遍在电脑上登录QQ，当然不会成功。白小七洗了澡躺在床上，拿了手机过来："我给我爸妈打个电话吧。"

"嗯。"吉普听了这话，合上电脑，把白小七揽在臂弯里。

电话是白妈接的，事无巨细地问了一遍，白小七好不容易才插进话，问她身体怎么样了，皮肤病有没有好一点。她支支吾吾，只说好像好点儿了。又问白爸怎么没接电话，不在家吗。白妈说："医生让你爸好好休息，我让他早点儿回屋躺着去了，这会儿应该已经睡着了。"

"是闺女的电话吗？"听筒那边传来一个声音。

"是是是，这老头儿耳朵倒是好——你要来说两句吗？快来！这可是长途啊！"

几秒钟之后，白爸接起电话："小七啊，那边热吧？没感冒吧？"

听到父亲憨憨的声音，两行眼泪扑簌簌从白小七的眼眶里滚下来。

挂断电话，吉普把白小七的脸别过来，轻轻压在他的肩膀上："怎么了？"

白小七抽搭着摇摇头。

"小七，你放心。"吉普说，"就算我们今后不能结婚，你父母、你家里有什么事，随时都可以找我，我永远在你身边……当然，我一定会努力娶到你的。"

白小七无心理会吉普的盟誓。她抽搭得更凶，心里一遍遍重复着对父母的抱歉：对不起。对不起。对不起。

白小七第二天早上醒来，吉普已穿戴整齐，把早餐放到她的床头："快起来吧，今天我们去鼓浪屿。"

前一夜喝了酒又掉了眼泪，白小七头重重的，揉揉微肿的眼泡，支撑身体靠在床头："何欢也去？"

"当然了，她是我的客户啊。"

白小七没再说下去。吉普从未跟白小七直言过何欢对他的心意，不过经过昨晚一役，大家心照不宣。此刻的白小七彻底醒了酒，一边往嘴里塞着面包、火腿和牛奶，一边已经在纳闷昨晚为什么要帮吉普解围。吉普如此揣着明白装糊涂，更让她追悔自己的见义勇为实在是冤大头。她恶狠狠地咀嚼着食物，暗暗盘算如何联系颜嫣，告诉她真相，别让她越陷越深。

到了码头，吉普买了五张游船船票，可绕鼓浪屿一圈，先观景。白小七来过鼓浪屿不少次，兴味不浓，坐在船舱的角落，吉普在她身侧。两个大姐情绪高涨，挤在游客的最前端，相机、手机咔嚓咔嚓闪个不停，何欢与她们站在一起。

导游高亢的闽南普通话从大喇叭中传出来："为了欢迎五湖四海的朋友，我先为大家演唱一首我们当地的歌曲：《爱拼才会赢》！"

阳光明媚，一片笑闹，吉普心情大好，指着岛边远远的一栋白色小楼说："去年我们来厦门玩，就住在那里。"

"哦，'我们'？"白小七挤出一个假笑。

吉普自觉失言："对不起。"

若是在盗吉普的QQ之前，白小七当然以为这个"她"是指邱慈，现在却不确定了——今年是白小七，天知道去年是哪个？

游船绕着岛一圈一圈，一摆一荡，岛上的植物远了又近，近了又远。船上的人们说着各种听不懂的方言，使这一切显得颇不真实，如在梦中。白小七望着吉普的三个客户雀跃的背影，心想，从今天早上结伴出来，吉普开车，她坐在副驾位，三个客户坐在后座，何欢始终表现正常，不争不怒，难道她果真就这么善罢甘休了？

上了岛，三个客户看见什么都要站下挑挑买买，走了半天才前进几百米。吉普问白小七："你来过几次鼓浪屿？"

"数不清。"

"我也是。"他叫住三个客户，"咱们分头逛吧，两小时后在这里集合。”

吉普在草坪上找了一块荫蔽处，外套脱了铺在地上，叫白小七来坐，他则坐在她的身后，侧脸与她的侧脸贴在一起：“你看那边。”

白小七向对面看看，并没有什么，不过影影绰绰的楼盘罢了：“有什么好看的？”

吉普握住白小七的手，举在半空中，沿着一栋楼的轮廓描画：“看，就是那里，有我的一套房子。我在厦门工作的时候买来投资的。”白小七心想：那又与我何干？可手被他牵了去，眼睛不由得也循着他画出的一道道轨迹游走。

恰在此时，吉普电话响了。吉普扫了一眼来电号码，马上作势起身，白小七却比他快一步，三两步走到海边完全听不到他声音的地方去了。

过了一两分钟，吉普在身后拍拍白小七：“小七，何欢说她跟两个大姐分头行动了，她想约我单独谈谈，在那边的奶茶店。”

“哦，那你去吧，我对你们的商业机密没兴趣。”

吉普被白小七的醋意逗笑了，他当然知道白小七还在愤愤于他的不真诚。然而在白小七以为吉普终于要对她说说来龙去脉的时候，他脱口而出的却是：“小七，我单独见她不合适，你替我去吧，我在这儿等你。”

白小七在心里暗骂一声。可游戏规则既然是不说破，她便冷冷一笑：“生意的事我哪懂啊？”

白小七用这话把吉普逼在死角。吉普眉毛一挑，一瞬间的惊讶，之后五官又镇定如常，各就各位。他赞赏地逼近白小七的脸：“小七，我太喜欢你了。回家咱们就起程，我开车带你去沙漠玩。”

那颜嫣怎么办，你不是答应带她去沙漠了吗——这话就在白小七唇边，又被她一口咽了下去。好险。

吉普见她神色波动，以为是这奖励足够分量，打动了白小七：“何欢是我非常重要的客户，我不能失去她这个资源，所以不想把场面搞得太尴尬。”

白小七眼睁睁地看着吉普为这场女人与女人间的谈判画出了一道底线。作为一个生意人，他的要求并不过分，只是白小七一时无法说服自己去为他做这件事。因为无论她怎样开口，都将伤害何欢，可她与何欢本无恩怨，更非竞争对手。如果说何欢是吉普身边埋的一个雷，那么白小七更是。用一颗雷去排除另一颗雷，这算什么战术？

有那么一会儿，吉普没有动，白小七也没有动，两人并肩对着鼓浪屿与厦门岛之间的海站着，填充在周围的只有咸腥的海风。这场景有点像武侠小说中的侠客对峙，谁先动，谁就泄了剑气。可吉普毕竟有求于人，将刚才铺在草坪上的外套抚弄整齐，披在白小七的肩上，柔着声音说："去吧。"

按常理，白小七此刻大可以愤而拒绝，或者顾左右而言他。可她只觉得委屈——委屈像海浪潮涌般卷袭着她，让她鼻子一酸。她转过身，眼睛对着吉普的眼睛："要是今天邱慈在，你会让她去吗？"

吉普表情镇定："不会。"

"为什么？"

"因为她不如你，她去我不放心。"

"不对。"白小七说，"因为你心疼她，不想让她尴尬，替你担风险。"

吉普一时无言。而披着他的外套的白小七已经推开了奶茶店的门，迎面冲着何欢微笑了。

与何欢相见不过几天，白小七对她的认识刷新了几轮，但还称不上真的了解。总体来说，何欢是个没什么硬伤的女人，除了因为过于争胜而鲁莽冲动。换了平常女人，昨晚在酒会上受了挫，搞不好自觉颜面尽失，早就灰溜溜跑了。可何欢不仅表现得一切如常，还趁机再约吉普单独见面，脸皮厚也好，城府深也罢，说白了，还是不甘心。

像赌徒输红了眼，手上的本钱越是少得可怜，越是谁也拉不走，整个人钉在赌桌前，一直输到倾家荡产、妻离子散、剁手砍脚方才罢休。是笃定自己必定能绝处逢生吗？大概也不是，只是突然真格地记恨起命运的薄待，一心想要老天爷给个说法，可老天爷又给过谁说法？

奶茶店很小，装修质朴，室内满是奶茶和粗木家具的香味，三两对年轻情侣散坐着，更衬得气氛甜腻。白小七推门，门边的风铃悦耳地叮叮当当。何欢并没有第一时间抬头看来人，低着眼睛，一只手轻轻捏着塑料吸管，搅动透明玻璃杯中的珍珠。白小七把推门时的笑一直留着，留到坐在何欢对面，两人终于对视的一刻。

两个各怀心事的女人面对面坐着，一时间不知从何说起，何况有了昨晚在酒会上的交手，寒暄都嫌太假。

何欢先开口："看见你来了，我就知道自己没戏了。"

她这么一说，倒让白小七不知所措，她拢拢肩上吉普的外套。拿钥匙开门与邱慈面对面的那一天，白小七心里多少惊雷，面目上也不过了了。只是如果当场有面镜子，白小七一定能看到一张已经煞白到没有血色的脸，正如此刻何欢的脸色，自知满盘皆输的脸色。

何欢又说："其实我该谢谢你，昨晚我喝多了，要不是你拦着，可能弄得谁都下不来台，生意都……"

"昨晚我也喝多了，都忘了。"

"其实我跟陈总没什么的，你别误会。"

也不过一会儿，孤注一掷和英雄主义退潮，骄傲理智归位，何欢又泰然自若了，成了那个独自在商场上打拼的女人，所有人和事都须天平上过磅——陈朗于她是重要的合作伙伴，而白小七是合作伙伴的"太太"，何欢必须保护与这两个人的关系。

"你真是好福气。陈总女人缘好，陈太太一直很神秘，所以我还以为……"

"以为感情不好？"

何欢笑："是。听说陈太太身体不好，常年辞职在家养身体，陈总很少带太太出席活动。没想到你不仅健健康康、事业稳定，你们夫妻感情还这么好……看来我的情报太不靠谱了。"

白小七从这段话里听到的醋意比赞扬更多。佳薇最近在看杂七杂八的育儿书，读到有心得处还给白小七念两段，一本书上说，小孩一旦哭闹，分散其注意力比一味哄说"别哭别哭"要管用得多。

她如法炮制，不接何欢的招："怎么这么生分叫陈总了？陈朗说你平时都叫他'哥'的。"

何欢脸一红："陈总的女客户都是这么叫他的。"

"也包括一起来的俩大姐吗？"

何欢扑哧乐了："碰见你，我只能认输了。"

"输赢不是这么算的，如果我是你，我会庆幸至少自己是自由人。"

"自由人？你们没有孩子吧？我有个儿子。"

白小七坐直身体。何欢太不像个独自支撑的单亲妈妈。

"我家境不好，你们念大学的岁数，我已经结婚生孩子出来讨生活了。一开始很苦，不过两个人互相扶持着，也还好。可惜有些人可以共苦却不能同甘，有钱了，反倒变了。"

"那你觉得陈朗就不会变？"

"我们俩财力相当，而且他已经人到中年，事业稳固，变数不会太大。虽然如果我们俩在一起，都是离婚，但我小他七岁，也不算太亏待他。生意上就不用说了，互相照应，互通有无，只会更好。"谈到这些，何欢的神情立刻自信了许多。

"你算得可真清楚。"白小七明白，这才是何欢的疆域和天地，她卧在算盘上的时候最心安。

"没办法，我有儿子。"

"你没告诉陈朗你有孩子吧？"

"没。真到那一步，我可以再给他生一个。"

白小七明白了。何欢想方设法打听吉普家庭状况种种，伺机发力，就有可能把传说中体弱多病上不得台面的陈太太PK掉，一步步让吉普就范，然后再慢慢将自己的过去和盘托出。白小七盯了何欢几秒，这张脸在酒会上浓妆艳抹的样子又浮现出来，让她有点儿犯恶心。可如果说白小七作为一个女人，全然不能体恤何欢，倒也不是。

只可惜，无论怎么衡量，吉普都不算是个好归宿。

何欢说："今晚我就坐飞机回去了，孩子小，我离开太久不放心。我走了你们更放松，好好地玩几天吧……这些话我既然能说出来，就是已经放下了。还有，小七，我希望……"

"放心，我不会说的。"

何欢面色柔和了："我儿子一直想看大海，这次听说我过来，又哭又闹了好几天。我答应等暑假再带他来。"

白小七与何欢两人走出奶茶店，与吉普会合。何欢与吉普聊生意，白小七在地摊上看见一个拳头大的贝壳，拿起来摩挲端详，摊主操一口闽南腔普通话，一板一眼地对白小七说："美女，你放在耳边听，有大海的声音哟！你再放在鼻子前闻一闻，有海的味道哟！"

傍晚，一行五人离开鼓浪屿，上了岸，吉普提议去吃海鲜，何欢说她得先飞回去处理事情，与大家告别。白小七塞了一个盒子在何欢手里，悄悄说："带回去给孩子吧。"

是那个贝壳。

白小七目送载着何欢的出租车开走了，心想，如果人与人的处境是可以互换的，她会很想跟何欢交换——至少她有孩子。而何欢在不被剥夺孩子的前提下，也会乐于来坐陈太太的位置吧。可是何欢果真像一个女人念一个男人一样在心里念过吉普吗？或者不过是想给她儿子一个完整的家？而吉普给邱慈的那个所谓的家，算是个家吗？如果没有白小七的介入，这三人不知又是怎样一番鼎立牵制的局面。

"小七，上车啦。"吉普拉开车门叫白小七，声音听起来意气风发。白小七却疲惫极了，陷进副驾驶座椅里，昏昏沉沉。吉普的手轻轻搭上白小七的额头："怎么？不舒服了？"

白小七倚向车窗的方向："我睡一会儿。"

第五章

吉普和白小七在福建又耽搁了几天，陪两个大姐游山玩水，吃吃喝喝。深夜从景点回酒店，眼见吉普握着方向盘困得眼神迷离，白小七可不想因为疲劳驾驶客死他乡，于是说："前边靠边停吧，我来开。"

车再开起来没一会儿，除白小七外，三个人都睡着了。夜晚的环岛公路，一边间或是高大的岩壁、闪耀的城市或海风吹过树叶沙沙作响的林带，另一边只有沉静的大海哗啦哗啦，规律地叹息着。

白天刚爬了山，可白小七一点儿也不感觉疲倦。也许仇恨是一剂强心针，她看向吉普的睡脸。他的头歪向车窗，发出微微的鼾声。这张脸随着光线而明暗不定，看起来毫无警惕，又似乎心事重重。

"小七呀，你跟陈朗结婚多久了？"身后传来一声柔和的提问，是两个大姐中的一个醒了。白小七飞快地计算自己和吉普的年龄，找到一个合理的时间节点，回答："六七年了。"

"那你大学一毕业就嫁给他了？"

"嗯。"

"你是在福建念的大学，那你们应该是在福建认识的吧？真好啊，你看这个地方多精致，多干净，诗情画意的。"

白小七挤出两声笑。

“七年了，真不像，看你俩感情特别好。怎么一直没要孩子？”

“工作都忙。”白小七随口说。

“哈，跟我儿子、儿媳妇说的一样，你们这些年轻人啊……”

女人这种生物真是，年轻的时候百媚千红、环肥燕瘦，一个姑娘就是一个王国，过了中年，全是一样，心心念念的不是房子、车子，就是儿子、孙子、外孙子。

“是啊，我也想要一个，她不肯。”吉普醒了。“累不累？”他问白小七，“换我来开吧。”

白小七想，吉普既然听到了最后一句，保不齐前面的也听到了——被他听见说什么“结婚六七年”，真是屈辱，白小七脸涨得通红，却无处发力。正在跟自己较劲，电话响了，因为在开车，她只瞟了一眼来电人：王早。

王早知道她每天都跟吉普在一起，说话不方便，轻易不会给她打电话。莫非他找到姚蓓蓓了，或者姚蓓蓓改了主意去找他了？

“前边停一下，我接个电话。”

车停下，白小七拿着电话跑下车。

“怎么了？”

“小七，赵佳薇出事了。她不让我告诉你，但我觉得应该告诉你，我一个男人毕竟不好照顾，她家人又都不在……”王早语无伦次。

“佳薇怎么了？”白小七整颗心都悬了起来。

“她在家里摔了一下，打了120……流了好多血……大夫说大人没事，但是孩子……”

“孩子怎么了？”

“孩子没了。”

白小七来不及挂断电话，回头冲吉普喊：“我得回家！马上！”

吉普执意陪白小七一起回去，他甚至说通两个大姐提前结束旅程。

飞机上，白小七左手攥紧右手，两腿不停地抖。吉普把手掌放在她的膝盖上：“没事，小七，有我呢。”

“有你管什么用啊！都怪你们这些不负责任的男人！”白小七急火攻心。

吉普没搭腔，神情似乎有些动容：“小七，如果我们有了孩子，我一定会对你们负责的。”

“呵呵，没孩子就不负责是吧？”

吉普叹息一声，换了话题：“一会儿下飞机，让开宇把两个大姐送到家，西域来接咱们，直接去医院看你的朋友。”

“开宇是谁？”

“我的助理，上次开商务车接咱们去机场的那个小伙子。”

飞机落地停稳，白小七马上跳起来要去搬行李，吉普示意她别动，他来搬。他刚站起来，扔在座位上的电话就响了。吉普赶紧去拿电话，却鬼使神差碰了免提键，清清楚楚是邱慈的声音：“走这么多天了，是私奔了吗？”

机舱里的背景音乐恰在这一秒响起来了：“南航祝你旅途愉快，期待下次再与您相会在……”

两个大姐站起来搬行李，都听到了手机传来的下一句话：“你回来了？回来了也不告诉我？也不回家？陈朗你……”

白小七把手里的行李递给两位大姐，三个女人的眼神相互躲闪。

每个人都有侥幸心理，尤其在噩耗面前。白小七试图从纷至沓来的坏消息里问出一丝破绽，好像可以就此识破这个恶作剧，佳薇和她肚子里的孩子仍将安然无恙，嗷嗷待哺地等白小七给她们做饭、洗衣服、收拾房间……她木然地看着车窗外的路灯唰唰地向后退，感觉整个人都在下沉，沉在泥沼般沉默狰狞的日子里。

医院走廊里，白小七一路飞奔，西域和吉普护在她左右，像两个黑脸保镖。

病房门口，白小七猛地站住。

透过门上窄窄的一扇玻璃望进去，王早在给佳薇喂饭。这本来没有什么，王早是遵循白小七行前的托付来照顾佳薇的，但当时的情形让白小七感觉不对——佳薇的神色在刚刚遭遇惨痛的憔悴中，有一份艳，一份娇嗔，一份做作。白小七太了解赵佳薇了，她随便一抬眉毛，白小七就知道她在想什么。

白小七推开病房门。

王早站起身，把手中的碗放在床头桌上。佳薇愣了一下：“姐……”泪水霎时间在她的脸上恣肆开来：“我的孩子……没了……”

白小七坐在床头，把佳薇抱在怀里。王早走出了病房。

佳薇哭了很长一阵子。她哭，白小七陪她哭。佳薇放声哭，白小七默默哭。

病房里灯光是医院特有的肃杀孤清，满鼻子的消毒水味。除了一堆糟糕的现实，此刻没有什么是重要的，无可挽回，不如哭个痛快——女人们如此勇敢，如此坚强，如此从不轻言失败，果真是出自本心吗？隐忍了30年，究竟是为了什么？

佳薇的哭声渐渐微弱，她睡着了。白小七把她扶在枕头上躺好，掖上被角。灯光下，佳薇的五官完美得禁得住最苛刻的指摘。白小七端详着佳薇半干的泪痕，哭红的鼻头，即使不笑时依然上翘的嘴唇……她的孩子应该也很漂亮，像个瓷娃娃一样人见人爱吧？

王早在走廊的尽头开着窗抽烟，白小七走过去，让他先回家休息：“没想到我走了没几天就出这么大的事，多亏你在。”

“小七啊……”王早在窗台上掐灭了烟头，“赵佳薇她老公……”

白小七知道王早要问什么，任何人此刻都会有这个疑问——出了这么大的事，佳薇的丈夫在哪里？哪怕是常年在外，也不至于连声问候也没有吧！

“她没有老公，孩子他爸是个王八蛋。”

王早又点了一支烟：“你跟吉普的事怎么样了？”

“就那样。”

王早一定有许多话想跟白小七说，正如白小七也有话想对他说，只是无从说起。不久前，白小七在这家医院里见到了姚蓓蓓，但她不能把真相告诉王早。她也知道王早不同意她继续跟吉普纠缠下去，只是在白小七的固执前选择了尊重和不问——对了，吉普人呢？

走廊那头传来脚步声，是西域。西域走近了，向王早点了点头。“怎么安排的？今晚留人护理吗？”西域问。

“我留下。”白小七说。

“好。不过我建议你先回趟家，把行李放下。你刚坐飞机回来，身上衣服也得换换。”

“那让陈朗送我回家一趟吧，换完衣服我再回来。”

“我送你吧，他有事先走了，已经交代我了。”又看看王早，“一起吧，你也回家把你妻子的换洗衣服、洗漱用品拿一下。”

看来西域把王早当作佳薇的老公了。白小七刚要解释，王早说：“好。”

三个人往外走，王早向白小七晃晃手里的钥匙：“佳薇把家里钥匙给我了，这几天我帮你一起照顾她。”

“钥匙先给我吧，一会儿先送你回家休息，我去她家取点日用品就成。”

白小七接过钥匙，又想起刚才王早给佳薇喂饭的一幕，一阵不安。

送了王早，到佳薇家拿了几件换洗衣服之后，西域又送白小七回医院。

“麻烦你了。”

“没事。”

“他待了一会儿就回家了是吧？”白小七当然知道吉普的所谓“有事先走”不过是回家跟邱慈负荆请罪去了。

“嗯。”

“你经常帮他处理这些麻烦事吗？”

“谁？”

“陈朗。”

“真没有。”西域说。

“哈，邱慈住院你没帮忙吗？不能够吧。”

“哈哈哈哈哈……”西域笑开了，“我帮了，当然。”

白小七本来想争胜，却沦为笑柄，臊红了一张脸：“有什么好笑的？”

“陈朗对女人确实不太好，但不是你想的那种不好。”

“是吗？你很了解啊。”

“嗯，我认识他也有年头了。”

“他只对邱慈好吧？”既然捅破了窗户纸，也就无所谓了。

“对你也不错。”

白小七冷笑一声：“如果欺骗算好的话。”

西域沉默。或许“欺骗”二字正是西域所谓吉普对女人的“不好”，他无法反驳。白小七有点得意，有点悲哀。

“他对邱慈好是有原因的。”西域说。

“那是他老婆，他对她好不需要原因。”

“邱慈怀过一次孕，那时候陈朗的生意还没做起来，全国到处跑，很少在家。邱慈的情况跟赵佳薇差不多，在家滑倒了，爬不起来，电话都够不着，联系不上陈朗，最后孩子也没保住。”

白小七想起在吉普家见到邱慈，问她“你们有孩子吗”时邱慈脸上的表情。

“邱慈身体本来就不好，后来一直怀不上。现在陈朗的生意好了，有钱了，但是因为这个事，他心里亏欠邱慈。”

“现在科学这么发达，有什么不成的？”白小七说。

“试管过，也失败了。你知道陈朗有多喜欢孩子吗？陈朗觉得欠邱慈的，而且那是陪他走过苦日子的女人；但邱慈身体不好，除了看病就是手术，性格越来越阴郁，两人的共同语言越来越少……”

“行了。”白小七说，“不用跟我说这些，我没想谋朝篡位，祝他们白头偕老。”

“你是挺有意思的，陈朗认识你之后，整个人开朗了不少，他总夸你。”

“哈，夸我什么？会搞笑吗？”

“你跟坤儿有点像，聪明，嘴特别厉害，不过你心软。”

“她心硬？”

“嗯，硬。”

“有多硬？”

“相当硬。”

两人都为这无聊又暧昧的对话哈哈大笑，是白小七这么多天来难得的展颜，她问西域：“坤儿真的不回来了？”

“嗯。”

“你可以去找她啊。女人说那么多狠话，无非就为了让男人先服软罢了。”

“那是你，不是她。”

“你就是不想找，借口。”

到医院了。西域停好车，转头问白小七：“那我问你，如果你是她，我去找你，求你，就会改变你的决定吗？”

夜色深深包裹在西域一双浓黑的眸子里。会，还是不会？或者，该，还是不该？

“我会，因为我心软啊。”白小七不顶着针尖麦芒，她选择迂回。

佳薇醒了，看似比刚才恢复了几分元气，又或者是大哭之后的释然。白小七简单地打扫病房，把换洗衣服和日用品一项项摆好，佳薇看着她，一脸虚脱的安详：

“白小七，你这么好的女人居然到30岁还没嫁掉。”

“现在不流行好女人了。”

“也是。”

“你好好歇着，等出院再怀疑人生。”

“哎，你跟王早认识多久了？”

白小七正在擦衣柜的隔板，听到这个问题，心里“咯噔”一声，说：“六七年了，一毕业到杂志社就是同事。”

“他人挺好的。”

“嗯，不过现在也不流行好男人了。”

白小七面朝着衣柜，等着佳薇说下去，直到说出那个白小七并不想听到的关于王早的狩猎计划。她等啊等，等啊等，佳薇却没说下去。扭头看，佳薇已经靠在床头又睡着了。白小七如释重负，把她扶好躺下。

佳薇惺忪着眼睛，嘟囔着：“太累了，浑身没劲……”

“这几天我都陪着你，放心吧，有话明天再说，不着急。”

“姐，你回来真……好啊……”佳薇话没说完，又沉沉睡去。

第二天上午，白小七拿出电脑处理工作，顺便在QQ上问王早社里有没有什么急事需要她回去。

佳薇问她："王早今天来吗？"

"怎么着，嫌我照顾得不好啊？"

"我家钥匙在他那儿呢，想让他帮我回家取点儿东西。"

"他把钥匙给我了，你想要什么，我去给你取。"

"哦，那不用了。"

白小七越来越确证自己的猜想，又不好直接向佳薇求证。

"对了，我觉得王早挺好的啊，你们俩认识这么多年怎么没在一起啊？"倒是佳薇先提问了。

"别乱点鸳鸯谱了。"

"也是，你现在有吉普了。既然你不感兴趣，那我就把王早收了。"

果然。

白小七尽力压抑着情绪："别闹。"

"我是认真的。"

"王早跟你过去交往的那些男人不一样。"

"我知道啊，所以才对他这么感兴趣啊。"

一股火直冲到白小七头顶："不行，我不同意！"

"你可以保留你的意见，但你无权干涉我的生活。"

白小七"啪"的一声合上电脑站起身来，几乎是冲着佳薇嚷嚷了："赵佳薇，最近发生了这么多事，你不该反省一下吗？你想游戏人生可以，但不要牵连王早，他不是你交往的那些花花公子，也不是你招之即来挥之即去的傻小子。王早是我的朋友，我不希望他受到任何伤害！"

白小七涨红的脸，更衬得佳薇的脸白凄凄没有血色："对，我游戏人生，我找的人都不靠谱。你白小七历来贤妻良母，二十四孝，母仪天下……所以你众望所归钓到金龟婿，全世界都给你鲜花和祝福。现在你瞧不上我了，觉得我怀过孕，流过产，生活不检点，坏了你的名声，配不上王早那样清清白白的人，更配不上当你的'朋友'了！"

佳薇的话左一刀右一刀直戳着白小七的心。泪水在白小七眼中滚了几滚，大颗大颗地滴下来。

按照影视剧里的情节，此刻白小七该夺门而出，可她只是无力地跌坐在椅子上——佳薇还在住院，需要人照顾，无论如何，她不能走。越是无奈，越是委屈，压抑已久的情绪汹涌而出。如果说昨晚两人的抱头痛哭是因为佳薇失去了孩子，那么此刻白小七则全然是为自己在哭了。如此生活30年，白小七自认为温热着一副心肠对待每一个人，究竟为什么走到这一步，进无可进，退无可退，连最好的朋友也这样误解她、怨恨她？

一会儿，佳薇挪蹭着下了床，站在白小七面前：“姐，是我不好……我不是那个意思，我就是嫉妒你现在感情这么顺利……”像个做错事后拼命干家务找补讨父母欢心的孩子，紧紧拽住白小七的衣袖：“你别哭了，是我错了，等我出院了请你和吉普吃大餐啊……”

“我跟吉普……不像你想的那样……”白小七终于将她所知道的关于吉普的一切对佳薇和盘托出。

白小七说完，两个女人都安静了。

“小七，生活是很操蛋的。”佳薇绷直上身，目光如炬地盯着某处，像要从眼中射出毒针来，“我流产不是不慎摔倒，是因为刘培林。”

“什么？”

“他来找我，让我堕胎，我不肯，我们俩争执起来，他推了我一下，我摔倒了，他看都没看我一眼就走了……真他妈不是东西。”

白小七瞬间忘了自己的窘境：“那怎么办？就这么完了？不追究？”

“怎么追究？你知道刘培林的根基有多深吗？别说现在没有证据，就是有理有据也没用。”

白小七说：“但吉普的事，我不想就这么算了。”

“你打算怎么做？”

“还没想好，回头再说吧。”她不愿提起这些，“午饭想吃什么？我去买。”

“我想吃你做的饭。”

“那我得回家啊，又要买菜，又要做，路上还得搭不少时间，你这里也没人照顾……”

“让王早过来吧，你多做点，咱们三个一起吃。”

佳薇坦坦荡荡地说了这句话，既不询问，也不商量，似乎本该如此。白小七僵在原地，不知道该继续坚持自己的立场，还是缩回脖子随他去吧。佳薇又说：“过去我自命不凡，总想活得轰轰烈烈。可是发生了这么多事，我对人生已经没有奢望了。知道孩子没了的一瞬间，活着对于我来说都没什么意义了。你没回来的时候，是王早陪着我，劝我……从来没有谁给过我这种安心的感觉。所以，对我来说，王早不是跟以往那些男人一样无所谓的角色，如果不嫌弃我的过去，他就是我的救命稻草。”

白小七买了足够三个人吃的食材，在厨房忙活。以佳薇对异性的吸引力，一切只是时间问题。她用勺子搅动锅里的汤——王早确实是个不错的结婚对象，佳薇收了心，两个人好好过日子，不算大团圆，也算小团圆。但这场情事总让白小七觉着对王早不公。如果感情是一场角力，王早跟佳薇恐怕永远都无法势均力敌。他会不会委屈？会不会受伤？

如果不是因为太熟悉也太在乎这两个人，白小七不会顾忌这么多。可顾忌了又怎样？她又能做什么？夺走刚刚失去孩子的佳薇的“救命稻草”？

正在此时，吉普打来电话：“小七，车队准备下周去沙漠了，你跟我一起去吗？”

咕嘟咕嘟。

“去吧。”

“好，那我多准备点儿物资。”

“嗯。”

“你怎么了？”

“没什么。”

咕嘟咕嘟，咕嘟咕嘟。

佳薇的状况一天好似一天，又因为要成全她与王早的相处，白小七默默淡出了对佳薇的照料。这天夜里，白小七再次登录了吉普的QQ。

吉普已经换了新的QQ和微信号，想必他已经通知了所有该通知的人。旧QQ于是一片沉寂，并没有未读的留言。

但颜嫣的头像亮着。

在这之前，白小七刚跟吉普一起吃了饭。他已经不再提起离婚，仿佛之前发生的种种不过一场旧梦，连为之撒谎都懒得了。白小七一边听着吉普的话，一边扒拉着盘中的饭菜。吉普憧憬着开着爱车在沙漠里驰骋的壮怀激烈，他一只手伸过来，抓住白小七的手。

他的手心湿湿的，像一条软塌塌的舌头。白小七厌恶地皱了一下眉。吉普没察觉，接续着他关于沙漠之夜的咏叹调。白小七抬起头来，别有深意地盯着吉普。他语气轻松，表情张扬，连下垂的眼角都显得上扬了一些。看起来没有任何的愧悔纠结。白小七真是惊讶，吉普对自己的恶行居然毫无知觉——不，他根本就是在扬扬得意。

然而，即便如此，当吉普把车停在白小七家楼下，驾轻就熟地探头来吻她时，她依然没能拒绝。

简直糟透了，白小七想。我真是个坏女人，不能更坏了。

如此碎碎念着，一到家，白小七就关上房门，登录了吉普的旧QQ。在一片罪与罚的混沌中，她尚且保持着一丝清醒：吉普从这里开车回家，至少要半小时。在这半个小时里，颜嫣不可能跟他在一起，所以必须利用这个时间差跟颜嫣取得联系。

“你好。”

很快得到了回复：“你这个QQ找回来了？”

白小七并未给出自己的真实身份，只是将吉普已婚的事实告知颜嫣。与之前的何欢一样，颜嫣是在商场打拼的精明女人，但通过翻阅颜嫣与吉普的聊天记录，白小七看出颜嫣对吉普更有一份天真的爱意，这又区别于何欢的功利。因此，白小七早有猜测，颜嫣在主观上一定不愿相信这些说辞，会抗拒，会疑虑。于是，白小七特地准备了一些她与吉普的微信聊天记录截图以及在福建拍的照片，模糊了ID和她的五官，作为证据发给颜嫣。

然而，面对白小七呈上的证据，颜嫣既没有歇斯底里，也没有照单全收。半信半疑间，她提出要跟白小七面谈。

这倒是白小七没想到的。她回复颜嫣：“该说的话我都说了，我认为你我之间没有必要当面对质，如果想对质，你应该去找陈朗。”

颜嫣不以为然：“你都不敢出现，我凭什么相信你？万一你是个追求陈朗的女人，想铲除情敌呢？盗人QQ这种事都做得出，又有什么做不出？”

这番话令白小七无从反驳。她能够理解颜嫣，却无法不反感这种明晃晃的挑衅。恼羞成怒下，白小七一度想直接把吉普家的地址和邱慈的联系方式告诉颜嫣，可一想到邱慈病恹恹的神色，又于心不忍。

如山的铁证不能示人，跟颜嫣的交流陷入了僵局。此时，白小七想起颜嫣之前给吉普的留言中曾有催他跟她回家见父母的话，于是提点颜嫣："你去过他的住处吗？他主动提出过去见你的家人吗？"

颜嫣陷入了沉默。

白小七趁热打铁："你可以不信我，但他是否欺骗你，你在相处中总会有所觉察。请不要把我联系你的事告诉陈朗。如果有事需要联系我，可以给这个QQ或者对应的微信留言，我会看到的。"

第二天上午，吉普的新微信给白小七发来消息："小七，晚上有个酒会，有时间跟我一起去吗？"

白小七暗暗庆幸颜嫣毕竟没笨到出卖她。于是不禁为自己迈出的第一步窃喜，进而对渺茫的复仇之路升起了希望。

"还穿那条绿色的裙子，好吗？"他又补发了一条。

吉普说的是在上一次酒会上白小七穿的绿裙子。而在那场酒会之前，穿戴好的白小七刚从衣帽间里出来就惊艳了吉普，被他扳过身去压在了书桌前。

白小七没有回答他："地址在哪儿？我收拾好了开车过去。"

"不用，我接你。"

下了班，白小七赶回家，洗漱，化妆，卷头发，戴饰品，整理了手包，擦了香水，看看时间差不多，拨电话给吉普，无人接听。也许在开车？过了半小时左右再拨，关机。

白妈已经将晚饭上桌。白小七赶紧把车钥匙塞进手包，急匆匆往外走："妈，陈朗在楼下，我先走了！"

白妈早知道吉普晚上要带女儿去饭局。她喜滋滋地望着女儿的背影："去吧，跟小陈说，让他有空到家玩啊！"

"知道啦！"

门在身后"啪"的一声紧闭，白小七敛了笑容。

无处可去，只好开车去找佳薇。医院里尽是失了三魂七魄的病患和垂头丧气的家属，耀目到不合时宜的白小七被所有人行着注目礼。

推门走进病房，失魂落魄地把自己扔进沙发里，绿色的裙摆死气沉沉耷拉在地板上，白小七化着浓妆的脸木呆呆仰着，对着天花板。王早没在，佳薇靠在床头拿iPad打游戏，气色已经恢复如常。

“什么也别问。”白小七说。

iPad的游戏声效灌满了病房。哇哇，呜呜，吱吱，咔咔，啊啊，呀呀，嗖嗖……

诡异的嘈杂里，白小七喘着惊魂甫定的粗气，庆幸没让父母看出破绽。

不知颓了多久，她才去衣柜里翻出一条佳薇的睡裙换上，像卸下盔甲的武士，软绵绵地躺在陪护床上。她终于明白，在一段关系里，怎样才算真正的毫无尊严。无从询问，无从诉说，没有渠道，没有资格。

“我今晚在你这儿住一宿。”白小七对佳薇说。

不知什么时候睡着的，再醒来时一片沉静，拿起手机看时间，凌晨4点。吉普依然没有发来任何解释。白小七再难睡着，于是手机登录了吉普的旧微信。

吉普现在用的是一个注册已久的备用号，与被白小七盗去的号早加了QQ和微信好友，朋友圈互相看得到。于是，白小七此时在朋友圈看到的景色，便十足精彩：吉普发了一些酒会的图片以及对生意伙伴假惺惺的赞美，典型的商务社交；邱慈则在晒她的烘焙手艺，标准的幸福家庭全职太太。看起来大家各安天命，在能够让他人看到的那部分人生里都演得不赖。

而无论从陈设还是时间上，颜嫣朋友圈晒的图跟吉普都完全吻合。她穿了一件香槟金色的礼服，白皙的长腿若隐若现于裙裾之间。

下面的评论区，吉普的新微信留言道：想要。

颜嫣回道：坏蛋。

哈。森森的冷笑从白小七牙缝里挤出来。

第二天一早，白小七从佳薇的病房出来，去停车场取车，远远居然瞧见吉普正站在她的车边。

他还穿着昨天酒会上的深灰色西装，只是扯掉了领带，衬衫扣子也解开了几个，西装敞着。他眉头郁躁地紧锁着，一手夹着烟，另一只手的手指狠狠戳着手机屏幕。

白小七的电话早已耗尽电量自动关机。即便开着机，她也想不出吉普为什么如此急于找她，要解释？有什么好解释的！邱慈说他是惯犯，的确，说辞倒是编排得快。

白小七一步步走近，吉普抬起头来，两人对视。

人的潜能体现在诸多方面，不临到事前，谁也不能说真正了解自己。循规蹈矩生活了30年的白小七本以为在这种情形下，她合该噙着热泪转身而去，同时在心里暗暗发下与吉普死生不复相见的毒誓——然而这只是她对自己的揣度而已。

与吉普一样，白小七也穿着昨晚的绿裙子和高跟鞋。她素着一张脸，眼里全无泪水，只是定了一颗恨恨的心，一步步向吉普走去。冤家——脑袋堵得满满的，只这一个词来回翻腾——冤家。走得越近，扬手抽他一耳光的冲动就越强。

烟蒂甩在地上，一脚踱灭。他看起来比白小七还震怒："你去哪儿了！阿姨在家摔倒了！"

吉普说，今天早上，白妈一起床就说晕，站起来走了几步突然摔倒。白爸慌了，给女儿打电话，关机。去福建前，白小七给父母留过陈朗的联系方式，于是白爸情急之下拨了电话给吉普。吉普接到电话，马上把白小七父母接到医院，恰好在停车场看到白小七的车。

西域高高大大立在白妈身边。白妈一张脸煞白，一下老了好几岁。白爸搓着双手在跳脚，全没了平时事事慢腾腾不着急的气质。

白小七双腿一软，站在白妈坐的转椅后面，手臂搭在椅背上支撑身体。椅子因此有了微微的晃动，吉普的手伸过来，把白小七拽到身旁揽着："别晃椅子，阿姨晕。"

医生问了几个问题，又大致检查了一下白妈的听力视力，建议去检查一下脑部。大家谢过医生，吉普对西域说："你领叔叔阿姨去休息，我去办手续。"

白妈说："小七啊，你跟小陈一起去吧，别让他一个人忙活啊。"

"不用，我自己去就行，小七你陪阿姨吧。"吉普拿着诊断单走了。

西域带路，白小七搀着母亲慢慢跟着。白爸问女儿：“你手机怎么打不通？”

“哦，佳薇也在这医院住着呢，我护理她来着。手机没电了，没带充电器。”

“啊？什么病啊？年纪轻轻的，怎么没听你说啊！”父母都很惊讶。

“她……阑尾炎手术，没事，马上就出院了。”白小七赶紧圆场。她瞥了一眼西域，他表情全无变化。大概西域早已习惯帮吉普收拾这些诲淫诲盗的残局，见怪不怪了吧？白小七想。

“怪不得你最近总说去她那儿呢。佳薇一个人在这儿挺不容易的，一会儿我也去看看她。”白妈说。

“你还是好好待着吧！你今天可吓死我了！”白爸不满，又对白小七说，“那你也得给家里打个电话啊！幸亏有小陈。”

“是是是，都是我不好。”白小七赶紧承认错误。她生怕爸妈去看佳薇——佳薇住在产科病房，谎言岂不是不攻自破？“妈，您还是听我爸的话，少折腾吧。”

“我今天还问过赵佳薇的主治医生，他说她马上就可以出院了。阿姨，您现在保证自己的健康最重要。”西域帮腔。

“对啊！我说的话不听，大夫说的话您总得听了吧！”白小七娇嗔了妈妈一句，感激地望着西域。

“对了，还没感谢这个小伙子呢。你也是这儿的大夫啊？你看你帮了我们这么多忙，我都不知道你叫什么，真不好意思。”白妈说。

“阿姨，我叫李凝，也是这儿的大夫。您甭客气，我跟陈朗是最好的哥们儿，跟小七也很熟，您跟叔叔有什么事随时都可以找我。”哄得白爸和白妈开心，西域又说，“做检查得排队，最快下午才能出结果。阿姨现在这个情况，最好少走动。我建议先办个住院，观察一下。”

正说着，吉普抓着一堆票据出现了。“西域说得对。”他把白妈的医保卡塞给白小七，“小七，你去给阿姨办住院，我去检查那边先把队排上——刚才看了一眼，人特别多。”又对西域说：“一会儿排到了，我给你打电话，你再带阿姨过来。”

医院里总是喧嚣嚷扰，千人一面的丧气苍白。吉普穿着西装的身影消失在人群中，白小七有些恍惚。在某个瞬间，他看起来居然如此值得信任和依靠，如此千真万确，郎心似铁，仿佛过去种种，不过是他人臆造出来攻讦他的口实。

下午检查结果出来，排除了脑瘤的可能，医生说明天早上空腹验血，做进一步检查。当天晚上，西域依旧神通广大地为白妈争取到了单间病房。白爸坚持要留下来护理妻子，但大家都担心他休息不好，心脏受不了，苦劝他回家。最后，吉普说，大家在病房一起吃晚饭，然后由他开车送白爸回家，这样白爸既能好好休息，又能多陪护一会儿，才算皆大欢喜。

吉普拨电话："开宇，你到粥铺买点吃的送到市医院，要清淡一点的……大概是七个人吃。"

"订那么多干吗？哪有那么多人？"吉普挂了电话，白小七问他。

"正好七个人啊：叔叔、阿姨、你、我、西域，一会儿佳薇也得过来吧？还有你那个同事——王早。正好七个。"吉普掰着手指一个个数给白小七听。

"还是小陈心细啊。"排除了恶疾的可能，又吃了抗眩晕的药，白妈精神好多了，靠在床头笑眯眯地望着吉普。

正如吉普所预料的，得到白妈住院的消息，王早和佳薇马上赶了过来。见两人一起进了病房，白小七便知道王早现在已经日日守着佳薇。白小七没说什么，佳薇也没说什么，倒是王早先不好意思起来，解释说："佳薇明天就出院了，让我来帮她收拾收拾，当当苦力。"

白小七没接这个茬儿，一边削苹果皮，一边对白妈说："你看，我就说佳薇的阑尾炎是小手术，没事儿的吧。您别担心了。"此话一出，每个人都得了令一般，余下的时间里，没人说漏一个字。

一会儿，开宇送来晚饭。开宇是吉普的助理，白小七见过他几次，没留下太深的印象。只知道是个中等身高，话不多，眉清目秀的小伙子，连他姓什么也不知道。开宇的执行力很强，看起来对吉普忠心耿耿，是吉普的左膀右臂。

白妈好心，见开宇一个人拿着打包的大小食盒和塑料袋进来，心疼地说："小七，快去接接！呦，这孩子可真没少买，受累啦。"

白小七刚要去接，他却慌忙躲开："哪能让您动呢！我自己来吧，七姐！"

一个“七姐”把白小七叫愣了，傻在原地。

“七姐，嗬，前六个都谁啊？”佳薇说。

一听这话，吉普、白小七、王早都有些变色。想来开宇平时没少帮办吉普这些女人间的琐事，自觉失言，本来白皙的脸唰一下红了，只好用摆放餐盒的动作掩盖尴尬：“白……白姐。”

“我看‘七姐’挺好啊，显得我闺女年轻啊！”白爸在一边捧着肚子哈哈笑起来。

“叔叔说得是啊！是不是啊，七姐夫？”西域搡一下吉普，大家都笑起来。白小七睨一眼佳薇，佳薇冲她吐吐舌头，算是道了歉。

吃完饭又陪白妈聊了一会儿天，大家各自散了。天色不早，吉普起身：“叔叔，我送您回家休息吧。”

开宇赶紧说：“陈总，我送吧，您早点儿回家休息。”

“那不行。我的老丈人，我必须亲自送。”

开宇果然收声。白妈欣慰地拍拍白小七的手。只有白小七知道吉普说这话的意图，大概一半是取悦老人，一半是怕开宇无意间揭了他的底。

都散了，病房里只剩下母女二人。

“妈，今天折腾累了吧，歇一会儿吧。”

“还行。”白妈拍拍床头，“小七啊，坐这儿跟妈说会儿话。你是不是跟小陈吵架了？”

“没有啊。”

“那为什么你昨晚明明是跟小陈走的，晚上没回来也不打电话，自己去佳薇那儿住了？”

白小七正在想怎么解释，白妈又说：“就算是吵架了，只要不是原则问题，小陈今天跑前跑后的，态度算可以了，你该给他个机会啊。”

真可惜，他的问题桩桩件件，都是原则问题：“您别瞎操心啦，我们俩挺好的。”

白小七明白，吉普今天的表现，要面子有面子，要里子有里子，任何一个丈母娘都会给他个全五星好评。她成功地瞒住了父母，吉普又卖力地表演恩爱，两人配合得天衣无缝，让人不知该庆幸还是悲哀。

“小陈年纪又比你大七岁，又是经商的，社会关系肯定比较复杂，也肯定有过去，你不能太苛刻了，最重要的是他对你好。小七，你也不小了，你自己比较一下，过去的薛立平，现在的小陈，谁对你更上心，这不是很明显吗……”

是啊。相比薛立平的孤清凉薄，吉普的确入世得多。薛立平凡事不会伪装，懒于逢迎，谎话都不说一句，因为真，所以伤人；吉普则站在他的反面——长袖善舞，左右逢源，仿佛兜里揣着无数个面具，随时可以抽出一个合适的戴上。两个男人各自占据天平的两端，绝不相同。

“今天我迷糊过去的时候一闪念，你知道是什么吗？”白妈说。

“什么？”

白妈怜惜地摩挲着女儿的头发：“我想啊，我不能死啊，我还没看见我们小七嫁人呢……”

白小七鼻子一酸：“别胡说，您有的活呢。”

“这次把你爸吓坏了，幸亏小陈来得及时。”白妈发出一声叹息，“小七啊……你嫁个好人，我跟你爸到了那一天，才能闭上眼啊。”

“妈，我知道。”白小七的眼泪扑簌簌掉下来。

白妈已经睡了，白小七正靠在陪护床上看书，吉普轻手轻脚推开病房的门，手里提着一个大旅行包。

他示意白小七不要出声，坐在她床头的椅子上。两人都怕吵了白妈休息，脸凑近，把声音压到最低。

“你怎么回来了？”白小七问。

“来护理我丈母娘啊。我已经把我老丈人安全送回家了，这会儿他应该睡了，放心吧。”

白小七瞥一眼地上的旅行包，总觉着事出蹊跷，问他：“你不回家没关系吗？”

“有什么关系？我的那个家你是知道的。”吉普全不以为意，从包里掏出毛巾和洗漱用品，进了卫生间。

白小七在心里大概丈量了一下拉开的旅行包。以这个包的容量来看，吉普似乎早准备出了离家两三天需要带的东西。难道他果真跟邱慈摊牌，在闹离婚了？

吉普已经洗漱完毕。“我跟西域说好了，借一间医生休息室睡。明天一早我再过来。”他在白小七脸颊上轻吻了一下，又看一眼熟睡的白妈，意犹未尽地把嘴唇凑到白小七耳际，“小七，我真想你啊……”

吉普带着热气的呼吸直冲白小七的脑袋。以往的激情纠缠像一记耳光打在白小七本来就不太坚定的意识上，瞬间令她心旌摇曳。吉普的脸平滑地移动，埋进她散在脖颈间的长头发里，搔得她身心都痒痒的：“你总是这么香……”

白妈在睡梦中适时翻了个身，白小七和吉普两人一下被惊散了。但白妈并没醒来。

吉普尴尬地笑笑，拎起地上的旅行包：“那我走啦。”

白小七心思一动：“包就放这儿吧，医生休息室人来人往的，别再丢了。”

“没关系的。”吉普提着包走出了病房。

第二天一早，白妈空腹抽了血之后，又进了一间有着重重金属门的检查室做检查。吉普让白小七在门外的长椅上等，自己去超市买了面包和牛奶，先拿出一些给白小七，又收好其他的，自言自语道：“等我丈母娘检查完了就可以吃了，折腾一早上了，肯定饿了。”

他把她喝光的牛奶纸盒四角抻开，挤出空气，压平，一丝不苟得像个默背手工课步骤的孩子。白小七越发摸不透他的心思了。

早上，吉普又把旅行包提了回来，而且终于把带颜嫣赴宴穿的深灰色西装脱了，这多少让他显得顺眼了一些。白小七突然想到：吉普在带颜嫣赴宴的第二天上午出现，还穿着前一夜的衣服——一套平时很少穿的正装，那么大概可以猜测，他当晚跟颜嫣在一起，并没有回家，接到白爸的电话匆匆忙忙就出来了，来不及换衣服。如果他昨晚是回家收拾了行李再来医院的话，大可以跟邱慈撒个谎，说要出差去外地，从从容容洗个澡，把衣服换了再出门。可吉普昨晚回到医院时并没有换衣服。所以只有两种可能：第一，他提出离婚或者因为其他原因跟邱慈闹掰了，于是怒气冲冲、狼狈不堪地胡乱把东西塞进包里就出门了；第二，昨晚吉普根本没有回家。

第一种假设很快被白小七推翻了。昨晚她看过旅行包拉开的样子，包里的东西码得整整齐齐，整齐到不像是吉普这样粗线条的男人可以做到的，多半是邱慈收拾的。可如果不回家的话，旅行包里的那些洗漱用品和衣物又是从哪儿来的呢？

吉普把牛奶盒压平整，抬头冲白小七笑。他的笑里有那一夜爽约的理亏，有希望白小七不要追问的请求，也有对自己鞍前马后表现积极的邀宠。白小七权当对这一切全看不到，并未回报以微笑。她这会儿记挂着母亲的病情，只能暂时把关于吉普的悬案搁置一旁。

检查室厚重的金属门刚拉开一道缝，吉普已经一个箭步冲上去，扶白妈坐在长椅上休息。白小七并不了解检查的内容，总归是怕母亲受委屈，抓着白妈的手问长问短："还晕吗？这个检查疼吗？会不会有副作用？"

吉普站在一旁撕开面包的袋子，递给白妈，对白小七说："我都问过西域了，他打包票说这个检查不疼不痒，没有副作用，你别瞎操心了。"

白妈接过早餐："好多了，没那么晕了。"

三人回病房的路上，正好看到王早和佳薇一前一后走出住院部的背影。

"对了，佳薇今天出院啊！咱们都忙忘了。要不要去送送？"吉普说。

白小七白了吉普一眼："没事，她那儿有王早呢。"

"我上次就想问你呢，那俩孩子在一块儿啦？"白妈问。

"是吧。"白小七随口应付。

"好事啊！这不是两个你最好的朋友吗？就是佳薇长得那么好看，配小王稍稍委屈了点。"白妈说。

白小七一时无言，倒是吉普讨了个巧："小七随阿姨，长得这么好看，跟了我也受委屈啦，所以我得好好表现。"

"呦！"一句话把白妈哄得乐开了花，"我可没这个意思。"又冲女儿说："看小陈这嘴啊，跟抹了蜜似的。"

当天下午出了检查结果，说白妈的血脂只是稍高了些，没到会引发眩晕的地步；头部核磁检查的结果彻底排除了脑部病灶的可能。大夫建议再去五官科看看，西域便为白妈预约了第二天五官科的专家号。

吃了药之后，眩晕症状得到控制，白妈嘟嘟囔囔要回家，说什么也不在医院再住一晚了。白爸也打了几次电话来，听说还要住院做检查，总担心白妈是有不好的病，怀疑白小七瞒着他不说实话。两头都安抚不住，白小七怕白妈来回折腾身体受不了，又怕白爸一着急心脏病再犯，一筹莫展地在走廊里来回踱步。

吉普走过来："别烦心了，我跟阿姨商量好了：一会儿西域下班，开车送她回家。明天一早西域上班，再带她过来做检查。这个病房还是留着，明天白天检查完等结果的几个小时也可以在这儿休息。这样，我丈母娘累不着，我老丈人也不用来回折腾了。"

"西域接送？那也不顺路啊。"

"稍稍拐个小弯就到了，多大点事啊。"

白小七这才定了定心："最近佳薇和我妈都住院，给你们添麻烦了。"

"说什么呢！"吉普做出不满的神色，眼神斜上方一挑，"你不是我媳妇儿吗？你的事就是我的事，你妈就是我妈呀！"

白爸和白妈都欣然接受了吉普的安排。西域下班前过来接白妈，白小七也简单收拾了东西，准备一起回家。白妈却对女儿说："小七啊，你别跟我们走了。你跟小陈也好几天没好好吃顿饭了，我现在的身体也没法做饭，晚上你们俩在外头好好吃点儿，放松一下。"

白妈又对吉普和西域说："等阿姨好了，请你们吃大餐。"

听了这话，白小七身旁的吉普轻轻捏了她的手一下。她侧目看到他一脸志得意满的笑容，是志得意满于成功地虏获丈母娘的信任和欣赏吧。然而，这柔柔的一捏所传达的意思又远不止于此。

白妈和西域一走，吉普便"咔嗒"一声给房门上了锁，回身冲白小七走来。

"把窗帘也拉上吧。"她说，声音颤巍巍的，像悬在琴弦上。

吉普嘴角立刻浮出一弯笑来。

"唰"，窗帘也拉上了。吉普与白小七这对男女独处一室，却因为光线昏暗，无须四目相对，无法四目相对。这正是白小七要的——她并不想看到吉普的脸，细究将她融化在怀抱里的是怎样一个千疮百孔的灵魂，又在法律意义上属于哪个特定的女人。她此刻只贪恋这个现成的怀抱，温柔的、粗糙的、迫不及待的、汗涔涔的、气喘吁吁的，带她上天入地，千遍万遍也不知疲倦的，男人的怀抱。

吉普微微打鼾的时候，白小七全身的绵软无力才刚刚退去。她抓过自己的手机，登录了吉普的旧微信。

朋友圈里依然一片祥和之气，甚至是肃杀，因为这一两天来，吉普、邱慈和颜嫣都没有更新状态。微信代收的QQ消息里倒有颜嫣的两条留言，发自昨天夜里。

第一条留言很长：

他说车队的沙漠之行取消了，作为弥补，带我去海边玩，机票都买好了，结果早上接了个电话，说他妈妈突发急病住院，急匆匆就走了。

晚上他来找我，我提出要去医院探望老人，他死活不肯，说他妈妈还在ICU，见不了人。我质问他，他生气了，一走了之。我开车跟踪他，发现他确实把车停在了医院的停车场。

我想他没有骗我，是我想多了吧。

所有的谜底都在颜嫣的留言中解开了。吉普本来打算在酒会后的第二天带颜嫣出游，没承想突然接到白爸的电话，打乱了计划。因此，他自然也就早收拾好了行李，跟邱慈也圆好了谎，昨晚送白爸到家再回到医院时，直接把行李从车上拿下就OK了。

第二条留言倒是言简意赅：

无论你是谁，请你不要再挑拨我们的关系了。我爱他，我想他也爱我。

医院的棉质床单突然像长满了刺，痛感先是星星点点在皮肤上，很快连成片，灌注了整个身体。吉普的鼾声从她身后飘过来，一声声重锤一样打在她的天灵盖上。

白小七在手机键盘上一个字一个字地敲出吉普家的详细住址和邱慈的电话号码，并附言：

真相就在那里，你自己去看吧。

第六章

“咔”，白小七的身体向前猛冲，被座椅上的安全带一把扯回来。

她睁开惺忪的眼睛，发现车正在高速公路上打横停着。

“怎么了？”她转头问吉普。

“没什么，太困了。”吉普有气无力地说，“刚才有点儿走神，幸亏后面没车。”

吉普与白小七出发已经整整一夜。远处的云层间微微透出一丝亮光，天地依旧灰蒙蒙的。

“没事吧？怎么没跟上来？”对讲机里传来西域的声音。

吉普一边把车头摆正，一边拿过对讲机手咪：“没事，前面到服务区休息一下吧。”

“OK。”

西域和吉普把车并排停在服务区的空地上，座椅放倒，打起盹来。

白小七也放倒了座椅，弯过身子背对吉普侧躺着。沙漠之行比她预想的要难挨得多，单单连续坐车十几小时已经足够让人全身酸痛了。她拿过手机想打发时间，可惜网络不佳，连微博都刷得费力。白小七举起手机来回晃动，希望找到信号最佳的点。

功夫不负有心人，“叮”一声，进来一条短信。

这年头谁还发短信啊，是广告吧。白小七心里嘀咕。拿过手机看，心里一凉。是邱慈的短信。

“我知道你们出去玩了。你不会真以为陈朗会娶你吧……”

白小七刚读了开头，身后伸出一只手来，唰一下把手机抢走了。

吉普紧皱着眉，三两下把短信删掉了：“有什么好看的？”

从白小七在QQ上告知颜嫣吉普的住址到他们终于动身去沙漠，只有三四天的时间，却发生了太多事。吉普出现时，常常心神不安地握着电话，白小七猜想颜嫣到底去求证了真相，这无疑给吉普带来了麻烦——一个女人上门声讨也还罢了，没过几天又来一个，再隐忍的妻子也要发飙，再无耻的男人也会难堪，何况颜嫣恐怕比白小七难对付得多。

看着吉普如热锅上的蚂蚁，白小七真是心花怒放。连白妈都觉着他脸色难看，问候了几句，让他回家休息。白妈最终被确诊为更年期耳鸣引起的眩晕，症状严重时吃点抗眩晕药就是。

这之后一两天，吉普没有联系白小七。白小七料想他正忙着灭后院的火，沙漠之行很可能要取消，只是不知颜嫣把事情撂到什么程度，吉普是否已经察觉是白小七背地里挑唆了颜嫣。白小七第一次成功回击了吉普，顿觉全身充满力量，什么沙漠不沙漠的，她已然不放在心上。

王早该与佳薇渐入佳境了，他戒了烟，刮了胡子，眼睛里也没了红血丝。只是人一旦经了事，便像白纸被铅笔重重画了几道，再好的橡皮也只擦得去色彩而擦不去痕迹，气质到底沧桑粗糙了一些。

白小七比照着王早，大概也推测到自己的变化。

计划中动身去沙漠的前一天，佳薇约吃饭。下了班，白小七开车载王早一道过去。遇上红灯，白小七把遮阳板上的镜子掰下来，仔仔细细地端详自己。

王早穿着笔挺的西装，显得颇不自在，在副驾驶座位上来回蠕动，像一只紧张兮兮的软体动物。

“没事吧，你？”白小七对着镜子鼓腮嘟嘴，只用余光也看出王早不对劲了。

“你看我穿这样行吗？”王早问。

“挺好挺好。”

“还能更敷衍一点吗——你压根儿就没看啊！”

“哎，你说我这最近是不是老啦……”白小七确实没理王早，继续对着镜子吹胡子瞪眼。

“算了。”王早放弃了努力，“师傅，绿灯了。”

白小七把车开起来，同时侧头看了王早0.1秒：“穿这么精神干吗呀？跟赵佳薇求婚啊？那我得到前面商场停车，买个显微镜。”

“买那玩意儿干吗？”

“看看你准备的戒指。”

“看戒指干吗用显微镜？”

“因为估计你能买得起的钻石用肉眼根本找不着。”

王早被白小七气乐了：“白总，就你这张嘴，真能把人欺负死。”

“没觉着啊，我看吉普就挺滋润的。”白小七跟王早在一块儿的时候最放松，两个人都习惯有来有往地逗闷子。只是她这句让王早不知怎么接，车里一片尴尬的沉默。

“还是说你的事吧。”白小七自己把话拉回来，“你不会真要求婚吧？”

“不是不是。”王早这样说着，还是走了心，“你说……佳薇是不是也这么想啊？”

“怎么想？”

“觉着我穷啊……”王早裹在西装下的身体又不安地左右扭捏。

王早的担忧让白小七一阵心疼。王早和佳薇都是她最好的朋友，与亲人无异。这两人要是谈起恋爱甚至结了婚，万一相爱相杀起来，白小七将如何安置自己的立场？这是她第一桩想不清的事。再有，虽然佳薇自称现在只想过安稳普通的日子，而王早又无疑极其符合“找个好人嫁了吧”的好人标准，但佳薇在心灰意懒的境地下选择王早，总让白小七觉着不是坦荡光明的爱情。

因为太多的想不清放不下，对佳薇和王早的事，白小七始终避讳着，虽然也知道不能一直这么避讳下去。这么当面锣对面鼓地谈论，尤其是跟王早谈论，更让她浑身不自在。她已经隐瞒了姚蓓蓓的失踪真相，如今又是因为她的关系，王早认识了佳薇。对王早，白小七满是不能出口的秘密和愧疚。

“别多想，我开玩笑的。”白小七开解王早。

“小七，佳薇……我……我们的事，你同意吗？”王早支支吾吾。

“我又不是封建家长，为什么不同意？”白小七故作轻松。

佳薇事先在餐厅订了一张小圆桌，三人各自坐了。如白小七所猜想，在佳薇对白小七和王早这段时间的照顾表达了感谢之后，王早果然颇为正式地提出了与佳薇交往的请求。他早在餐厅订好了一束玫瑰。

佳薇欣然接受了玫瑰。王早罩着西装的身体看起来于是不再汗涔涔的，稍稍舒展得像个正常人了。

“来，走一个吧。”白小七举杯提议，“我们都是被生活反复折腾过的人，知道人间险恶，活着就是恐怖片……我祝你们俩早日到达幸福彼岸。”

王早说：“小七，你是我认识的最好的人，你不知道我多希望你幸福。”

白小七说：“行了，别整那些虚的了，赶紧喝了。”

“不行，我还没致辞呢！”佳薇一贯伶牙俐齿的，这会儿却憋不出词来，急得眼珠乱转。“为了爱情？”她小声嘀咕。

“呸！”白小七夸张地否决，“甭提那些只听过没见过的天外飞仙！”

三个人都笑起来。佳薇说：“算了，还是为了友谊吧，这个还靠谱点。”她说完，又有些不确定似的看看王早：“是吧？”

“必须的啊！”王早把酒杯高举过头，“下辈子还是过命的交情！”

正在三个人都百感交集、眼泪汪汪的节骨眼儿上，吉普居然打来电话。

吉普已经两天没跟白小七联系，她本以为再也接不到他的电话了。

“喂？”

“小七，去沙漠的东西准备得怎么样了？”吉普的声音听起来一切如常。

“啊，还去啊？”

“为什么不去？”

圆桌对面，王早跟佳薇正耳语着什么，佳薇粉雕玉砌的眉眼娇嗔地一挑，王早微醺的脸色便为之跳荡，那场景看起来的确与幸福有关。白小七惊觉自己此前的忧虑真是多余，世界上还有什么比最亲爱的两个朋友在一起更值得祝福的？

看来吉普并没有发现什么，而他居然还能说服邱慈允许他短时间内再次出游。没想到颜嫣这么不中用。

“我随时可以出发。”白小七说。

“那好，明天傍晚6点左右我去你家接你。7点半车队在环路集合。”

“OK。”

“哎，我说，咱把这杯酒干了再起腻成吗？”挂了电话，白小七催促对面的两个人。

“成啊！”王早和佳薇都在号召下举起酒杯。

“为了友谊！”

白小七一饮而尽。一股力量直冲头顶，她的世界摇了三摇，眼前荡开涟漪，影影绰绰。她对颜嫣的埋怨在水面上下沉潜了几次便消失了，毕竟颜嫣也是个无辜的可怜人。过了30岁的单身女人，经历过多少离合，以为终于有望结束孤独的奔跑，没承想一朝梦碎。碎就碎了吧，又不是没碎过，可是居然还碎得如此不堪。

白小七又给自己倒了一杯酒，王早拦她：“差不多行了，别喝了。”

“让她喝吧。”佳薇说，“她高兴。”

白小七不需要看佳薇，也知道她话里的深意。她们是十年的朋友，佳薇知道白小七心里苦的时候才会找酒喝。

“是啊，高兴嘛。”白小七深以为然地点头。

高兴什么呢？高兴佳薇遂了心愿，王早抱得美人归。高兴颜嫣脱离苦海，而自己还能去沙漠玩。还有呢？高兴吉普又打来电话，又给了她报复下去的机会？那么颜嫣就这么消失了吗？她没有选择追究，没有选择报复，只是头也不回地离开了吗？

原来这也是一种选择，这才是应该的选择吗？

白小七扬起脖子，又干了一杯。

自从上一次吉普爽约，白小七对他便丧失了最基本的信任，他来或不来，她都不意外。说不准他临时改变主意，又去接了颜嫣走……这样突然的变故已经不能伤到白小七什么了。她甚至想，如果他又食言，大不了她再去佳薇那儿住几天，只要不让父母感觉到异样就好。

所以，白小七打算趁着父母没在家赶紧出门，在车里等吉普。要是他不来，她就开车去找佳薇。

白小七正在门口换鞋，却听见钥匙拧开门锁的声音。

“爸、妈……”没想到父母会突然回来，白小七有些慌张。

“我们俩去超市给你和小陈买了点儿吃的，怕你们在沙漠没东西吃。”白爸手里拎着牛奶、水果和一大袋酱牛肉，“这么快就走啦？我们俩在楼下没看见小陈的车啊。”

“没，我是想先下去一趟，把东西放到我的车的后备厢里，要不一次背下去太重了。”

“哦，那不着急，一会儿我们俩帮你拿，正好还能看小陈一眼。”白妈一到家就开始忙活，“老白啊，快把这些水果洗了，用保鲜袋装上……”

白小七只得脱掉穿了一半的鞋，回到房间。父母回来了，计划被打乱，她赶紧掏出手机给吉普打电话。

“喂，小七啊，我在路上啦，再有两个路口就到。”

万幸，吉普接了电话，声音听起来愉快轻松，不像会突然改变主意的样子。白小七这才长舒一口气：“好，那我10分钟之后下楼。”

白爸和白妈把水果洗好，又把酱牛肉切了，一袋袋装好，陪白小七下楼。等了5分钟，吉普没有踪影。白小七故作镇定陪父母说话，但心里早已一团乱麻。

趁父母尚未察觉，白小七跟白妈撒了个娇：“呀，我想上厕所……”

“这孩子。”白妈笑她，“懒驴上磨屎尿多，快去吧，要不一会儿上了高速想上厕所就不方便了。”

“好嘞，那我先上楼一趟。”白小七说，“要是陈朗来了，你们让他等我一下。”

一进楼道，白小七便拨通了吉普的电话。

第一个电话接通了，但很快被按掉。

再打，又被按掉。

今时不同以往，白小七不容许父母的期待有一丝闪失。她第三次拨通吉普的电话。

接通了，吉普的声音听起来很懊恼：“小七，你等一下，我这边出了点儿状况……邱慈她……”

白小七打断他的话：“我只想问你，今天还来吗？”

“可能……”

“不要对我说‘可能’！”一楼到三楼的声控灯都随着白小七的吼声亮起来，“陈朗，你怎么骗我、伤害我，我可以不计较，但现在我爸妈也在等着你，你必须来！如果今天你不来，你、邱慈，不管什么人什么东西，以后都别想好过！”

吉普愣了几秒钟，似乎试图解释：“小七，我……她……”

“我不想听什么你我她！陈朗，你别以为我怕你、怕邱慈。我他妈的什么都不怕！无论你现在在哪儿，在干什么，谁在你车上，你！必须！马上！过来！”

“好，10分钟后见。”

电话挂断。白小七单手扶住墙喘着粗气，满心凌乱的鼓点。

楼道里的声控灯暗了，世界一片漆黑。

一辆硕大的吉普车远远开过来。

吉普开了车门跳下来，语气诚恳地跟老人道歉：“堵车，来晚了，让叔叔、阿姨久等啦。”

“没事，没事，慢点儿开好，安全第一。”白爸和白妈眉开眼笑地走上前。

白小七没好气：“把车门打开。”

吉普赶紧开了车门，把吃的和白小七的行李搬上车。

“阿姨，小七又生我的气了。”吉普对白妈说。

“我这个闺女啊，就是爱使小性子。你比她大，多包涵她。”白妈爱怜地摸着白小七的手，对女儿说，“去吧，注意安全，别老跟小陈耍脾气。”

白小七挤出一丝笑：“快回去吧，我过几天就回来了，你们俩注意身体。”她一脚跨上吉普车，关上车门，冲父母挥手。

车掉头出了小区。吉普伸手来抓白小七的手，被她一下甩开。

吉普跟白小七赶到集合地时，车队已经出发了，只有西域还在等他们。两辆车上了高速，天色渐渐黑透了，两个男人怕困，用对讲机聊着天。白小七提不起跟吉普对话的热情，身体陷在座椅里，意识在梦与醒之间摆荡。

吉普的手机响个不停，他看也不看。

对讲机里，西域说：“哎，谁一直给你打电话？”

吉普马上把对讲机的音量调低，回了两个字：“别理。”

午夜，车开到高速公路旁某个废弃的服务区，吉普和西域下车休息，伸伸腿脚。白小七懒得睁眼，头倒向车窗，努力让自己睡着，吉普和西域在车旁抽着烟。

废弃的服务区昏暗安静得像在尘世之外，只有两个男人的对话声和他们手里的烟明明灭灭的光亮。

“老飙那帮人就这样，你别跟他们一般见识。”西域说。

“我知道。”吉普回答。

“我跟大切都说再等一下，老飙就是不同意，还把大切他儿子拉到车上跑了。大切媳妇就着急了，催着大切跟着老飙赶紧走，要不大切也能等你。”西域又解释。

“没事，我知道切哥是好人……我今天下午在家收拾东西，用iPad登录了微信，走的时候忘了退出，邱慈把聊天记录看了个遍。”吉普说。

“就因为这事耽误了？”

“嗯。我都出来了，她给我打电话，说什么不让我走，说走就离婚。”

西域没言声。

“他妈的，最后老子还是走了。”

西域还是没言声。

“天亮能到就不错。”吉普主动换了话题。

“嗯。”

“越近沙漠越冷——你车里有毯子吗？”

“至于吗？”

“给小七盖，怕她着凉了。”

“后座有，自己拿吧。”

吉普俯身过来，把一条薄毯子轻轻盖在白小七身上。他的脸与她很近，鼻尖几乎相碰，一股热乎乎的气息擦过她的脸颊。

白小七半睁开眼望着他，他也望着她，彼此都有些惊讶似的。这样对望了几秒，白小七感觉眼皮沉得像锈住了，大颗的泪水滚下来。

吉普伸手擦掉她的眼泪：“睡吧。”

天色微微泛白的时候，对讲机里终于有了杂沓的声响——车队就在附近了。

“我是大切，我是大切。呼叫陈朗，呼叫西域。能听到吗？讲话讲话。”

吉普调高了对讲机的音量，报告了自己的方位。

“好，我们已在约定的1号地扎营，正在做早饭，等你们一起吃。”

“西域收到。”西域说。

“陈朗收到，谢谢切哥。”

“别光谢谢切哥啊，这次伙食我也张罗了。”对讲机里传来一个苍老油滑的人声。

吉普和西域都没出声。

白小七看看吉普：“这人谁啊？”

“老飙，车队长。”吉普说。

“你不喜欢他？”

“你也不会喜欢他的。”吉普一张脸紧绷着。整夜驾驶的疲劳在他脸上转化为胡茬儿、油光和突然清晰许多的男人的轮廓。白小七扭扭一直向车窗方向歪的脖子，发出“咔咔”的声响。

“疼死老娘了！”她忍不住吼。

“哈哈哈哈……活该，让你跟我厉害。”吉普看起来高兴极了，“我陈朗活了快40岁，就没见过你这种女人。”

“放屁，我怎么了？”

“你一直一个姿势能不疼吗？你往我这边倒一会儿就好了。”

“我往这边倒还能靠着车窗，往你那边靠什么呀？悬空更疼。”

“靠我肩膀啊。”吉普把肩膀耸了耸，示意白小七。

白小七犹豫了一下，双手挽住吉普的胳膊，头靠在他的肩膀上，果然舒服多了。

吉普按下车载CD的play键：

我从不会轻易许下任何诺言
也从不会为一个人如此心碎
而现在我可以敞开我的内心
你是我唯一真心爱过的姑娘
……

天色似乎一下子亮了，两个人的脸都被迎面的阳光映照得金灿灿的。

“你是我唯一真心爱过的姑娘……”吉普跟着CD里的音乐大声唱起来。

“这就是沙漠了？怎么还有草呢？你看这儿，这儿……”

吉普和白小七从高速下国道，再拐到乡间土路，又转进一大片青青黄黄的空地。房子越来越少，树没了，庄稼也不见了，但说是沙漠似乎还是牵强了些。白小七刚刚升起的兴头有点回落，觉着沙漠并不像她想象中那样壮阔。

她索性松开了安全带，抖抖手，抖抖脚：“西域呢？怎么不见了？”

“系好安全带，别乱动。”

“都系一宿了，太难受了。”

“乖，系上，这地方地形复杂，安全第一。”吉普语气温柔。

白小七历来吃软不吃硬，听吉普这么哄着她，便又将安全带扣上了。

“扣好了吗？”

“嗯。”

“好，那我加速了。翻过这个坡，咱们就能看见西域了。”

“哦，怪不得，原来西域翻过……”白小七话还没说完，突然感觉有人在背后猛地一推，车如离弦之箭，“嗖”的一声飞出去。前方陡峭的山坡越来越近。

“抓好！”

白小七右手下意识地握紧了上方把手。对面夹杂着星点植被的黄土地“唰”地就到了眼前，车马上要直直撞过去了，白小七禁不住大喊：“喂喂喂……”

只听“呼”的一声，车头急转而上，像游乐场里的“激流勇进”到了最高处，脚下是呼呼的车轮旋转声，仰面只看得见清晨时分整片透彻的蓝天。吉普快速地变换着脚下的动作和挡位，车轮嗒嗒嗒转了几下，稳稳地攀过山坡，抓住平地。

在城市里绝看不到如此景象。沙丘之上，东南西北皆是错落的金黄，形如凝固的海浪，天地没有死角。你能看多高多远，天就有多高多远，而目所不能及处，依然是白云苍狗的气象。

西域的车是画布上军绿色的一点，在前方徐徐行进。

“七姐没吓哭吧？”对讲机里传来西域的声音。

白小七从陶醉中回过神来，抢过手咪：“呸！”

吉普拍拍白小七的头：“害怕吗？”

“爽死了！再来一次！”白小七在座位上兴奋地左右摇摆。

“看来我们来对了。”吉普也开心起来，“我很久没看见你笑了。”

大概因为彻底离开熟悉的环境，平日那些束缚人的条条框框也随之消失，白小七感觉到久违的轻松。她可以不对任何人感到抱歉，也不必想什么将来以后，有此刻就好。

“不要啰里啰唆的，快超前边那辆车，快！”

“超西域？为什么？”

“你怎么这么多问题？给我超！”

“遵命，女王大人。”吉普毕恭毕敬地踩下油门，很快反超了西域。

“肯定是七姐使的坏。”西域通过对讲机传来带着笑声的抱怨。

吉普的笑声与西域的笑声叠在一起，响在满眼的金黄碧蓝之中。

在沙丘边缘的一处平地，长着一两棵歪斜的树，几丛乱草以及一条窄长的溪水，就是营地了。

在遍地黄沙里远远望去，营地的布局像散落一地的花瓣，鲜艳得很。

二三十个颜色各异、大小不等的帐篷不规则地扎在地上，风吹过时，反着光的帐篷布跟着抖几下，带动缤纷的光影一闪，飞过高杆子上猎猎飘扬的车队队旗——三角幅面上一张獠牙毕现的狼脸。帐篷之间的空隙很大，足够将车停在上风方向，确保帐篷里的人住得更舒服一些。

车队队员穿着统一的迷彩装，搭配同款的帽子，踩着大皮靴，拉链一直锁到领口。而随行的家属们则穿着各色冲锋衣，玫红、宝蓝、艳紫、米白、军绿、荧黄……白小七从来没发现冲锋衣这种消弭性别的服装也能如此艳丽。

吉普和西域把车停好，也开始搭帐篷。西域的帐篷是墨绿色的，吉普的帐篷是橘黄色的，在阳光下有一种明暗交会的默契，看得人心生欢喜。白小七也想上去搭把手，但很快被两个男人挤在一边。

“沙漠日子苦，女人肯来就不错，别干活儿了。”西域说。

“看李大夫多会说，其实他就是怕你添乱。”吉普插嘴。

白小七冲吉普翻了个白眼，走开了。反正闲来无事，不如四下逛逛。

灶上一口半人高的大锅咕嘟咕嘟冒着气。一个小个子男人把萝卜切了块，单手用菜板端了，咕咚咚一股脑儿扔进锅去，马上盖好锅盖。但锅里的香味还是飘出来，在白小七的鼻尖上打了个旋儿。

小个子男人抬头看看白小七：“车队又添新面孔啦，这是谁的家属啊？”

“我是……我……”这一问，搞得白小七不知如何作答。

“我看这妹子是跟陈朗一车来的！”身后走来一个同样个子不高的女人，两只手钳着一堆白菜叶，“妹子，麻烦帮我掀一下锅盖。”

白小七连忙把锅盖掀开，女人把菜叶扔进去，回身指着男人：“他是大切，我是他媳妇。”

白小七马上想到途中吉普与西域的对话：“啊，您就是切嫂！”又转向那男人：“您就是传说中的切哥！”

“呦，这妹子嘴甜呢！我什么时候成传说啦！”

大切两口子都笑起来。白小七细细端详这两人：大切虽然足足比白小七矮一头，肤色又黑，却也颇有几分男人气概，不招人讨厌。而切嫂身量虽瘦，两颊却鼓鼓的，一脸福相。

“我还没介绍呢，你们就都见过啦？”吉普跟西域安营扎寨完毕，齐齐走过来。吉普一把揽过白小七的肩膀：“这是我媳妇，杂志社的编辑，白小七。”

白小七明显感觉大切两口子的神情有须臾间的凝固——谁知道他们见过吉普多少女人，是不是每个他都这样介绍。西域摸摸鼻头，微笑着去掀锅盖看菜色，大切赶紧按住他的手：“就快好了，别掀开，香味都跑了。”

“嘿，还怕跑了，好像香味是你家的一样。”西域做不满状，惹得大家一阵笑。

“我还跟大切说呢，就我一个女人多没意思，现在有这么好看的妹子陪我，我就放心啦！”切嫂紧紧抓着白小七的手，带着白菜香的水滴清爽地沾在白小七的皮肤上。

“我帮嫂子忙活忙活吧。”白小七说。

“不用不用，我们俩来就行，你别沾手了。”切嫂连忙拒绝，“你第一次来，让陈朗领你到处逛逛。”

“大切，还不开饭！老子饿死了！再不开饭我把你的切诺基炸了！”

虽然声音是从背后传过来的，白小七还是听出来了，这就是对讲机里那个油滑苍老的声音。

吉普和西域几乎同时闪身，转头离开。吉普抓着白小七的手，低声说：“咱们回帐篷里等。”

吉普走得太快，白小七甚至看不清老飙的长相，眼前只闪过一颗黑白发夹杂的大头和一个胖大的身躯。

进了帐篷，白小七和吉普并排躺下，互相看看都笑——阳光透过橘黄色的篷布照下来，两人的肤色都红彤彤的，像一对欢天喜地的大头娃娃。

吉普捧着白小七的头，正要吻下去，白小七问：“刚才那个就是老飙？”

“嗯。”

“你们为什么那么讨厌他？”

吉普被问得没了兴致，翻身平躺：“车队刚成立的时候，老飙年纪最大，又是专门做改车的——他在汽贸城有个改车店。所以大家都觉得他专业可信，就拥护他当队长。车队里的人不仅自己的车在他那里改，还介绍朋友们来，帮衬老飙的生意。”

“那很好啊。”

“一开始车队风气是很好，大家玩得也尽兴，人心很齐。”

“那后来怎么了？”

“后来老飙傍上了几个有钱大哥，看不起兄弟们这些小生意了。我们的车送过去，他总找借口拖着，一开始拖十天半月，后来拖半年一年。大切为什么叫大切？就是因为他那辆大切诺基——交到老飙那里改，等了半年，愣是一下没给弄。西域的车，老飙改的费用比别的地儿高不说，还改出毛病来了。西域过去想问问怎么回事，结果老飙见西域来了，把店门一关，从后门溜了。”

“不至于吧？”

“他就至于。”

“那他跟你有什么冲突？”

“跟我倒没什么，我刚发现他这人不地道，就不在他那儿弄车了。我就是看他人品差，所以不爱理他。这次来沙漠主要是为了带你玩，让你高兴高兴，要不只要有老飙在，我绝对不来。”

白小七侧过身来拍拍吉普的脸：“但我看大切跟他还行啊。”

“切哥厚道，年纪也比我们大，老好人一个。”吉普两只眼睛已经睁不开了，“太困了，我睡一会儿。”

“那一会儿车队开饭、开拔了怎么办？”

“没事，大切能叫咱们。”

“西域好像也钻进帐篷睡觉了。”

“开一宿车了，谁也顶不住……”

吉普的声音越来越小，渐渐地变成均匀的呼吸和鼾声。

沙漠清晨的微风吹过暖融融的帐篷，身下的防潮垫、气垫和褥子随着吉普的呼吸有规律地一沉一浮。白小七望着他红彤彤的睡脸，起了调皮之心，轻轻吹着吉普皮肤上的细沙。

“唔……”吉普被扰醒了，伸手在脸上抹了一把，并没睁眼，“小七，别闹。”

白小七赶紧翻身背对吉普：“不是我。”

一只粗壮的手臂搭在她的腰上：“乖，让我睡一会儿。”

白小七把自己的手与吉普的手握在一起，一会儿也睡着了。

白小七迷迷糊糊感觉到手心一阵奇痒的时候，耳边的鼾声已经止住了。她正要甩手，却发现那行迹并不来自蚂蚁，而是吉普的手指。

吉普在白小七手心轻轻地反复描画着什么。

白小七悉心感受着他手指划过的痕迹。

你。

我。

你、我？白小七不明白。

爱。

你。

白。

……

如此反复，吉普写下的是：白小七，我爱你。

白小七情愿这样一直睡着，也让吉普相信她睡着。就算这么死去也好——还有未竟的愿望吗？还有来不及去爱的人吗？还有什么不甘心吗？说什么不得不、一定要，其实哪有那么多不得不、一定要？

白小七感受着吉普传到她耳畔的呼吸，错觉他又是最初那个脚踏七彩祥云来接她出苦海的单身男人陈朗，而不是后来曲尽心思骗她、伤她的别人的丈夫。

“喂，快起来！”帐篷外传来西域的喊声。

吉普问：“怎么了？”

白小七也顺势翻了个身，睁开眼睛，看着同样满脸狐疑的吉普。

“咱们睡过头了，车队已经吃完饭开拔了！”

吉普和白小七赶紧走出帐篷。

除了吉普和西域的车，别的车都不见了，营地已经空无一人。炉灶还在，但锅里的肉早抢没了，只留下杯盘狼藉的一片残局。

吉普开了车门拿出对讲机，但车队的人已经远到收不到信号。

西域拿着手机走过来，递给吉普："大切发过来的。"

白小七也凑过去看，是大切发给西域的短信："兄弟，老飙说什么也不让叫你们，说让你们看着营地，我拗不过他。你们醒了赶紧过来吧，我们在好汉坡方向……你嫂子给你们留了吃的，在我们那顶蓝色的帐篷里……"

吉普把手机还给西域，说了一个字：

"追！"

电影里见多了飙车追凶，今时今日，白小七算是身临其境了。

白小七深深感觉到一根安全带不大够用，恨不能弄个七八条绳子把自己缠在座位上，像被蜘蛛精固定在山洞石壁上的唐僧。吉普手下、脚下的动作变换得飞快，车迅疾地冲坡、下坡，在陡峭的沙丘上划一道弧线迂回而过，车身的角度几次倾斜得很大，每每在翻车边缘猛地扶正。

白小七忍不住要尖叫的时候，就看一眼吉普的表情。先前吉普挨打，让对方赔了1万元，白小七尚不知道他有家室，曾想他这么精明强势，到哪儿都不会吃亏，心里不觉有几分安慰。如今见他在无际的黄沙里追讨别人对他的亏欠，露出这样阴鸷凶狠的表情，不由凛然心惊。这群玩车的男人，看似驰骋天下，在社会上多多少少也混出了人样，没承想依然躲不过势利阴损的做派，互相间拉帮结伙，睚眦必报，跟女人们的宫斗戏一样精彩。

一路上，吉普并不说话，也不看白小七，似乎已经与他的战车合二为一，只想快些冲到目的地，取老飙首级。对讲机里断断续续有车队的人的声音传过来，越来越清晰，料想应该已在不远处时，一个陡峭宽阔的沙丘出现了。

西域在对讲机里说："前面就是好汉坡了。硬冲恐怕不行，咱们绕一下吧。他们应该就在坡那边。"

"你绕吧，我车刚改完，正好试试。"

“你别冲动，这坡还没人爬上去过呢。”

“我试试。”

“好吧，那你注意安全。七姐，上我的车吧？”

“追凶”路途上，吉普第一次跟白小七开腔：“好汉坡特别陡、长，而且是个刀锋……”

“什么是刀锋？”

“坡像刀锋一样只有一个尖，翻过去不是平地，车先四脚不着地——我们叫‘飞’，直接大下坡。不好爬，不好下，极易翻车，所以叫好汉坡，谁能上去谁牛。”

“哦。”

“你坐西域车吧，确实挺危险的。”

“我不怕，走吧。”白小七右手再次握紧了头上方的把手。

吉普赞赏地说：“我就知道你行。”随即拿过手咪，对西域说：“七姐说不用，你在坡那边等我。”

西域车头一转，冲平缓的路开去。

在沙漠之中，没有任何建筑物、植物的参照，白小七算不清好汉坡到底有多高。不过她并不把这份算不清挂在心上。在认识吉普之前，白小七算是个中规中矩、四平八稳的人——有完整的家庭、良好的教育背景、不赖的收入、体面的工作。她从未刻意规划过自己的人生，但她的人生在一个既定的轨道里一直走得不错，只等如此一路走到儿孙满堂的晚年。如果说薛立平是白小七命运中的一个BUG，那么吉普的出现，无疑将一切都打碎了。她开始经历想都没想过的狗血事件，认识自己生活圈子外形形色色的人。她学会记恨，学会报复，在黑与白之间无从举步。

与这一切相比，是否能顺利翻过一道刀锋，又算得了什么呢？既然已经身在其中，说什么怕不怕，只是徒留可笑罢了。

车“呼”的一声冲上了坡。白小七被夸张的角度带得本能后仰，脸一路冲着天。车速越来越快，白小七没有尖叫，只是怔怔地望着眼前那一片瓦蓝。

轮胎艰难地抓着沙地，发出奋力一搏的喘息。

“我们能翻过去吗？”她问吉普。

“能。”

吉普话音未落，车便腾空了。

“小七，我们飞了。”

飞了，可不是。像电影里的慢镜头，飞起来的感觉也是一帧一帧慢放着的，舒缓、刺激，满是绝望的美感。依着惯性，车头起初直指向上，像要冲向蓝天，戳破碧色幕布和洁白的云彩，闯进那个人人听过却没见过的完美世界去。失重让头皮麻酥酥的，极不适合思考，又让人太想趁机想点什么。

嘿，早知道事后的境遇如此离奇，跟薛立平分开，听说薛立平结婚的时候，又有什么好哭的呢？早知道自己有一天会跟着吉普到沙漠里快活，像两只不知廉耻的兽，当初又何必找上门去见邱慈，还留下联系方式，惹得原配夫人发短信来指责自己呢?

当然，这一切都没法早知道。可是早知如此，又能做什么补救？早知道吉普是这样的人，便能坦然选择不开始吗……

“太漂亮了！”对讲机里传来西域的声音。声音是正常速度，没有慢放，一下子把白小七扯回到现实中来，时间恢复了本来的速度。轮胎“砰”的一声触了地，车急速冲下好汉坡背面一条更长的坡路。吉普整个上半身已经站起来，完全脱离了座位。

车风驰电掣到了坡底，完美着陆。

车队正在好汉坡这一边的平地上集结，横向停成长长的一排，在照合影。每个人都开了驾驶座位这一侧的车门，站在脚踏板上，看起来意气风发，而最中央的那辆车上站的，正是老飙。

吉普把车停在老飙对面，车头顶着车头，猛一脚刹车。

“在这儿等我。”吉普说完这一句，随手在后座上抄起个家伙，翻身下车。后座上堆满了食物、水、换洗的衣服、简单的炊具和常用的修车工具。吉普动作太快，白小七没看清他拿了什么武器，只觉一道红光闪过。

吉普走出几步远，白小七才看清他手里拿的是一口煮面用的小锅，锅底是红色的，造型别致。

摆pose等着拍照的人群还没来得及意识到发生了什么，老飙也还睁着一双并不无辜的老眼挑衅地望着吉普的时候，吉普已经手起锅落，把站在脚踏板上的老飙打翻在地。

最先跑过来的是西域。他狠命地把吉普往后拉，不让他继续动作，其时吉普已经又踢了抱着头窝在地上的老飙好几脚了。第二个跑过来的是大切，他刚扶起老飙，吉普上去又是一下，再次把老飙打倒。至于其他人，要么在一边抱着膀子看热闹，要么言语上给出几句无关痛痒的劝诫罢了。

白小七看得心痒，下了车，近距离观战。

“大家尊你一声大哥，你做人做成这样有意思吗？”吉普一直被西域向后拉，实在够不着老飙，只好喊话。

“我做人怎么啦？”老飙一只手捂着头，一只手被大切拽住。其实拽他真是全无意义，他既没有还手的余力，也没有还手的意愿，不然以大切矮两头的身高，怎么可能擒得住他呢？

白小七心情愉悦，像在看一场猴戏。眼见西域就快拉不住吉普，老飙连滚带爬地上了车，向后猛倒，翻过坡去，跑了。众人见没戏看了，也各自上车跟着老飙的车辙走了。

大切表情复杂地跟吉普说：“兄弟，你气也解了，咱接着玩吧，今天车队计划穿越这片沙漠呢。大老远来了，别坏了兴致。”

大切又对西域说：“你看好他，我车里还有老婆、孩子，先走了。”大切说完，又冲白小七点点头，才转身去找他的车子。

西域放开吉普，递给他一支烟。吉普余怒未消，胸腔里像拉着风箱。

白小七捡起吉普扔在沙地上的锅左右端详，锅底已经有两个硕大的凹坑。

“刚才害怕吗？”吉普稍稍平缓了呼吸，问她。

“有什么好怕的？”白小七把手伸进锅里使劲按压，试图复原锅底的形状。

“还是你最懂我。”吉普一把揽过白小七的肩膀。

西域站起来：“走吧，今天得穿过去再穿回来，晚了就看不清路了。”

再上车，吉普像排空了浊气，豁然开朗，跟白小七有说有笑："我把老飙打了，晚上不能跟他们一起吃饭了，咱们得单独做饭——那个锅还能用吧？"

"必须能啊。"白小七手里还拿着小锅，兴高采烈，像孩子拿着玩具。

"小七，对不起啊，我这一冲动，晚上营地的活动你也不能参加了。"

"有什么活动啊？"

"一般有篝火晚会、放孔明灯什么的。"

"哦，那也没什么意思，无所谓了。"

"就是。再说我还有更好的活动给你留着呢。"

"什么呀？"

"我啊。"吉普逼近白小七的脸，手在她大腿上来回摩挲，"想要吗？"

这天入夜了，白小七还在回味沙漠夕阳的气象。颜料般泼在天上，白天泼蔚蓝色，夜里泼黑色，都俭省得很。唯有夕阳时分，须将深深浅浅的紫和红在水一样颤巍巍的天幕上，由风带着，一丝丝晕染，融化了，荡开了，消弭了边界，在极高极远处终于不见。

车队返回的路上，吉普车头一挑，冲一块沙丘围着的凹地开过去了。车在一块小盆地似的沙地上停稳，白小七知道，这就是两人单独埋锅做饭的地界了。

沙漠昼夜温差大，教科书上说"早穿棉袄午穿纱"。白小七一下车就感觉到扑面的寒意，马上回身去车里找外套，吉普已经一把将他的皮夹克披在她的身上。

白小七穿好带着吉普体温和气味的夹克，拉链一路严严实实拉到下巴，想去帮吉普做饭，他拒绝了："不用你，你四处走走吧。"说着，他开了越野车的后门，哗啦啦，把小煤气罐、简易灶、面条、调料搬了下来。

白小七绕着凹地转了一圈，吉普宽大的夹克披在身上，更显得百无聊赖。吉普找到一个避风点摆好炉灶，掏出Zippo。

等白小七又从相反的方向绕着凹地走回来时，炉灶的火已经在夜风中突突蹦跳着。吉普把白天他曾引之为武器的小红锅放在灶上，拧开大矿泉水瓶口，把水咕咚咕咚倒进锅里，又不知从哪儿弄来一个透明的玻璃锅盖盖上去。真是奇迹，那锅盖居然还能贴合这个形状诡异的锅。

“好无聊啊。”白小七远远站在吉普身后说。

沙漠的夜晚太安静了，除了风声，什么都没有，人声就更是突兀得很。吉普转头对白小七柔声说：“你过来。”

白小七走近吉普，两条粗壮的手臂等待着她，将她环抱在身前。

她的额头抵在他的下巴上：“西域不跟咱们一起吃吗？”

“他不想跟车队的人搞那么僵。再说他去跟大家吃也好，热闹，有酒有肉，咱们只有面条。”

“咱们也有肉，我爸妈买了酱牛肉。”

吉普的眼睛瞬间放出光来：“在哪儿呢？”

“我上车前拎了一个大塑料袋，里头都是吃的。”

在沙漠里，一对物资短缺的男女，食物的意义大过天。吉普似乎得到了莫大的鼓舞，紧了紧抱着白小七的手臂，像要把她嵌进身体里：“太好了，一会儿用辣酱拌着给你吃。”

白小七把脸埋进吉普的胸膛，心里飘飘荡荡的。自从进沙漠以来——确切地说，是从路上在服务区停留，听到吉普跟西域的对话，吉普在车里给半睡半醒的她盖上毯子开始，她心里便灌注了一种雀跃。吉普说，邱慈说他走就离婚；吉普又说，老子最后还是出来了。这让白小七隐约觉得吉普已经有一部分属于她，像冰山一点点在被融化了。

而只要一个人动了真心，便不必大费周章，勾勾手指就足以让他伤心了。

天色已经黑透了，风声呼呼穿过两人的身体。吉普的下巴依依不舍地蹭蹭白小七的额角：“水开了，我去下面条。”

吉普和白小七刚刚分开，便听见沙丘的那一边砰砰啪啪的声响。

“营地在放烟火，你跑到高一点儿的地方就能看到了。”

白小七兴奋地沿着一处平缓的沙丘跑上去，一朵朵烟花果然在眼前绽开。沙丘很松软，在黑夜里没了金黄的色泽，像是沉默巨大的黑洞。白小七一步沉似一步，距沙丘顶端还有一半路程时，气喘吁吁地止步。

从这个高度上看去，来自营地方向的烟火只在地平线上一点点，像是栽在路边的花朵。沙漠夜的纯粹，使每一朵烟火都裂帛一般炸开，将天与地的真相撕碎了似的。

吉普跟白小七一人捧着一碗面狼吞虎咽。白小七嚼着一大口面条，含混地问："吃完饭，我们干吗去啊？"

"看星星。"

"哈，这么浪漫。"白小七想，说什么看星星，不过是想等营地里的人都睡了再回去，免得尴尬吧。

"我记得除了营地以外，还有一个地方手机信号挺强，不会时有时无的。一会儿我开车过去，你给家里报个平安。"吉普又说。白小七"嗯嗯"应着，不觉加快了吃面条的速度。

吃完了面，吉普依然没让白小七干一点活儿，一个人洗刷碗筷，收拾好垃圾，又把灶具食材装回车上，才招呼在一旁晃膀子的白小七："上车吧。"

吉普开车，白小七把手机拿出来比对信号强度，两人很快找对了地方。

"就这儿啦，给你爸妈打个电话发个微信什么的吧。"吉普说。

"真行吗？别我说了一半断了，我爸妈反而着急了。我先给你发条微信试试。"

可白小七刚点在语音上，又取消了："突然这么正经，不知道说什么好……"

吉普被她逗乐了："你正常叫我就行。"

"叫你什么，我对你没什么固定称呼啊。"

"叫老公啊。"

"呸。"

"我辛辛苦苦带你玩了一天，就当犒劳我一下。"

白小七重新按下语音键，快速地说："老——板老板老板老板老板老板！"

吉普看起来很懊恼："干吗叫老板啊？"

"小三儿傍老板嘛。"

吉普倒不以为耻，欢喜地将手机凑近：“小——三儿小三儿小三儿小三儿小三儿小三儿！”

“从小七到小三儿，我升级了。”白小七冷笑。

吉普似乎没看出白小七的愠怒和嘲讽，兴高采烈，笑个没完。

确定信号稳定，白小七才给父母微信报平安，还发了在沙漠里拍的照片。白爸和白妈抢着手机发来语音：“原来沙漠是这样的啊！”“真好看！”“沙漠冷吗？”“小陈开车累了吧？”……

跟父母微信互道了晚安，白小七才注意到吉普还在反复玩味刚才那两条微信。

“老——板老板老板老板老板老板！”

“小——三儿小三儿小三儿小三儿小三儿小三儿！”

“有意思吗？”白小七问他。

吉普却突然正色：“其实我不敢听你和你爸妈说话。”

“为什么？良心谴责吗？”

吉普没言声。

“沙漠的夜晚，一个老板，一个小三儿。天大地大，男盗女娼。”

“要下雨了，我们回营地吧。”吉普发动了车。

“不是看星星吗？”

“要下雨了，风这么大，哪还有星星？”

“别人有的看我没的看是吗？因为我没结婚证吗？”

吉普被这句话刺得泄了气，把车熄了火，指指透明天窗：“看吧。”说完把座椅放倒，躺下了。

白小七刚要发难，豆大的雨点果然噼里啪啦打在天窗上。

下雨了。

白小七索性也把座椅放倒。两个人就这样仰着脸，看着雨点打在天窗上，汇成道道的水流。

吉普说：“我已经有五年多没见过我爸了。”

白小七想起第一次见面时吉普说他父亲去世了。

“其实我爸没去世，他只是走了。”

这是白小七没预料到的：“他跟你妈妈离婚了？”

“没有，只是不跟我们一起生活了。”

吉普叹了一口气，继续说：“我爸年轻的时候很帅，有很多女人喜欢他。”他侧过头来，手掌将脸从眼下一分为二：“我从这里往下都特别像我爸。”

“我妈从小就跟我们说，我爸特别坏，乱搞，对家庭不负责任……所以我和我妹从小就仇视我爸——我还有个妹妹。”

“哦，没听你说过。”

“嫁到国外去了，没联系了。”

“我长大之后，从一个男人的角度，其实可以理解我爸，我妈有些事做得太过分了。”吉普在手机里翻找了一会儿，找出一张翻拍的老照片，“你看，这个是我妹妹。”

照片上的姑娘很清秀，窄长脸，丹凤眼。

“比你好看多了。”白小七说。

“嗯，因为她跟我不是一个爸爸生的，当然长得不太像。”

白小七惊讶地看了一眼吉普。

“所以说，我妈有些事也是做得太过分。我爸跟我妈没法相容，最后走了；我妹在家里没法自处，也走了。我的家早就散了。”

“你还有邱慈。”白小七说。

“嗯。”吉普并不反驳，“我也继承了我爸的做派，邱慈跟我妈理论上应该互相理解才对，可她们俩从来都相处不好。尤其是我跟邱慈的那个孩子没了以后，这个家简直就不能待了。”

“她应该恨你。”

“是，你也应该。”

白小七怔怔地望着天窗外的雨：“回营地吧。”

车开起来，天窗上凌乱的水流唰一下向后甩去，像一把眼泪。

营地有自带的发电机供电，人们聚集在一顶大帐篷里纵酒欢笑，头上悬着一盏大灯，从帐篷布透出一众群魔乱舞的剪影，看似早忘了这对离群的男女。吉普把车停在自家帐篷边上，两人用手遮着已经式微的雨丝钻进帐篷。

营地单曲循环的小high曲震得帐篷布一抖一抖。吉普左右腾挪，整理床铺，白小七则仔仔细细地擦脸擦手，白色的湿巾上是一层金黄色的细沙。

“扔里面吧。”吉普双手撑着一个垃圾袋，“沙漠条件只能这样了，没法洗漱，委屈你了。”

帐篷外的high曲戛然而止，一曲柔美的旋律传过来。光透过橘色的帐篷布照在吉普脸上，他的眼色像丝一样柔腻的糕坯抹了蜜，满是甜腻虔诚的疼惜。

随着吉普浓郁的眼光，白小七的心空空地往下坠，往下坠，时间也停住了，肯让她跟他就这么无限期地对望下去似的。可吉普面孔的细微褶皱中渺渺的黄沙却太确凿，是提示她时光流去的证据。

“别动。”

白小七又掏出一张湿巾，顺着吉普脸部的轮廓细细擦拭。吉普眯起眼睛，安心地享受白小七突如其来的温柔。他半跪着，脸凑近她，像在邀请白小七的手指透过凉凉的湿巾触摸他，像触摸一尊雕像、一面镜子、一幅画。帐篷里满是湿巾淡淡的香气，营地放的歌里正唱着：

爱人心
深入海
带我去
把它找回来

白小七的心里涌起一阵沉甸甸的悲凉，把她不断下坠的心揪在半空：既然身份如此尴尬，关系如此不配得到祝福，那么与这个男人的缘分，也许只能到这里了吧。她将只是陪他走过这无头无尾的一程，没有承诺，没有托付，没有彼此为伴的风烛残年。他们不属于对方，以前不，今后不，即使此刻这样亲近，依然不——然而她又曾经多么热切地以为就是他了，在心里存了一份渺茫可耻的希望啊……白小七的眼圈不由得红了，手臂无力地垂下来。

“小七啊，小七。”吉普叹息着，将白小七抱住。“小七啊，小七。”他反复呢喃这一句，像中了魔。他深深地吻着白小七，又热切，又温存。马上要褪净她的衣裤了，他才像突然想起什么似的，轻轻问她：“冷吗？”

白小七摇头，也去解他的扣子。

很快，他们又紧紧贴在一起了，皮肤擦着皮肤，没有任何阻碍。吉普停下长吻，一手将白小七捞起来：“你上来。”

橙红色的帐篷里，白小七便俯视着吉普了。

她俯视着这张据说从眼睛以下很像他离去的父亲的面孔，俯视着她手指刚刚触碰过的粗犷的皮肤，俯视这张不知被多少人吻过的嘴唇微妙的弧度。浪一样荡开的快感里，她同时俯视着他正在被她摧毁的意志，俯视他眼角眉梢掩盖不住的动容。身下的吉普为她而炸开的身体和眼眸，给白小七带来了攻城略地的征服感。她俯下身体，长长地吻住他，交托一份昭彰的宠爱。

一阵高过一阵的狂潮中，吉普紧紧地抱着白小七。“小七啊，小七。”他眉眼一抽，随即猛地将占据高地的白小七扯下来，压在身下。白小七只觉乏氧得厉害，伸出一只手臂，胡乱抓住帐篷布上的拉链头，稍稍拉下一道缝隙。那首无限循环的歌于是听得更加真切：

永恒啊
在不在
怪我的心
放不开

“白小七，我爱你，我爱你……”吉普呢呢喃喃。

此刻的白小七已经无心回忆他有多久没对她说这句话。她紧闭双眼，指甲嵌进吉普的肉里，仿佛又回到两人在刀锋上起飞的时刻，全身都麻酥酥的。此刻让她用所有换多一秒的飞翔快感，她也是肯的。但那句话从她口中溜出来时，她还是吓了一大跳：

“我爱你，陈朗，我也爱你……”

她双手捧起吉普的脸，身体的某处滚烫地抽搐，并将这抽搐荡漾开来。

两行眼泪从白小七眼角滑下。她试图侧过身体不面对吉普，但他不肯放她走，双臂紧紧箍住她。他的面容略显疲倦，两眼却盛放神采：“你说你爱我？”

吉普从白小七身上翻下来，为她盖好被子，动作温存得像为玫瑰花扣上暖罩。他扯过几张纸巾，一边给她擦眼泪，一边问：“怎么啦？被我欺负哭啦？”

白小七身子一蜷，只是哭。

吉普从身后抱住她，手掌轻轻摩挲着她的小腹：“小七啊，我们都可以骗别人，但骗不了自己。”

白小七哭得更凶了。

不知道过了多久，帐篷外已经一片静默，雨早停了，月光温吞地照着众生。吉普的鼾声规律地响着，白小七无法入睡，轻手轻脚地起身穿衣服。

脚刚踩在沙地上，就看见不远处西域的车里似乎有人。

她走到车窗旁，西域果然在车里坐着，指尖夹着一支刚点燃的烟。

白小七冲烟努努嘴：“还有吗？”

“有啊，上车吧。”

拉开车门，白小七坐上副驾驶座位，西域帮她点了烟。

“怎么不睡？”西域问她。

“你不也没睡吗？”

“陈朗呢？”

“你使劲听，估计能听到他的呼噜声。”

西域笑笑，没说什么。

白小七问：“老飙不会把你们怎么着吧？”

“没事，晚上吃饭都没人提。车友就是为了玩聚在一起的，能玩就玩，不能玩散了就是了。”

“陈朗要是像你这么豁达，今天也不至于打人了。”白小七想吐出一个烟圈，失败了。

“你真是不了解他啊。”西域示范性地吐出一个浑圆的烟圈，在月光下久久不散。

白小七的注意力都被那烟圈吸引去了：“你说什么？”

“陈朗并不是不豁达、报复心强，他只是把身边的人严格划分了几类。比如最亲的，他永远不会背叛的，重要生意伙伴，还有无关紧要的酒肉朋友……”西域掰着手指头，煞有介事地给白小七讲解吉普的脑内地图。

“哈，这么说来你跟邱慈属于他的顶级VIP。”白小七打断西域的话，“你跟我说这些干什么？我跟你们又不是一个俱乐部的，我只是他的玩伴，而且是之一。”

“你这是揣着明白装糊涂。”

“你说反了，我是稀里糊涂却非得装明白不可。”

“你们说话都带刺。”

“谁？”

“你和坤儿。”

白小七觉得西域是说不出理来，或者可怜她处境尴尬，所以故意岔开话题。一股恼羞成怒的火气腾空而起——她才不需要谁来可怜呢。“你老在提坤儿，可是除了整天在这儿期期艾艾地回忆往事，我从来没见你为挽回她做过什么。”

西域望着月光下无垠的黄沙，脸上的愁又深了一层：“我前一阵去海南了。”

白小七一愣。

“我站在她家楼下，从下午站到半夜。她家窗户一直开着，晚上还点灯了。”

“见到她了？”

“没有。我在楼下抽完了一整包烟，最后走了。”

“你看到楼上有人……有男人了？”

“没。”西域把烟头熄灭在车载烟灰缸里，“我出发的时候很冲动，没想那么多，就是太想她了，打电话发微信什么的好像又太没诚意，必须马上去找她。可是等到终于到她家楼下，我又想，好几个月了，万一她有男朋友了呢？就算没有——过去让我们吵个没完的那些问题：两地阻隔、收入差距、性格不合……因为我出现就能改变吗？”

“我不相信这些说辞。”白小七说，“想在一起，什么障碍都可以克服。没听过那句话吗——‘所有的分手都是因为爱得不够多’。”

“爱呀爱的，你怎么总把这个字挂在嘴边？”西域又点了一支烟，眉眼间流露出明显的不耐烦。

西域的话，让白小七想起她刚才对吉普溜出的那句告白。

“我从来没对坤儿说过爱她，她也没对我说过。不过无论是过去在一起，还是分开以后，我每天都会想她。一天有24小时，不一定什么时间，她一下子就从我脑袋里冒出来，好像就站在眼前，让我什么都做不下去。一开始，我非常痛苦。后来有一天，我一下子想明白了——每个人在别人的生命中都有一种存在方式。我妈、我同事、我朋友、我同学……这是他们在我生命中的存在方式。而她在我生命中的存在方式就是：我每天都会想她。这是不是爱，我不知道。我只知道我不能给她想要的生活，也没法把自己彻底改造成她想要的那个人。我心里有她，也许她心里也有我，但我们不合适。已经想得这么清楚了，又何必再去找她，浪费她的时间和感情呢？她只有以这种方式在我的生命里存在，我才不会失去她。”

说完这些，西域短暂地沉默了一会儿，像是大段太动情太走心的对白后必需的休息，又像是给白小七一段消化这些话的时间。白小七的确有些动容，正想该说点什么的时候，西域挑高一边眉毛，歪头看着她：“陈朗对你也一样，他珍惜你。当然是用他的方式。”

“没觉得。也许他的方式太别致吧。”白小七熄灭了烟，没有回应西域的注视。她烦躁于自己故作冷淡的话语听起来这么欠缺底气。

“你妈妈出院，是我们俩给办的出院手续。那天他跟我说，你在报复他。”

白小七脑中“嗡”的一声。吉普知道——他居然知道。

她被吉普的冷静和狡猾大大地震惊了。这样说来，之前她自以为是的阶段性胜利，都只是在吉普的欲擒故纵之下闹出的丑剧罢了。

“他看出来了？他特得意吧。”白小七不自然地笑笑，向西域伸出一只微微颤抖的手，“烟还有吗？”

西域给白小七点了烟：“办完出院，我们俩开车上了山顶。在山顶上，他气急败坏地狂摁喇叭……”

“哈，他骂我了吧？”

“没。”西域无奈地摇摇头，“他问我怎么办。我说假装不知道。因为只有假装不知道，你才能继续报复，也才不会离开他。”

“你真是一个好朋友。”白小七把烟头扔出车窗，“这算什么？你们看戏看得很开心吧？”

“因为我知道他是舍不得你，才会这么纠结，所以我只是给出他最期待的答案——我可以说出其他建议，但说了也没用。他那么聪明，平时哪用得着别人给他出主意？”西域毫不介意白小七的怒气，“你也一样，说什么报复，其实只是舍不得离开他，给自己充分的理由拖延时间吧？”

“别说得跟你什么都知道一样！”白小七跳下西域的车，狠狠摔门。车门在她身后传来“啪”的一声巨响。

下过雨的沙漠夜晚越发凄冷。被愚弄的怒火灼烧着白小七，她愤然地拉开帐篷的拉链，声响惊醒了吉普。他在半睡半醒之间眯着眼睛，向她伸出一只手臂，另一只手把被子掀开一角，含混地说：“上厕所了？快盖上被，外面冷吧……”

白小七被吉普一把搂在怀里，用被子裹得紧紧的。起初的几秒钟，她还试图把他揪起来问罪，可温暖的满是荷尔蒙气息的被窝迅速软化了她的意志。何况吉普的鼾声很快又响了起来，看似对怀里的这个女人毫不设防。

第七章

“起床啦，起床啦！”

刚被晃醒的几秒钟，白小七脑子里一片混沌：“这哪儿啊？”

两片嘴唇粘在一起，一张口被撕开，疼。轻轻一抿，一股血腥味。

“我家啊，你糊涂啦？”佳薇又夸张地晃了几下白小七的肩膀，“你失忆啦？傻啦？老年痴呆啦？”

白小七这才想起来，昨晚她跟吉普从沙漠开车回来，进了市区，他死活不肯放她走，非要去夜市逛地摊儿不可。烧烤摊儿上一人一个小马扎坐了，一箱啤酒下肚，转眼到了凌晨，白小七怕吵了父母休息，就让吉普把她送到佳薇这儿了。

虽然大体把前因后果捋出了头绪，但中间还是断片儿了。白小七撑起身体，靠在床头：“有人性没人性啊，就不能让我多睡会儿？”

“大姐，你看看几点啦。”佳薇把她戴着手表的纤细手腕逼到白小七面前，“我这都下班到家啦，你还睡呢……行了，起床吧，我没有你那手艺，不能伺候你用膳了，一会儿王早过来，让他给咱俩做点儿吃的吧。”

“不给饭吃，还说得这么理直气壮，你可真行。好歹给口水喝吧？”白小七动动脖子，几节颈椎架子鼓似的发出紧密的声响。

佳薇把一瓶矿泉水扔到床上："我说你那个吉普是怎么想的，都喝成那个德行了还开车？走了也就走了，非给你打电话不可，然后你吧也愿意接，接了呢又不说话，拿着手机两眼发直，眼泪噼里啪啦就往下掉……把我吓得啊。结果把电话抢过来一听，他在那边哭得稀里哗啦：'小七啊，我对不起你啊！小七，你原谅我啊！'这个哀怨哪，跟闹鬼似的，折腾得我半宿没睡好……"

"姐啊。"佳薇放软了语气，蹭在白小七身边坐下，"咱能不跟他玩了吗？"

她的语气里满是卑微的试探，明知道是个马蜂窝，还不得不一竿子捅上去的仗义与怯懦浮现在她美好的五官上。

佳薇欲言又止的劝诫让白小七有点心疼了。她拧开矿泉水瓶猛喝了一口，嘴唇上的血腥味被水"哗"的一声顺下去，进了五脏六腑："嗯，以后不玩了。散啦。"

沙漠一夜之后，白小七被几十辆越野车同时发动的声音和对讲机里嘈杂的对话吵醒，吉普并不在她身边。她没有急于起身——前一晚与西域的对话，让白小七不知在新的一天如何与吉普相处。

既然如此，不如再睡个回笼觉。白小七翻了个身，抱紧被子，又合上了眼睛。

车队出发后，营地恢复了安静。就在这时候，狠狠的摔车门声和沙地上的脚步声在帐篷不远处响起。脚步声越来越近，吉普的身形与白小七只隔着一层帐篷布。

"陈朗，你冷静点儿！"是西域。

"你怎么跟个长舌妇一样！你跟小七说那些干什么！"吉普听起来怒不可遏，把西域拉他的手甩开了。

"话说开了好，你不能总这样！"

"我怎么样了？我碍着你了？"

西域似乎深深地斟酌了一下才说下去："你这样对小七不公平，她就这么跟着你？她今后怎么办？你想过吗？"

吉普没有回答这个问题。

“是，你跟邱慈过得不好，可是你能离婚吗？”西域叹了口气。

还是沉默。

“邱慈跟小七不一样，她身体不好，又没工作……她没我不行。”

帐篷布上吉普的身形扭曲，矮小，褶皱，一阵风就会被吹破吹跑似的。

“人不能好事占尽，那太不地道。我话就说到这儿，主意还得你自己拿。”西域说，“如果你真为了小七好，就别耽误人家。”

白小七不想再听下去了，她猛地起身，拉开帐篷拉链，对两个目瞪口呆的男人说“我要回去。你们不走，我就自己走。”

这当然不是商量的语气。西域和吉普齐齐盯着她的脸，谁也没有说不。

荒芜的高速公路两旁没有景致。白小七按下CD播放键，音量调得很大，几乎到了刺激耳膜的程度。

吉普停了音乐：“小七，你有什么不满，咱们可以聊，你别这样。”

“我什么样了？”

“我已经说过西域了，他是不该乱说话。不过他没坏心，你别往心里去……”

白小七没想到吉普蠢到这个地步。他的蠢，在于把她白小七想得太蠢。房子着了火，不怪纵火的人，倒怪起喊救火的人了。

“我还得谢谢你高风亮节、既往不咎是吗？那我是不是得给你磕一个啊？这事跟人家西域有什么关系？”

“小七，我可以解释吗？”

“好啊，你说吧，我听着呢。”

吉普长舒了一口气，像得到了赦免：“我跟邱慈认识十几年了，她嫁给我的时候，我什么都没有，她没过上什么好日子。后来几年，我忙着挣钱，没时间照顾她，我们有过一个孩子……”

白小七本来以为吉普会解释为什么从一开始要骗她，后来又怎么动了一点儿真心。哪怕他对此只是天花乱坠地胡诌一通，她也愿意暂且为了这胡诌中那一星星的诚意而稍稍柔软下来——男人肯对女人撒谎，总好过一被质问就要赖摊牌。然而，吉普一开口，说的居然是他跟邱慈的恋爱婚姻史。白小七心中最后的一点希望和恻隐之心也没了。

在吉普正沉浸于他跟邱慈的情缘的追溯时，白小七打断了他的话："有一天，孩子流产了，你正好没在家，她身体本来就不好，这么一折腾再也怀不上了，所以她恨你，你们俩日子过得特累。但是你因为这事觉得欠她的，不能跟她离婚，她也宁可仇人似的跟你耗着也不离婚。是，你们俩的婚姻靠这种奇奇怪怪的关系维系着，比万里长城都永不倒，比大不列颠还日不落，你们真行，我特别佩服，发自内心的……完了吧？我都替你说了，还有要补充的吗？"

吉普的脸被怄得通红。

"没有了？好，那现在换我来痛诉革命家史了。"

白小七此刻出口的每个字都带着浓烈的讽刺和刻毒，生鲜油漆似的呛着眼睛鼻子，不仅是对吉普，也是对她自己。但她喜欢这份刻毒，因为吉普从头到尾的欺骗注定了他跟她之间只能是一场状况频出的闹剧。她的双手随着语气起起落落，似乎完全陶醉在剧情之中。

"这就是你给我的解释？这跟我有什么关系？我想听的是为什么你从一开始要骗我，不告诉我你已经有老婆了。你骗我也就算了，反正你也不只是骗我一个是吧？可你为什么还要连我的父母一起骗，跑到我家去装二十四孝女婿？骗到最后，自己也当真了吧？离婚是你说的，让我等你是你说的。最经典的是，你这么不差钱的一个人，骗了色还意犹未尽，顺带连着几千块钱的机票钱也没耽误，到现在也黑不提白不提的了……陈朗，你真是在用生命骗我白小七啊！"

"白小七，你说话要公平一点。"两人突然都不约而同地称呼起对方的全名。称呼的转变代表着刻意的陌生化，而此刻两人的关系比陌生人要剑拔弩张得多了。

"是啊，我得公平，我算什么人啊。我就是个被小三儿的大龄剩女，我就是个被骗得团团转还帮人家数钱的笨蛋。我有什么资格评论你的生活啊，对吧？"白小七说出的每个字都是板砖，既砸在吉普的头上，又在两人之间筑起铜墙铁壁，再也不期望能够和解。

吉普没有说话。在白小七看来，他的不语是对她的话表示默认，心安理得地观望着她还能自我羞辱到什么程度。这无疑加剧了白小七的愤恨。她索性把话说死："陈朗，让我来告诉你什么是公平。第一，如果我在20岁认识你，你什么都没有，只要你真心对我，我也会嫁给你。我还可以帮衬你，而且比邱慈更好地照顾好自己，不会把怨恨全撒在你头上，但前提是，你对我明媒正娶、一心一意。第二，如果从一开始认识你的时候，我知道你有老婆，根本不会理你。第三，我知道你骗我之后，确实有过报复你的打算，也做过一些事。不过，无论你因为这些事多么生气，因为那个叫颜嫣的女人离开你而多么伤心，我都必须让你知道，在我看来，你的报应还远没有结束，也不应该结束。你跟我谈公平？你有一句真话吗？你对谁公平过？好笑，现在骗子都登堂入室谈论'三观'了……"

"够了！"吉普猛地吼了一声，吼断了白小七的连珠炮，像一把扯断珍珠项链。她眼睛圆圆地瞪着，停在急速话语中的某处，也像慢镜头里的人只能眼睁睁地束手无策于即将散落一地的珠子。

"对，一开始骗你是我不对，是我在这段婚姻里感觉窒息了，做了越线的事。既然你提到颜嫣，我也可以告诉你，我对她跟对你不一样，我对她没有感情……即使你不搞出那些事，我也会跟她分开。我知道，现在我说我对你有多深的感情，你肯定听不进去，可是我们在一起这么长时间了，你就一点儿都感觉不到我的心吗？你就对我没有一点儿感情吗？"

"无耻。"吉普的话让白小七想起昨夜帐篷里的温存，一闪而过的画面加重了她的羞愧和自我厌弃，白小七把头扭向车窗，"你不配谈感情。"

白小七望着高速公路护栏外的沙地和沙地上丑陋低矮的植物，这个世界看起来不多不少，正是理所应当的那么糟糕。与吉普这种人掰扯对错，大概是这世界上最费力不讨好的事之一。迟早不过一拍两散，老死不相往来，又何苦非要分什么是非曲直不可。吉普热衷理论，不如回家去跟邱慈理论吧，反正他们还有漫长的一辈子要耗呢。

"陈朗，我们分开吧。"

几秒钟之内，吉普的脸从红变白，从白变紫，像一团肃杀的血肉。

车出了沙漠区，吉普的电话就响了。

“生了？好，我知道了……你好好照顾……嗯，我最快今晚到，慢的话明天……嗯，行，我给喵喵打电话。”

挂断电话，他马上又拨出了一个电话：“喂，喵喵吗？我是姐夫。对，你邱慈姐跟我说了，你真是帮了大忙了，替我家Happy和小狗们谢谢你。对，我们差不多6点到……不用不用，我取完就走，有时间你来我们这儿，我跟你邱慈姐请你吃饭……真不用……啊？你朋友开的酒店？我们一共是三个人，嗯，两男一女……嗯，行，到时候电话联系。”

吉普拿起对讲机手咪：“Happy生了，邱慈刚才来电话，让我去S市她一个朋友那儿取点小狗用的东西。到收费口集合，今晚在S市留宿。”

“留宿？”西域问。

“对。住喵喵的朋友开的酒店，她已经打好招呼了。”

白小七真是由衷地敬佩邱慈，这位妻子的韬略绝非害怕失去家庭的胆怯，更不是被蒙在鼓里的糊涂。作为妻子，邱慈对放浪的丈夫的包容比亲生母亲更无限，确切地说，是更无底线。可想而知，来沙漠之前，“你要是走我们就离婚”的最后通牒，不过是“狼来了”一样的玩笑，吉普当然不以为意，走也便走了。

这世间有环肥燕瘦、百媚千红的女人恨着吉普，若要把这些女人的恨意排排座次，邱慈将是当之无愧的冠军。她对他的恨，超越了尊严、年华、脸面、拥有幸福的可能……邱慈已然什么都不在乎，她只要一个结果：让吉普求生不得，求死不能。为此，她不惜耗尽一生。

这种困兽犹斗的家庭氛围，吉普应当也习惯了。所以他没蠢到以为当日负气一走，回家便会收获空空的房间和一纸离婚协议书；所以他接起妻子电话时，眉眼、语气都那么平常，像什么都没发生过。

高速公路两旁的绿色植物越来越多，白小七的心思随之明朗。此时的邱慈、吉普、白小七三人，都以另外两人为敌，自以为悲壮地孤军奋战。邱慈借着为Happy和小狗们准备东西羞臊吉普和白小七，吉普不可能领会不到邱慈如惯常一样冷漠的语调下暗涌的意图。但这对夫妻因为不能分开，对彼此到底是无能为力的，吉普便乐得一边执行邱慈的意志，一边顺水推舟，将白小七带入一场鸿门宴。

白小七把座椅放倒了一些，舒舒服服仰在座位上。邱慈应当知道此刻白小七就在她丈夫的身边，并将跟他一起去见那个喵喵。可惜她不知道白小七已经决定跟她丈夫分手，而既已分手，这个白小七不要的男人，或者回到那个所谓的家跟邱慈继续过日子，或者爱跟谁跟谁，能羞臊到白小七什么呢？

白小七身体往下一滑，准备大睡一场。她的动作太过轻松解脱、无所谓，惹得吉普握着方向盘的五指关节发出铮铮的响声。

傍晚，天色微微黑了，三人到达目的地。吉普拨通了喵喵的电话，在她的遥控下找寻着酒店。因为城市规模小，这里的街巷狭窄、拥挤，而且短促，在沙漠里耀武扬威的越野车变得笨拙，呼哧呼哧，不得要领地围着低矮的建筑物兜着圈子。红灯处，西域的车与他们并排停下，西域悠长地冲白小七望了一眼，眉头皱得紧紧的。

皱眉头可以有许多意味。西域的眉头错综地纠结在一起，眉梢下垂，看起来有点哀伤。他的嘴角抿得紧紧的，几乎绷成一条线。

白小七从西域投来的目光中读出了悲悯和担忧。这不由得让她对即将到来的会面、晚饭以及夜宿，也突然感到有些紧张了。

喵喵刚刚下班，正赶过来，让吉普一行人先去酒店把行李放下，洗个澡，大家再一起吃饭。绕了一会儿，终于找到酒店，进了大堂，白小七一屁股坐在沙发上，远远看见吉普和西域在前台商量着什么，神情都有些不快。

办好入住，三人上了电梯。西域没有松懈一路紧皱的眉头，把手里的房卡交给白小七："你住这间。"

吉普见状，迅速把他手里的房卡塞给西域："那你住这间吧。"言下之意，是他坚持跟白小七住同一间。

"刚才不是都说好了吗？"

"刚才说她自己一间，咱们俩一间，那是怕喵喵查了入住记录回头告诉邱慈。你还当真了？"

"我是怕给你惹麻烦。"西域说。

"你不想惹麻烦？这些事还不都是你挑拨的？"吉普抬起一只手，食指指着白小七，几乎擦到她的鼻尖，“你对她早就有想法了吧？别以为我不知道你在想什么！”

局面突然变成这样，令白小七猝不及防。视线滑下去，她看见西域已经攥紧了拳头。

“叮”，电梯到了。

西域的拳头没有松开，也没有落在吉普的鼻梁上。他迈开长腿，一个箭步冲出电梯，像逃离一个污秽不堪之地。

电梯门聚拢到只剩下薄薄一道缝的瞬间，吉普才伸出手去搪了一下。

两个房间是挨着的。西域的气愤持续了一会儿，从他开关门、放行李的音量可以判断得出。白小七脚搭着地，上身仰在床上，让在车上被囚禁了太久的筋骨尽量舒展开来。吉普捏着Zippo，翻遍身上所有口袋找烟抽。

吉普一无所获，向门口走去，身形消失在门廊的墙面后。该是去买烟了吧？白小七想。她一挺身坐了起来，准备去冲个澡。

此时，隔壁房间的门传来“嗵”的一声巨响。

是西域摔门出去了。白小七同时意识到，因为刚才的失言，此刻的吉普应当是不想与西域打照面的。果然，已经走到门口的吉普快快而回，目光正与刚刚坐直身体的白小七碰在一处。不过一秒钟，吉普满脸的懊恼委屈一闪即逝，换上一副刀枪不入的浑不吝面孔。

这是白小七认识的那个吉普吗？他不懊悔，也不抱歉，是因为犯错而挨打的孩子宁可梗着脖子忍着泪，也不告一句饶，不说一丁点儿软话。他的倔强何以如此偏执，原因也许是父亲的缺席，也许是强势的母亲，也许是冷漠的妻子，也许是太多甘愿把他捧在手心里的女人，也许是商海浮沉，也许是沙漠山地里飞起掉落的反复刺激……总之，白小七认识的吉普，在是非面前，从来都咬紧牙关，幼稚地以为不肯认错就等同于没有犯错，全不知他的眼光早出卖了他的心虚。

如果他是她的谁，她这样了解他，肯把他的缺点当作平常事接受下来，那对于两人都是莫大的福气。可惜他们并不是彼此的谁，这份懂得和慈悲便全无用处，甚至自欺欺人，根本可耻。白小七紧绷了表情，垂下头，任无声的尴尬在这个酒店房间里无限生长。吉普却突然扑了上来，把白小七压在床上。白小七还没来得及做出反应，他已经动作粗暴地忙活开了。

白小七对吉普善意的理解就此戛然而止，何况他箍住她手肘的动作使了蛮力，把她弄疼了。吉普不看白小七的眼睛，似乎并不在乎身下的女人是谁。白小七开始挣扎——在他和她的历次欢爱中，她从没有抗拒过，这是第一次。

一会儿，两个人都筋疲力尽。一场火在最旺的时候被兜头一盆水，即使没有全部熄灭，也没甚后续可言了。吉普的双手依然攥着白小七的手腕，盯着她的眼睛，咬牙切齿地说："行啊，白小七，跟我装贞节烈女！你是惦记隔壁那男人吧？"

说完，他松开了手——不是单纯地松开，而是像冲着漩涡深处抛去了什么："滚吧，我再也不要了。"

"啪"，一记耳光打在吉普脸上。

屈辱和愤怒令白小七全身颤抖。吉普没有像影视剧中被打的人那样伸手捂住脸颊，只是淡淡回视身下的白小七，嘴角挂着狰狞嘲弄的笑。他变态的执拗，已再无法让她感觉到丝毫可爱。

吉普的电话响了。他从白小七身上翻下来，平复了两秒钟呼吸，接起电话："喂，喵喵你到啦？好，我们马上下楼。"

两人一言不发地走出房间，又上了电梯。吉普说："你给西域打个电话，告诉他回来一起吃晚饭。"

白小七没动，也没拒绝。

吉普又说："喵喵是邱慈的朋友，待会儿你别乱说话。"

白小七几乎要扶墙大笑。你这就尿啦？既然如此，你和你的夫人何必苦心孤诣，布置这么大的战场？

"叮"，电梯的门开了，迎面是正准备上来的西域，手里捏着一盒没拆封的烟。

两个男人的脸色如风云翻滚。白小七对西域说："别上去了，喵喵——陈太太的朋友到了。一会儿我们可都别乱说话，留神坏了陈总和陈太太这对恩爱夫妻的名声。"

说完，她双臂一抱，走出电梯。

白小七大步走在两个男人前面，恨自己刚才没能抓紧时间洗漱，再简单捯饬一下，换一身干净衣服。如果这是一场战斗，白小七只有自己可以依靠，要想既不输人又不输阵，实在应该准备得更充分一些才是。

她环视酒店大堂，并很快锁定了一个女人。这个女人在沙发上跟一个一身黑色西装，恨不得在脸上贴上“大堂经理”字样的男人聊着什么。她嘴里说着话，眼睛向电梯方向瞟过来。看到吉普，她与男人一同欠身而起，白小七身后的吉普已经堆了满脸笑容迎过去。

喵喵的身高跟白小七差不多，整张脸的趋势是向下的，又加上是素颜，眼睛有点肿，看起来就非常不精神。眉眼也是淡，富贵闲人万事不挂心的淡，这点跟邱慈倒有几分像。罩一件宽大的黑白条纹T恤裙，深色牛仔短裤，平底凉鞋，斜挎一个小包……说不修边幅似乎过了，但的确没有出挑之处。

喵喵热情地介绍吉普与大堂经理认识，头一摆，露出因为油汗结得一缕缕的头发以及脑后黑皮筋束成的松细马尾。

吉普也将他的两位同行者介绍给东道主：“这是我的两位车友。”

他的介绍到这里为止，名字都省了，是诗读了上半句却没有下半句，听者的期待受了闪失。白小七猜到吉普本就没打算把他们的名字透露给喵喵——反正喵喵或者邱慈想知道的话，在酒店的入住记录上就可以查到。

喵喵向两位神秘的车友报以礼貌的笑容，同时眼光把白小七上下扫了几遍。

“姐夫，咱们怎么走？是开一辆车过去，还是在前面给你们带路？”喵喵问吉普。

“你带路吧，吃完饭我们自己开车就回来了，省得你来回折腾。”

“要不说嘛，姐夫就是贴心，还是邱慈姐有福气！”喵喵大大咧咧地拍拍吉普的肩膀，“小狗用的东西都在我后备厢里呢，咱们先去搬东西吧。”

与大堂经理告别，四人走出酒店，喵喵掏出车钥匙一按，一辆价格不菲的轿车的灯应声闪了闪。吉普和西域走上前，把金属围栏、软垫、几大包幼犬狗粮和各种各样的狗玩具搬到吉普的车上。

白小七直接坐上吉普的副驾驶，脱掉冲锋衣，露出里面的紧身迷彩短T恤，与下身松垮的工装裤配合，映衬出上身美好的曲线。她掏出唇膏，对着遮阳板上的镜子涂了，抿抿嘴唇。

吉普和西域上车的时候，白小七手里正拿着一支筷子，绕着用梳子打得蓬松的S形长发一拢，结出一个圆圆的发髻。深褐色筷子上的图案在黑发两端露出来，颇有几分别致。白小七对着镜子里优雅的下颚弧度满意地笑笑。

喵喵开车在前面带路，吉普、西域和白小七跟在后头。车里尴尬的气氛被白小七的柔媚化解了些，吉普先开了口："喵喵家的狗原来跟Happy是一窝的，我们买狗的时候在宠物店认识，后来她跟邱慈一直有联系。她的狗不久前难产死了。听说Happy生了，她跟邱慈说，这些东西她留着也没用，给Happy和小狗用吧。

"喵喵是个富二代，她爸是开厂的，产业不小。她说是上班，其实就是闲晃。虽然没什么正事干，但因为她爸在本地势力大，她人脉也特别广。"

怪不得。所谓富贵闲人，所谓凡事不挂心，无非因为事情再棘手，总有人替她们担待着，不用她们冲锋陷阵、事必躬亲，所以眉眼才能这么寡淡，竟日专心对付无中生有的闲愁。喵喵如此，邱慈也如此，才能成为朋友。而白小七当然只适合跟赵佳薇、王早这种同样没法让脚底板离地三尺的人做朋友。

此地临海，特产自然是海鲜。喵喵将三个外来的朋友带到一家海边大排档，放眼望去，全是绿色的遮阳棚、白色圆桌、半满的扎啤杯和狼藉的海鲜壳。人们喝得东倒西歪，且歌且舞，没有一张脸不挂几分放肆的笑意，没有一双眼睛仍是平常颜色。

喵喵边走边介绍，说这里是本市最负盛名的海鲜排档，在这个时节，每天这个时间，全省甚至全国的游客都会到这里来吃海鲜，真真一座难求。可想而知，因为喵喵的父亲在本地的影响力，她总不会吃闭门羹的——她一出现，马上有服务员热情地围过来："喵姐来啦！您的桌给您留着呢！”

喵喵似有似无地点了点头。

“我们老板刚才还念叨呢，说喵姐今儿怎么没来呀。”

“按老几样上。一会儿我去跟你们老板打个招呼，谢谢他想得这么周到。”

“好嘞！四位请！”

四人走到一张小圆桌前。给地头蛇备的桌果然不一般：绝佳的看海角度，却不会被海风过分侵袭，与众人离得不远不近，既能被服务员照顾到，又不至于被其他扰攘的客人扫了兴致。与绿色遮阳棚的大路货不同，这张桌上的伞是奶白色的，悬下来一盏暖黄的灯，气氛立刻温馨幽雅了几分。桌上的水牌写了四个字：观海三号。

白小七看看四周，与他们这桌形成角度的另有两张桌子，也是互不打扰的距离，一样的奶白伞、暖黄灯，只是那两张桌子因为没有客人，灯并没有开。

可想而知，这三张桌子平常人是没福分享用的，即使几米外已经人满为患，这三张总要为特定的VIP留好了。白小七正要就近在椅子上坐下，喵喵招呼她：“美女，咱们俩坐一起吧。”

菜陆续上来，倒也没什么特别，但能看出的确新鲜，这么饱满鲜亮的食材，在内陆城市的确难见到。按说吃海鲜是不该喝啤酒的，但此地民风彪悍，似乎没人把健康问题放在心上，几大扎啤酒很快摆上桌子。

喵喵端起硕大如玻璃花瓶的扎啤杯，一张可想而知会在中年后一举垮下来的脸上挂着大义凛然的神情：“今天又跟姐夫见面，还认识了两个这么好的朋友，我特别高兴！我敬大家一杯！干了！”

“别别别！咱们慢慢喝！”吉普连忙劝阻。

白小七和西域互相看了一眼，都有些哭笑不得。要是喵喵干杯了，吉普总要呼应一下，所以他才这么惶恐，看似在阻止喵喵，其实是在保全自己罢了。

喵喵举杯的手被吉普按下来，只好说：“可惜啊，今天邱慈姐不在这儿……好吧，那咱就半开吧，两口一杯！”说完，仰头就是一大口。咕咚咕咚咕咚，大半杯扎啤进了肚。

吉普只好也端起酒杯："今天我也特别高兴，跟两个我最好的朋友……"他眼光草草扫过西域和白小七，"一起出来玩，还能遇见这么多年没见的喵喵……"

喵喵笑着打断他的话："姐夫都没说我是他的朋友，可见我是邱慈姐的朋友，不是姐夫的朋友……哎哟，不过呀，邱慈姐人可真好啊……"半扎啤酒下肚，她脸红了一分，话也多起来。"你也认识邱慈姐吧？"她扭过头来问白小七。

白小七微微一笑："认识。"

"人特好吧？"

"好着呢。"白小七随手在桌边一盘瓜子里抓了一把，二郎腿一跷，朱唇一启，灵巧地吐出两片瓜子皮来。

吉普赶紧把话题扯回自己身上："我这儿祝酒呢，你们怎么自己聊上了……我也半开了！"

席间，吉普跟喵喵你来我往，聊得很热络。西域和白小七百无聊赖，默默地各自吃喝。白小七想给父母发条微信报个平安，刚掏出手机，喵喵猛地拍了一下桌子："啊呀！幸亏美女提醒啊！你说我怎么就没想到呢！我把吃的给邱慈姐拍下来，馋馋她！"

她一步三晃地站起来，先照了杯盘狼藉的饭桌，又把手机抬起来："你们三个坐近点儿，笑一个啊！怎么一个个苦大仇深的！"

"咔嚓"，闪光灯晃得白小七眼前一片迷蒙。

喵喵摇摇摆摆坐回桌边："我发到朋友圈里，提醒邱慈姐来看。'今晚特别高兴，跟姐夫还有一个大帅哥、一个大美女一起看海、吃海鲜、喝酒！'好了，发出去了！"

吉普和西域业已一脸丧气，不知喵喵是有心还是无意，但影响已不可挽回，邱慈很快就会看到吉普、西域和白小七三人满脸尴尬的合照。酒精麻醉了喵喵的分寸感，她一把揽过白小七的肩膀："美女，咱俩喝一个！"

"要喝就喝个痛快，一个哪儿够？我听说喵姐家是做生意的，做生意讲究六六大顺，咱们连干六杯，算是我对你招待我们的感谢……服务员，来12扎啤酒！”

“观海三号”叫酒，服务员岂敢怠慢，12扎啤酒整整齐齐码在桌上。白小七丢了手里的瓜子，站起身来，脑后的筷子一抽，一头长卷发瀑布般倾泻而下，随着海风起舞摆荡，如一面黑色的锦缎旗帜。

如果最糟不过是分手，如果这分手还要有一个隆重不堪的仪式，那么在邱慈恼羞成怒的问罪电话到来之前，在吉普再一次因为被“抛弃”而歇斯底里之前，白小七只想痛痛快快地放肆一次。

喵喵是地头蛇的女儿，人人敬她三分，争抢着替她打理一切。她不需要太聪明，不需要有事业心，不需要离开这座山水小城，所以也不需要打扮自己，反正这张脸就是令牌，而追求她的本地青年一个挨一个，应该足够绕着狭窄短促的街道转好几圈。

而从小到大，除了父母把白小七当作宝贝，所有的人脉关系，所有的哪怕再不起眼的成就，挣到的每一分钱，都是靠白小七自己拼搏出来的。白小七记不得自己依赖过谁，就像记不得自己曾经拒绝过谁的依赖。

不就是喝酒吗——与薛立平在一起的几年里，白小七为了支撑他惨淡的事业，做过多少份兼职，自己也数不清了。一次为了一个编剧的机会，被拉到城郊的会所陪一位名流吃饭被灌多了酒，回来的路上，那张电视新闻里常常见到的德高望重的面孔突然与她的脸逼得很近，油腻的手摸上了她的大腿……当年二十五六岁的白小七瞬间醒酒，断喝一声“停车”之后，被扔在一个前不着村后不着店的地方，穿着高跟鞋走了几个小时的夜路才到家。

这样的委屈，她也从未向薛立平或任何人提起，只是任它慢慢消化掉，像那一夜磨出的满脚血泡，没必要展示给什么人看。离开了薛立平的白小七不再需要把自己逼得那么紧，酒局饭局自然也少多了，但多年练出来的酒量和酒胆还在。

白小七几乎一口一扎，喝白开水也没这么顺畅。她干一扎，喵喵便只能跟着一扎，一开始尚能势均力敌，后来喵喵终于绷不住，一口酒呈喷射状扑出来。

“不行了，不行了，美女，你太能喝了，我认输。”喵喵告饶。吉普手忙脚乱地抽纸巾递给喵喵，让她擦擦淌了满衣襟的酒。就在这时候，吉普的电话响了。他眉头一紧，快步走远去接电话了。

白小七自顾自喝完了六杯扎啤。她把第六个空瓶底朝上展示给喵喵看：“喵姐，谢谢你的款待。”

吉普接完电话往回走了，一脸倒霉相。喵喵用眼神瞟瞟西域和白小七，问：“你们俩是一对吧？”

西域和白小七对看了一眼，都大笑起来——今天真是个拉郎配的好日子啊！

这一笑，让喵喵确证了自己的猜测：“我就说嘛！你们这郎才女貌的，还总在那儿含情脉脉地对望，肯定有事！哎，我说帅哥，这美女可不是一般人，你可得努力啊！”

“嗯，我努力，我一定努力。”西域乐不可支。

吉普走到近前，铁青着脸说：“天色不早了，我们得回去了，明天还得开一天车呢。”

“成啊。”喵喵爽快答应，“不过你们都喝酒了，不能开车了，我打电话叫人把你们送回去。”

回酒店的路上，酒劲上了头，白小七有点晕乎乎的。同坐在后座上的西域冲她竖起大拇指：“白编辑，我服了，以后绝不能跟你斗酒啊。”

白小七心想，这一场鸿门宴之后，回到熟悉的环境，她与吉普的孽缘也就画上了句号。随之而来的，是西域、邱慈、何欢、颜嫣、大切夫妻、老飙、喵喵……所有这些因吉普而相识的人，将都不再与她有关，这不由得让她对他们生出聚散依依的复杂感怀来，甚至连上次在医院里因为叫了她“七姐”而被佳薇打趣的吉普的助理——开宇，如此交集甚少的人物，也有些舍不得了。

以后还会有机会一起喝酒吗？大概相见也难吧。

西域似乎懂了她的心思，轻声说：“以后亲戚朋友有需要做检查、住院的，给我打电话。”

她对西域报以恻然的一笑。

车在酒店门口停稳，吉普正与喵喵派来的司机寒暄得欢，他的电话又响了。这次他无处可逃，只得接起来，听筒里尖厉的声音撕破车厢里浓滞的酒气：“陈朗！你过分了吧，居然带她跟喵喵吃饭……”

白小七打开车门，一欠身下了车。

白小七进了酒店房间就开始洗漱，力图把这几天在沙漠里积蓄的倦容冲刷干净。揉搓头发的时候，指尖有沙粒绵密的触感，让她想起在帐篷里拈着纸巾给吉普擦脸的晚上。刚才她下车时，吉普和西域都没有跟上来，大概是她斗酒的气势震慑了两个男人，他们于是达成共识，要给她一晚上的清静了吧。她也的确需要这份难得的清静，以让自己能够适应即将到来的后会无期的离别。

酒精在浴室的蒸汽里又升腾了一些，白小七头有点晕，重心稍稍偏移，腿碰在浴缸的边沿，一小片皮肤上微微的凉意和水汽缓慢地波荡到身体的每个角落。她一只手用浴巾仔细地擦拭身体，另一只手在镜子上一抹，这一抹，镜面中就有了一个出浴的白小七。

吹干了头发，白小七从浴室走出来，从行李里拿出一片面膜敷了。20分钟的面膜时间里，门外依然没有动静。涂完面霜，白小七拉好窗帘，关灯，脱掉浴衣，在黑暗中抱紧赤裸的自己，似有似无地叹了一口气，闭上了眼睛。

不知道过了多久，敲门声把白小七震醒。她眯着眼睛起来，黑暗中摸不到灯的开关，跌撞几下，打开了门。

吉普站在走廊的光影里。时光恍惚回到他被打的第二天，从派出所出来便去寻她的那个早上。门里仍是半梦半醒的白小七，门外仍是满脸倦容的吉普逆光站着，脸上有青紫的胡茬儿。

白小七眼睛半闭，呢喃了几声自己也听不懂的梦话。吉普向前一步，将赤裸的白小七横抱在胸前，脚一勾，把门踢上了，走到床边，将她稳稳地放在床上。

“你傻呀，万一门口不是我怎么办？”吉普用手指搔着她的鼻子。

白小七左右摆着头，闪避着吉普恼人的手指，坚定着自己的睡意：

“别闹……困死了……”

吉普在白小七额头上亲了一下，为她盖好被子：“睡吧。”

浴室门响，花洒的水声传过来。白小七不胜其扰地翻了个身。

白小七再睁眼时，窗帘拉得太严，室内的光线使人无法判断时间。在床头没有找到手机，她便轻手轻脚下床，想去翻翻昨晚换下的衣裤的口袋。六扎啤酒的余毒浸得她一阵阵头疼，小锤时不时凿一下似的。

白小七搭在椅子上的衣裤被吉普的牛仔裤盖住了，她扯了一把，听到“嗵”的一声钝响，吉普的手机砸在酒店的地毯上。

白小七捡起手机，解了锁，直接跳出了微信页面。

昨晚，邱慈将喵喵拍的照片粘贴过来，问吉普：“陈朗，你已经什么都不顾了吗？”

邱慈的留言很多很长，如泣如诉，如怨如怒，却没有等来吉普一句回答。最后，邱慈说：“陈朗，这么多年，你在外面没老实过，但你从来没被一个女人弄得这么晕头转向，你为了她这么对我，到底想干什么？”

而吉普回了这样两句话：“能过就过，不能过就拉倒。有我在，谁也不能伤害她。”

对话在此戛然而止，这就是邱慈逼宫的结果。应该也就是在回复了这条微信之后，吉普才敲了白小七的房门。同一时间，白小七已经睡得浑然忘我。

白小七攥着吉普的手机，感到深深的罪过。作为一个妻子，邱慈并没有大不了的错处，她不过是在捍卫她的家。这个家好也罢，烂也罢，她不想丢了它，总是无可厚非的。

无论事情是如何一步步到今天，都必须结束了。

白小七回头看了一眼吉普。他在没有其他人干扰的大床上，鼾声大作。

白小七去敲隔壁的门。刚刚洗漱的时候，她听到隔壁的响动，知道西域已经醒了。两人去吃了酒店的早餐，又到附近超市买了些吃喝，作为返程的储备。

“咱们大概几点能到家？”回酒店的路上，白小七问西域。

“得半夜吧。”

“那你开车要辛苦啦。”

“我当然辛苦了，连个说话的人都没有，不像你们俩双宿双栖的。”西域这话乍听像是自怜，其实打趣白小七的成分还更多些。

“你怕什么呀？你心里不是有个人了吗——那句话怎么说来着？‘这就是她在我心中的存在方式。’”白小七回敬他。

西域笑：“咱们俩赶紧回去吧，一会儿他醒了看见你不在，又要发疯。”

“你给他打个电话吧，让他在大堂等咱们，退了房咱们就出发。哦，对了，我的行李已经收拾好了，让他帮我拿下来。”

西域打完电话，跟白小七说：“他已经在大堂了。听口气应该没犯浑，难得。”

“明白的时候比谁都明白，犯起浑来也比谁都浑。”

两人进了酒店的院子，透过落地的玻璃窗，远远看见吉普坐在一堆行李中间，眼神如一束追光，始终跟随着白小七。

两辆车一前一后发动，坐在副驾驶位置上的白小七感到久违的轻松。从早上到现在，她没有主动跟吉普讲话，并不是因为赌气，而是话已说尽，没有什么必须争辩或交代的。

到过人心最阴暗处的白小七愿意相信人生是一场跑酷游戏，一道又一道关卡设定在那里等你去闯：今天是跳起来顶出蘑菇，明天是蹲下去躲过炮弹，后天是拼命踢腾游过激流险滩。初见新的一关时，总会抱怨太难了，怎么过得去？可最终总过得去，过不去也要过。

而与吉普的相遇、过招以及最终的挣脱，对白小七来说，是从未有过的艰难关卡。

白小七裹紧冲锋衣，系好安全带，把座椅靠背调整到舒服的角度，告诉自己：从此彻底放下关于这段不堪情事的一切。

可白小七的平和跟释然传递出的信息却是模糊的，让吉普无法看出她的决定。他跟她要吃的、喝的，她给他递过去，连咖啡的盖子都是拧好的；他让她看一下导航，预估路程和时间，她也不动声色地照办。乍一看，这很像是和好如初的迹象，让当局者吉普以为白小七已经暗自回心转意，只是碍于面子不能明言，所以努力用乖巧的表现挽回关于分手的失言。

从早上到现在，吉普一张脸憋得紧紧的。在已经一只脚跨出这个迷局的白小七看来，他的惶恐情有可原，却也可笑可耻。如果说人生的孤独仿佛无涯的荒野，那么滥情又对自身缺乏约束的吉普真该是最有恃无恐的人了。他有什么可惧怕的？难道是怕赔了夫人又折兵，两个女人都离他而去吗？且不说邱慈是不会离去的，就算她走了，又何愁颜嫣之类的新生力量不顶上来？

“你陪我说说话。太安静了，我困。”吉普说。

白小七没言语，再次按下了CD的play键。

我从不会轻易许下任何诺言
也从不会为一个人如此心碎
而现在我可以敞开我的内心
你是我唯一真心爱过的姑娘
……

吉普叹了一口气，停掉音乐，软了声音问：“小七，你还是要跟我分开吗？”

“是。”

吉普沉默了一会儿，再开口时，绵软的声音已经无影无踪，似乎本来屈下身段有求于人，结果受了侮辱，便耍起横来：“我现在现金不够，你给我一个卡号，我回头把欠你的钱打过去。”

“行，我微信发给你。”

“既然分手，微信和QQ什么的就都删了吧，都别打扰彼此的生活。”

“可以。”白小七知道吉普又要开始犯浑。这是吉普除了道德感薄弱之外的又一大人格缺陷。他太宠着自己，因此也不容许任何人不包容他对自己的宠溺，否则就是背叛。

吉普冒出一句脏话，接着说：“短信也别发了。一会儿到前边服务区，我找台ATM取给你。还了钱，咱俩两清，反正谁他妈的离开谁都是一样活。”

他说完这段话，似乎冷静地等待了几秒钟，见白小七居然一点儿挽回的意思也没有，马上被自己设置的情境激怒到极点，扯过对讲机手咪，气管里甚至发出呼哧呼哧的杂音：

“呼叫西域，呼叫西域，前面服务区停一下。”

“西域收到。”

白小七举起手机在他脸边晃了晃：“QQ和微信已经都删了。你的旧QQ和旧微信的密码是我的名字的全拼，回头赶紧改了吧，省得万一怎么着了又赖在我的头上。”

正在开车的吉普目视前方，两只眼睛像要喷出火来。

因为吉普的对抗态度，白小七本来平静的心情也被搅得乱七八糟，终究动了火气。老话说，好合好散，一别两宽，各生欢喜。可真到节骨眼儿上，又有几个人真能做到。退一万步说，吉普骗白小七在先，如今要分开了，追究、不甘、说几句难听的话的权利理所应当属于白小七。她尚且没言语，他倒先发难了，他有什么资格？他有什么立场？

在服务区，吉普刚停下车就愤然一跃，跑了。西域走到白小七这边的车窗旁，眼睛瞪得老大，要眦出眼眶似的：“刚才这一蹦难度系数2.0啊！他又抽什么风？”

“我提了分手。”

西域慢悠悠地点了一支烟，并不惊讶：“然后丫就这个揍性了？”

白小七被西域的用词逗乐了：“你看见丫什么揍性就是什么揍性呗。”

“他们做买卖的，修养就是不行。你看我——啊，不是，看咱们——一个是救死扶伤；另一个呢，是高大上的文化工作者……咱俩是什么境界？他能比吗？”西域一边说着，一边望着吉普跑去的方向，“怎么着？被你蹬了就疯了，跑到小便池扎猛子自杀去了？”

“那你还不赶紧去人工呼吸？”

“我这离开急诊都多少年了……我得练练。”西域扔了烟头，两只手臂一顿乱舞，“好歹先扩个胸啊……”

白小七被西域逗得一阵乐，她知道西域是在开解她。

“呦，回来了，没死成啊。”西域说，“我回去啦。他要是犯浑，你就上我的车坐着。”

“没事。谢谢啦。”

吉普跑近，西域已经回到车上。

“给你，点点吧。”吉普从口袋里掏出一叠钱，几乎是摔在白小七的腿上。

“没必要。”

“算清楚点儿好，省得回头又找上门，跟我老婆说我欠你钱。”

白小七难得没有回嘴，而是解开安全带，反身去翻找后座的行李，叮叮当当鼓捣一阵，最后啪啪扔出两把钥匙：

“今后你们可以安居乐业，不用担心不速之客了。不过也不一定哈，张总，您这么有魅力，谁知道有没有后来人讨要情债钱债呢。”

“嘀嘀”，西域鸣笛，催促吉普快走。

呼哧呼哧呼哧，发动车的声响也快盖不住吉普愤怒的喘息声了。

有好长一段时间，吉普和白小七没有对话，她昏昏沉沉地睡过去了。

再睁眼时，天色已经微暗。朦胧中，高速公路上的路牌显示着他们离目的地已经不远了。她坐起来，发现身上盖着一条毯子——不用说，是她睡着的时候吉普给盖的。

“醒啦？”

“嗯。”

“放首歌吧，我都困了。”

白小七按下play键。

歌声像水一样柔和了车厢中的沉默，气氛好像没那么剑拔弩张了。

“小七，我有话想跟你说，我能说吗？”吉普居然心平气和的，“联系方式都删了，今后给你打电话，你也不一定接，我怕再没机会说了。”

“说吧。”

“我之前不是有意赖账，只是把你垫钱这事忘了。后来邱慈跟我说你到家里说这事了，我才想起来。虽然你要回你的钱是天经地义的，但我还是挺惊讶的——没想到你还挺在乎这笔钱。所以我想，这钱要是不还你，你会不会一直不离开我？”

人之将死，其言也善，大概分手时也是一样。跟许多女人一样，白小七也吃软不吃硬。吉普这么掏心掏肺，无论说的话是真是假，毕竟让她心里不是滋味，于是也跟着说出一句真话来：“我当时看见邱慈，突然不知道说什么好，随口胡诌的。”

“我说这话，不是觉着你拜金，你别误会。之前那个薛立平的事，你跟我说过，他那么难，你还一直支持他，他到现在还欠着你的钱。所以我知道，我这么想，也是够没谱的。”

从吉普嘴里听到薛立平这个名字，白小七感觉到格外难受。

“颜嫣来过我家，她来的时候碰巧我也在家，搞得挺难看的……她跟我说了怎么知道的这事，所以我猜到是你。因为我只容许你跟我的生活走得这么近，再没有第二个人——你别不信，是真的。

“西域应该跟你说了，知道你在报复我之后，一开始我是挺生气的，真不知道该怎么办好。不过西域跟我说，要是你真想报复我的话，有的是狠招，所以你根本就没下狠心。”

“那是因为我太笨又没经验，你们想多了。”

“嗨，随你怎么说吧。”吉普不理白小七话里的刺，“就算西域不说，我也明白。我只有顺水推舟——不管你怎么报复我，我都当不知道，才能继续跟你在一起。如果咱俩只能用这种奇怪的方式在一起，那我也认了，只要你别离开我，怎么都行，我都认。”

白小七没有搭话。“在一起”这个词太粉饰太平了。

“小七，我知道你在想什么，你肯定想，我说这样的话，对你、对邱慈，都不负责任。”

“你知道就好。”

“我承认，你怎么骂我都行，不过我就想让你知道，有你在身边的这段日子，我很开心，甚至很感激。我对你真的付出感情了，不管你信不信——有时候我自己都不信。”

“好吧，我很荣幸。”白小七明白，她与吉普之间说得再多也是无意义，“再过几个小时就到家了，你想想怎么跟邱慈交代吧。”

“我跟她没事。小七，一会儿到市区，你能再陪我吃顿饭吗？”

“有必要吗？”

“就当散伙饭吧。”

白小七调大了CD的音量，懒懒地陷进座椅中。

从此希望你明白
我就在你身旁
无论你在多远的地方
直到你变了模样
直到你把我遗忘
你依然会是我心爱的姑娘
……

“小七，每次听这首歌，我都想起你。过去是这样，以后也是。”吉普说。

第八章

白小七跟吉普众望所归地分手了。

佳薇知道这个消息的时候，用光洁的额头蹭蹭白小七的头发，像一头小兽：“这事怪我，今后咱不去什么相亲大会了，只介绍知根知底的朋友、朋友的朋友什么的，丫要是不靠谱，咱就直接组团冲过去揍丫一顿。”

王早听说终于分了，满脸的如释重负：“好事啊，白总，你说个地儿，咱喝点儿庆祝一下，我埋单！”

白小七暂时没有把这个消息告诉白爸和白妈。白爸前一阵心脏早搏，这阵坚持服药，刚刚好了点；白妈的过敏性皮癣刚好转，又眩晕住院，健康状况也稳定了没几天。这个阶段，白小七不允许自己再给父母任何刺激。

因此，白小七必须制造还与吉普在一起的假象，下班不能太早回家，休息日也不能宅在家里。起初，她下班会到佳薇家待一会儿，可这样一来，王早和佳薇单独相处的时间就被挤压了。白小七不是不明事理的人，她默默改变习惯，每天都在编辑室里坐到很晚，周末也去加班。

好在她确实有的忙——领导希望白小七把手里情感专栏做活做大，问白小七有什么想法。白小七建议把形式从来访式变成受访式，采访可以形成影像资料，征得来访者同意后同步发在杂志的官方网站、微博和微信公众号上。至于受访对象，为了在专栏改良初期造出声势，白小七建议在文娱圈中选择。

领导认可了白小七的方案，但要求她先做几期看看效果。所以，白小七的时间几乎都用在这个必须浴火重生的专栏上了。

她开始频繁出差，时间常常在奔波和等待中流逝。每次挺尸在陌生城市的酒店大床上，坐了太久飞机、吹了太多空调、盯了太长时间电脑、不知道已经连吃了几盒泡面的白小七，只觉得全身酸痛，像被人打了一顿，完全没有多余精力儿女情长。

白小七的生活远离了海滩和沙漠，只剩下一个又一个重章复沓的加班夜。每晚走出写字楼，白天永远找不到车位的停车场上必定只剩下一辆车，用幽怨的目光望着它的主人。

白小七没有联系吉普，吉普也没有联系她。他们分得非常干净——微信删掉了，QQ删掉了，通信录里的电话删掉了，钥匙还了，钱财两清了。吉普像一个剧情跌宕的梦，做梦的人一睁眼，他已消失得无影无踪。

然而，偶尔开车经过吉普的公司，看见有人用着吉普代理的品牌，加班结束汇入城市夜晚流丽的车流的时候，白小七还是忍不住想起她跟吉普分手的那天。

进了市区，告别了西域，吉普找了一家还在营业的烧烤摊，点了几个串，开了两箱啤酒，坐在小马扎上。他很快就醉了，语无伦次地剖白：

“小……小七，你怪我……你怪我，是吗？”吉普的T恤领子被他抓得走了形，像是要把心掏出来给白小七看。

白小七也有点醉，看东西迷迷蒙蒙的。她用筷子捣着盘子里的烤茄子，试图把硕大的茄子分成两半，可总是对不准，最后捣出一盘茄子末。筷子一丢，她拿起喝了一半的啤酒瓶。

“给我买包烟去。”酒喝尽了，又从脚边的箱子里抽出一瓶满的。

“好！我去买！”

吉普摇摇晃晃地起身，冲路旁的24小时便利店踉跄而去。白小七的醉眼中，吉普在路灯、霓虹灯、车灯间隐隐现现，似乎随时会消失不见。

吉普回来，见白小七又喝掉半瓶啤酒："小七，你别着急喝，咱们说说话！"

他一边说着，一边把烟盒拆了，冲白小七伸过来。白小七抽了一支，吉普用Zippo打了火凑过去。

白小七在晃，吉普也在晃，努力了半天，烟还是没有点着。吉普挪动小马扎，坐近白小七，头撞着她的头，再次打着了火。

烟终于点着了，白小七侧头冲吉普喷出一口烟："离我远点儿。"

吉普并不恼，嘿嘿傻笑起来。他也给自己点了一支烟，摇头晃脑地说："小七，你知道我最喜欢你什么吗？你吧，不像那些女的啊，仗着自己有点资本就特端着，特装，特不把别人当人。你不装。你啊，其实特别适合当媳妇，我陈朗，要是没结婚啊，我肯定……"

白小七脑中涌动着许多念头，又好像空空如也。

"从我挨打那次，我就知道你能在关键时刻真冲上去，不是那种抱着膀子看热闹说风凉话的……我是真喜欢你身上这股劲儿。我——陈朗，我是个男人，是家里的顶梁柱，我从来不诉苦。但今天，我实话跟你说，我这么多年，不容易，家里家外都靠我一人，谁帮过我？我当然希望有个人能真心真意、风风雨雨地陪着我，不用她出钱出力，就是那种'没事，有我陪着你'的感觉。小七，你知道吗……"

吉普说着说着，突然泣不成声："累一天回到家，谁不希望能有个人问问我过得好不好，高高兴兴陪我吃顿饭，给我个笑脸啊……小七，我……"

在午夜的街头，吉普用粗粝的哭声撕裂了他禁不住推敲的生活。他的头越哭越低，终于埋进屈起的膝盖，似乎脖颈儿已经不能支撑头部的重量。

白小七看着哭泣的吉普，感觉手痒痒的，跟她的心一样。她的手很想去拍拍近在咫尺的吉普的头，或者把他缩成一团的身影揽过来抱住，也跟她的心一样。

可她踌躇了一下，只是把酒瓶子攥紧，猛灌了一口。

吉普坚持把白小七送到佳薇家门口，中途他站立不稳，几次摔在地上，最后一次，白小七怎么拉他也不肯起来。她索性不管他，自己向前走了，他又扯着脖子大喊，她只好反身回来，也一屁股坐在地上：“咱都坐着，谁也甭起来。”

吉普这才挣扎了几下站起来，急赤白脸地拉她：“你傻呀，快起来！女人不能受凉！”

终于挨到佳薇家门口，楼道灯随着两个人跌跌撞撞的脚步声一路亮了。白小七刚举起手要敲门，吉普在背后一把抱住她：“小七……你先别进去……你再跟我说说话……”

白小七沉默，楼道灯灭了。

在一片混沌的黑暗中，白小七冲着门板悠悠地说：“陈朗，在我心里，有过一个属于你我的家。我恨你，因为你把它毁了。”

吉普紧紧钳着白小七的手臂剧烈地颤抖着。

白小七抬手敲门。楼道又恢复了光明，白小七的眼睛被突然的强光刺得生疼。

好一会儿，佳薇才醒了，在门里问：“谁啊？”

吉普突然把白小七的身体扳过来，猛地俯身，咬住她的嘴唇。

一股血腥直冲白小七的味蕾。

在这之后，白小七断片了，一直到第二天下午被佳薇晃醒才恢复了记忆。佳薇说，她打开门时，正看到吉普跟白小七难解难分地吻在一起，可与其说这两个人是拥吻，还不如说是彼此支撑身体，因为冲天的酒气里，没一个站得稳的。

佳薇还说，吉普松开白小七之后，用喝大了的舌头含混地说了一句话，大意是：疼吗？记得这疼，这就是你给我的感觉。

佳薇还说，她好不容易把白小七扶进门，吉普还赖在那儿不肯走。佳薇轰他，他直勾勾地冲瘫坐在沙发上的白小七说了最后一句话，倒是分外清晰：“小七，对不起。”

白小七不想表现得对这个话题很感兴趣。佳薇说完了，她没心没肺地看向别处：“谁问你了？”

专栏改版后的几期反响很不错。一天，白小七正忙得脚底生风，接到领导打来的电话，先是表扬了她一番，然后说："我给你找了个大腕儿——最近刘培林又要开画展，我已经跟他约好了，这个星期六下午，你去他的画室采访。"

白小七脑袋里"嗡"的一声。"可是……"她刚想说什么，领导已经挂断了电话。

晚上，白小七难得正常下班，买了一堆吃喝，跟王早一起去了佳薇家。她想：今晚就把要采访刘培林的事告诉佳薇——到时候晚报作为兄弟媒体，可能帮忙宣传，佳薇也会看到，还是早说为妙。再说这是工作，不是白小七的个人行为，她相信佳薇可以理解。

三个人热热闹闹地做饭吃饭，趁王早刷碗的当儿，白小七正要跟佳薇说采访的事，佳薇却先凑过来，诡秘地说："我跟你说个事啊……"

"啊？"

"王早向我求婚了。"

"啊？"

"你干吗呀？要咬人啊！"佳薇拍拍白小七的脸，以证明白小七没有被这个爆炸性消息吓得背过气去。

"别闹别闹……那你答应了吗？"

"算是答应了吧……也可能没答应。"

"你这是什么态度啊！哎，我早告诉你了，王早不是那些花花公子、摇滚青年，他很认真的，当时你不想好了，现在人家求婚你又这样……"白小七激动得快从沙发上蹦起来了。

"淡定！"佳薇一把捂住白小七的嘴，伸长脖子看看厨房的动静，"我没表明态度是有原因的。我记得你之前说他一直在等新加坡的女朋友回来，那女孩回来之后，俩人差点儿就结婚了，后来怎么突然又不结了呢？"

白小七的脑袋再次"嗡"了一声——今天是怎么了，怎么到处都在提那不开的壶呢？

"我问他，他跟我说那女孩突然失踪了。你说他都跟我求婚了，怎么还这么不实诚呢？好端端的什么都没发生，那女孩就跑了？是不是有什么内情他不想告诉我呀……你跟他关系这么好，你肯定知道。快快快，这事关系到我赵佳薇下半辈子的幸福，你可不能瞒我。”

以佳薇的个性，不问出个所以然来，恐怕很难对王早say yes。白小七长叹一口气：“他没骗你，姚蓓蓓——他前女友确实是突然失踪了。不过有些事王早自己都不知道，我今天告诉你，你得保证一辈子都不跟王早说。”

佳薇郑重点头。

听完这个故事，佳薇长叹了一口气：“唉，我家王早真是个苦命的娃啊！”

一听佳薇的用词，白小七浑身一激灵：“哎哟，可真够肉麻的，还没怎么着呢，就‘我家王早’了！名儿写到一户口本上了吗？”

佳薇被她臊了个大红脸，干脆一甩头发，喊道：“那还不是分分钟的事吗？小早子——”

“来啦！”王早扎着围裙，满手泡沫地从厨房里跑出来，“领导有什么吩咐？”

“那什么……”佳薇极力掩饰着羞涩，“那个你那天说的那个事啊，我觉得可以……可以……”

王早被佳薇绕得稀里糊涂，向白小七求助：“白总，你把我们家佳薇怎么了，她这说什么呢？”

白小七乐得瘫在沙发上：“你傻呀！她是说她答应你的求婚啦！”

王早愣了几秒钟，接着冲过去一把抱住佳薇狂转好几圈，手上的泡沫甩得满世界都是：“你答应啦？”

“嗯！”佳薇奋力点头。

“你想好啦？”

“嗯！”

“真的真的想好啦？”

“真的真的！”

“媳妇儿！”

“老公！”

这天晚些时候，白小七开车回家。今晚气氛太好，她没有机会跟佳薇说访问刘培林的事，也不想说出这个名字破坏佳薇的心情。因为要多留时间给这对准新人，白小七提早离开，一时间不知道去哪儿好，只好开着车在街上转，沿途经过一家音像店，她停下车。

笑容可掬的店员为她开门："美女，您喜欢听什么音乐，我可以为您推荐哟。"

"就要正在放着的这首歌。"

"好的，我给您拿。"

回到车里，白小七开仓放入新买的CD：

从此希望你明白
我就在你身旁
无论你在多远的地方
直到你变了模样
直到你把我遗忘
你依然会是我心爱的姑娘
……

白小七眼皮下的泪水扑簌簌掉下来，好像整个世界都下了一场大雨。

第二天，白小七刚把车停好，手机响了。

"徐主播，这才几点啊，您就起了，不像您风格啊。"白小七接起电话。

徐正，电台王牌DJ，每晚23点，他的声音都会飘荡在乱糟糟的城市上空。取徐正的名字，他的节目叫《正把我唱给你听》，艺术、时尚、情感、八卦，什么都聊一点。

因为工作关系，徐主播常年昼伏夜出。白小七上班的时间，他应该正在睡得七荤八素。

"你以为我想呢，我是被我们领导给call醒的。"徐正这个著名的金嗓子听起来刺刺拉拉的，确实睡意蒙眬。

"怎么啦，嘉宾又放你鸽子了，要抓我当壮丁啦？"白小七跟徐正是多年老友，算是他节目的常客。

“这次还真不是拿你补漏，是领导特意吩咐说今晚的节目有变动，点名让您老来。”

“您能别逗我吗？我这马上要上电梯去打卡，眼看就要被扣钱了。被钦点上节目的人有我这么苦×的吗？”

“你爱信不信，反正领导是给我下命令了。说作为兄弟媒体得帮着推推你们杂志，主要是你现在做的那个专栏——不过也真让你说着了，你还真不是今晚的主角。”

“快吓唬吓唬我，这次是让我给谁当陪衬啊？”

“这回这位来头还真不小——刘培林。”

白小七正好迈进转门：“谁？”

“瞧你乐得，声都高了八度，没出息样儿的。”

人们从四面八方涌进大楼，卡在转门里的白小七被带着转了一圈又一圈，终于一脚迈出来，居然还是在楼外。

“行了，白总，信儿我捎到了。晚上早点儿来，我再睡一会儿。”徐正妖娆地打了个哈欠，挂断了电话。

白小七直冲主编办公室：“领导，您不是说这星期六采访刘培林吗？怎么刚才电台的人给我打电话……”

“哦，我正要跟你说呢。刘培林临时决定明天出国，所以采访的日程改了。再说这也是好事，徐正的节目影响力很大啊。回头我再找报社的朋友发篇报道，宣传宣传。”

“可是领导，我……我……我还没做好准备呢……”

“小七，你进社这么多年了，还得我教你怎么做功课吗？赶紧回去准备资料吧，别在这儿站着了。”主编不耐烦地挥挥手。

手机被白小七攥得汗涔涔的，踌躇再踌躇，还是没有勇气拨给佳薇。经过王早的工位，白小七瞥了一眼——没在。在跟佳薇卿卿我我？在商量结婚的事？

白小七鼓起勇气给佳薇发了一条微信：干吗呢？

很快得到了回复：我们俩商量哪天去领证呢，姐，我觉得真他妈的幸福啊！

后面跟着一个硕大的桃心表情。

这会儿，任何一个人要冲到佳薇面前提起刘培林煞风景，白小七都得用生命拦住丫的，她自己更不想当恶人。

算了。反正王早和佳薇都不听广播，说不定不会知道呢，说不定知道了也不会多想呢，大不了过几天再解释呗。

事到如今，白小七只好如此自我开解。

晚上，白小七把车停在广播大厦楼下。

一个高瘦的人影见白小七到了，大步迎过来："白总，好久不见啊。"

"我们上班你睡觉，我们睡觉你上班，上哪儿见去啊？我说你也真是的，成天昼夜颠倒，还这么貌美如花，快成精了吧？"

徐正大乐，花枝乱颤。

"别臭美了，走吧。"

"别啊！"徐正拽住白小七的胳膊，"陪我等一会儿刘培林。"

"我就说你没这么好心，果然不是等我的！"白小七挣脱他的手。

"哼，重色轻友，不仗义。"

"我看你是久仰刘培林钻石王老五的名声，想借机上位吧！我可不能当电灯泡。你自己等吧，我去泡导播小妹了。"说完，白小七快步走进大楼。

查资料做功课的过程中，白小七把刘培林的官方资料和坊间传闻从头到尾过了一遍。在刘培林跟佳薇有瓜葛之前，白小七在一些公开场合见过他，留下一个模糊光辉的印象。可因为佳薇受到伤害，"刘培林"这三个字令白小七憎恶至极，跟之前那个模糊光辉的印象无论如何也无法重合在一起。白小七不知道如何与刘培林虚与委蛇，工作这么多年，她第一次感到无所适从。

然而刘培林到底是来了。

徐正毕恭毕敬地将刘培林请进来，三个人例行公事地寒暄。白小七一个字也没走心，满脑袋都是曾经跟佳薇的对话——

你知道刘培林吗？

当然。画家从商，现在都叫刘总了。在城郊有个loft，画室兼文化公司，结婚三次，离婚三次，跟第二个妻子有个四岁的女儿，由他抚养。钻石王老五，资深浪荡子。女友无数，个个美女……

你知道得这么详细，省得我介绍了——就是他。

我流产不是不慎摔倒，是因为刘培林。他来找我，让我堕胎，我不肯，我们俩争执起来，他推了我一下，我摔倒了，他看都没看我一眼就走了……真他妈的不是东西。

本来以为是happy ending，没承想不过是又一个噩梦的开始。出现的时候披着金甲圣衣，看着多像个英雄啊，可是后来呢？

后来，做过梦的人不得不越过伤害，越过欺骗，也越过曾经真心付出的感情，像踩踏在自己的尸骨上，真真假假地忘记，才能在千疮百孔中开始新生活。

而那些给过我们伤害的人，也许毫发无损，也许光鲜亮丽，也许如鱼得水。

刘培林友好地向白小七伸出手。

作为一个中年男人，他没有谢顶，没有大肚腩，轮廓俊朗，气质尤佳，既不太局促，也不松垮垮。现在已经是晚上11点，刘培林头发不油腻，衣着不脏乱，鞋子上没有一丝灰尘，条纹衬衫的领子挺括干净，神情毫无疲态。

白小七与之握手。

他的手心没有恼人的汗湿，也不冷冰冰，他的确不惹人讨厌。这副皮囊加上地位、财富、名气，完全可以称得上魅力四射。此外，他独自抚养女儿，更显得爱心满满，大大加分。

是的，他毫发无损，他光鲜亮丽，他如鱼得水。

“又是新一天的23点了，欢迎大家收听《正把我唱给你听》。我是你们的朋友——阿正。”

节目开始。

徐正不愧是金牌DJ，虽然刘培林并不熟悉音乐和时尚，跟徐正和白小七也不熟，但徐正三两句就把气氛炒得蛮热络，加上白小七也做了功课，所以进行得很顺利。说说刘培林的画展，又说说白小七的专栏，徐正说："刘总这次的画展主题是爱情，小七的专栏的主题也是爱情，那么今天我们的热线电话就来谈谈情说说爱……听众朋友们有任何关于情感的问题，都可以向我们的两位嘉宾提问。下面接进第一位听众朋友的电话，你好……"

听众的提问都很泛泛。白小七看看时间，一个小时就快过去了，不由得暗自舒了一口气。

"下面我们接听今晚的最后一个热线电话。这位听众，你好。"徐正示意导播。

"您好，阿正。"是一个素气的女声。

"您有什么要问今天的两位嘉宾吗？"

"我想先问一下刘培林先生，您有一个四岁的女儿对吧？"

"是的。"

"您很爱她吧？"

"当然，她是我人生的全部意义。"

"嗯，我曾经失去过一个孩子，他还没有生下来就走了，所以我不知道他是男孩还是女孩。我想，如果他活了下来，我也会像您爱您的女儿一样爱他。很羡慕您，祝您的女儿健康快乐。"

提到女儿，刘培林的眼光中满是柔情："我代表我女儿谢谢您的祝福。也祝您能如愿拥有一个属于自己的宝宝。我女儿还很小，这个时间我本来应该在家里陪她，可因为要做节目，估计今晚保姆又要被她一顿折腾，哈哈……"

阿正推出一段旋律烘托此刻温存的气氛。刘培林低头微笑，是男人偶尔露出内心柔软的羞涩。

白小七想，如果她不认识佳薇，大概此刻也会被逗引得几乎要爱上刘培林了吧。偏偏太不巧，她不仅认识佳薇，而且知道他对佳薇和佳薇肚子里的孩子做过些什么——他的女儿是人，佳薇和她的孩子就不是人吗？

一个借着头上的光环和手中的权力无所不为的男人，居然在媒体上炫耀责任感和伟大的父爱，还能含羞带怯地笑出来，就一点儿都不为自己的人格惊讶吗？

白小七终于忍无可忍："刘总，我也有个问题要请教，可以吗？"

"当然。"

"我还没结婚，虽然因为职业的缘故接触到很多情感案例，但与您这样情感经历丰富的钻石王老五一起做节目，就更是班门弄斧了。既然不懂呢，就要多问，您别见怪。刚才您说您女儿是您人生的全部意义，对吧？"

"是的。"

"那么我想问：要是您今后又组成家庭了，您的新婚妻子又怀孕生孩子了，会影响您对您女儿的爱吗？"

"这个问题我还真没想过。"

"哦，那咱们就假设吧，万一您的下一任妻子怀孕了，或者您的某一任女朋友怀孕了——我们知道，刘总的女朋友是很多的。为了保证您必须把全世界的爱都给您现在的女儿，您会逼着这个无辜的女人把孩子打掉吗？"

刘培林的脸色相当难看："白小姐这话从何说起呢？"

徐正在桌子下踢了白小七一脚，她没理，继续说："作为一个父亲，您特别伟大，也特别不容易，公事繁忙，又要创作，还一个人带女儿。可是作为一个男人呢，如果您说女儿是您生命的全部意义，那为什么还有那么多精力去找姑娘谈恋爱呢？为什么还开一个关于爱情的画展呢？这些姑娘就不是某个男人的女儿了？那些男人就不会像您一样可以豁出去一切保护自己的女儿了？您爱着自己的女儿的同时，有没有想过这些姑娘受到的伤害……"

"哈哈哈哈……"徐正赶紧打断白小七的话，"我想小七一定是在网上看见传闻了。传闻怎么能信呢？哈哈哈……"

"阿正说得对，传闻能不能信，咱们都不知道。只有一个人知道，那就是刘总自己。"

刘培林不再说话，他的目光紧紧锁定白小七，先前的儒雅端正全不见了。白小七相信，他一把将怀有身孕的佳薇推倒在地头也不回地走掉的时候，就是这样的神情。

什么狗屁画家、狗屁刘总、狗屁伟大的父亲。煊赫的光环之下，美好的躯壳之内，真正住着的就是此刻狠狠盯着她的阴鸷的灵魂。

“哈哈哈哈，小七太幽默了。下面我们听听这位听众还有什么要问的……这位听众，您还在吗？”徐正再次力挽狂澜。

“我在。”

“我们今晚的节目就快要结束了，您还有什么要问这两位来宾的吗？”

“有，我想问问白小姐。你刚才说你还没结婚，那么你谈过恋爱吗？”

白小七还没从愤慨中回过神来，随口应付：“谈过。”

“哦。你的问题都非常犀利，你应该是个非常聪明、非常知道自己要什么的女人。那么，你在感情里从来没有犯过错吗？你每次恋爱都是正大光明的吗？你就没有伤害过无辜的人吗？”

刘培林还可以盯着白小七发泄怨怒，可白小七看不到此刻正在对她发难的人。

“您这话是什么意思？”白小七反问。

“我的意思是每个人质问别人之前，最好先照照自己——白小姐，您对小三这个人群怎么看？”

“对不起！我们今晚的节目时间到了。我想啊，刘总的画展以及小七的专栏应该更能反映他们各自的情感态度，所以希望听众朋友们多多关注他们的作品……最后，非常感谢今天来到这里的两位嘉宾！欢迎明天同一时间收听《正把我唱给你听》。”

做完ending，徐正推出一首歌，之后马上跟刘培林握手寒暄，好像生怕他会跳起来打白小七一顿似的。

白小七跟组里的人都熟得很。她直冲导播间，问导播小妹：“亲爱的，今天最后打进来的那个听众的资料能帮我查查吗？”

“稍等，白姐，我看看……这个听众说自己姓陈，电话是……”

白小七同时拿出手机查找。

是邱慈的电话号码。她大概是怕报了自己姓邱，白小七会示意导播切断电话，所以用了陈朗的姓来掩人耳目。

白小七一心替佳薇伸张正义，没想到自有黄雀在后。冤家路窄，不过如此。因果报应，屡试不爽。白小七想起跟邱慈短兵相接的那一天，两人面色都尽量镇定如常，心里几多提防、几多妒恨、几多瞧不上，恐怕要在日后才慢慢发酵出来。

白小七恍恍惚惚到了大门口，徐正已经送走了刘培林，正等着她。

“没事吧你？来大姨妈啦？”

白小七也没法给出解释，只好尴尬地笑笑。

他撇撇嘴：“你啊……臭脾气，懒得说你。”

“你都熏死我了。”徐正不知喷了什么香水，香味刺鼻。白小七知道徐正不会真的怪她，于是安心地吐槽。

“你个白眼狼。我说你什么时候结婚啊？”

“我跟谁结婚啊？”

“听说之前有个不赖的啊。”

“分了，刚分的。”

“唉，你们异性恋真够没劲的，要不你跟我得了。”

“哈哈哈哈……”白小七笑死了，“别闹。”

徐正鼻子都要气歪了：“我这有男人要的都没觉得委屈，你这没男人要的傲娇个屁啊！”

“不敢不敢，你误会了，我主要是觉得我配不上你。”

“也是。我有阵子没见你，你怎么憔悴成这样了，法令纹都重了。有时间一起去做脸吧。附近有一家新开的，我办卡了，特棒。”

“你就容易被忽悠，成天这儿办一张卡，那儿办一张卡。”

“亲爱的，不是我说你，人总这么分分合合地折腾，就没有胆量恋爱了，你知道吗？再碰见好的也缩手缩脚的，你这样不行，必须有个人来治愈你，还不能是一般人，得是那种暖男，特暖的那种……”

白小七目光虔诚，头如捣蒜：“您说得对！我也特希望有个年少多金的大帅哥代表月亮来治愈我。”

“讨厌！我还不是可惜你挺好个姑娘怎么就嫁不出去了呢！”

“我还可惜你这么大个帅哥怎么也喜欢帅哥呢！”

“哼，不跟你说了。”徐正身子妖娆一扭，转身走了，“专栏好好弄，需要帮忙就说话！有时间记得call我一起去做脸！”

“好嘞！”

回家路上，车里放着那首《你是我最心爱的姑娘》。质问刘培林的余怒，与邱慈隔空对话的尴尬，不知如何跟佳薇解释的担忧，徐正眼中憔悴不堪的自己，在白小七心里搅作一团。

心烦意乱中，白小七想把音乐停掉。她刚伸出手，前车突然急刹。“咣”的一声，她追尾了前车，手指还停在半空，音乐仍在继续。

白小七开了双闪，气哼哼下车。她先看了一眼车头：好在车速不快，只是擦破了点漆，前保险杠有些松动。

她憋了一肚子的话要吼：我可以负全责，但您能不能告诉我一下，这前边没红灯、没大坑，又没人，您急刹什么呀？大半夜不睡觉，出来碰瓷挣外快啊？

前车下来一个男人，三两步也跑到他的车头前去了。

白小七更气了：我撞的是您的车屁股，您干吗往车脸上看啊？

可她一个字还没来得及说，那男人已经转过身，怀里抱着一只脏兮兮的抖似筛糠的杂毛小狗。因为受了惊吓，小狗两只圆眼睛瞪得如铜铃一般，嘴里发出“呜呜”的声音，像在哭。

“太险了，差点儿就撞上了。”男人说。

“拍两张照吧，然后咱俩靠路边等保险来。我追尾，我全责。”白小七的气瞬间全消，只剩下一腔泛滥的母爱，凑上去摸小狗的脑袋。

“是我急刹了你才追尾的，这不都是为了这小狗吗……你车没事吧？我开了个车行，补漆换件都方便，你这几天有时间过来看看车有什么需要修补的。不收你的钱。”

“啊，那不好吧？”白小七的眼睛瞪得跟小狗的眼睛一样圆了。她仔细看了看这个男人，确切地说，是大男孩。不过二十几岁模样，棱角分明，鼻阔眉粗，头发很短，个子也高，穿一件潮牌短外套，是那种校园女生会偷偷给他写情书的篮球队长。

“嗨，没事，我给你拿张名片。”他说完，看看白小七，又看看怀里的狗，“我说姐姐，你也挺没眼力的，也不说帮我抱一下，我这怎么掏名片啊？”

小男娃如此自来熟，白小七也懒得装淑女了：“给我吧……姐姐我今天够倒霉的了，你就别气我了。”

男孩小心翼翼地把小狗交到白小七手里，一边掏名片一边说：“还能有多倒霉啊？我刚才听一广播特有意思，说出来让你高兴高兴：一傻×画家跟一傻×记者还是编辑什么的做节目——谈爱情，结果呢，先是记者骂画家，后是听众骂记者……把我笑得啊，你说他们文化圈怎么这么乱啊？哈哈……”

白小七刚把小狗抱稳，一听这话，脑袋上立时三道黑线：“你能积点口德吗？我就是那傻×记者还是编辑什么的！”

男孩目瞪口呆：“不会吧？你这范儿看着不像记者啊……不过你车来的这路线倒是对……”

“废话，我刚出广播大厦就让你给碰瓷了！”

“不会吧，这么巧？你真是那个白……什么三四五的？”

“白！小！七！”

“对对对……你说这爹妈怎么想的啊，家里孩子太多，懒得起名了是吗……”

“喂！你这孩子太没礼貌了，姐姐像你这个年纪的时候，可比你温良恭俭让多了，要不是看在你勇救小狗的份儿上，姐姐我早弄死你了！快快快，把名片给我！姐姐前保险杠都晃了，要去修车！”

男孩毕恭毕敬地用双手递过名片：“白姐姐，请多多关照。”

白小七不屑地“哼”了一声，接过来扫了一眼：

段展
小段汽修
地址：汽贸城D区8-158号
电话：136××××××××
……

“呦，年纪轻轻就当老板了。成，段总，回头找你。”她刚转身要走，被段展叫住：“姐，你别走啊！”

白小七立刻警觉起来。这大马路上四下无人的，莫不是他想在追尾现场图谋不轨？白小七又往前走了几步，站在自家车前，随时可以拉开门钻进去跑路，这才转过身：“干吗呀？”

“白姐姐，狗，你得还我啊。”

原来是这事。白小七刚松了一口气，转念一想，又不对了，把小狗抱得更紧：“凭什么把小圆给你啊？万一你是德州变态电锯杀狗狂呢？”

“小圆是谁？”

“就是它啊！”白小七冲怀里的小杂毛狗努努嘴。

段展蹲下来笑了足有几分钟。白小七腿都站麻了：“段先生，你笑够了吗？我跟小圆先回家了，你慢慢笑吧。”

段展“噌”地蹦了起来：“姐，你看是这样。这个狗啊……”

“是小圆。”

“行行行，这个小圆啊，首先是我发现的，不过现在这个不重要了，因为救它，你也付出了前保险杠这个惨痛的代价，军功章咱俩一人一半。但是你看它这脏兮兮的样儿，估计流浪有一阵了，保不齐就有什么病、什么细菌，时间这么晚了，你把它带回家，估计是没时间处理了。你呢，是个记者——编辑——甭管是什么吧，反正明天早上还要上班，也没时间管它。我呢，不打卡，不签到，有活儿就干，没活儿就闲人一个，正好明天带它去宠物医院做个检查，打个疫苗什么的……你要是不放心呢，给我留一个手机号、微信号，咱们随时联系，这样行吗？我车行地址你知道，我车号你知道，这张脸你也见过，我是跑不了了。”

白小七思考了一下，觉得段展说得有理，便把小圆交还给他：“好吧，那你加一下我的微信。白天我都得上班，晚上可能还得加班，你随时把小圆的情况拍下来发给我。”

“没问题。”

“你好好照顾它啊，看它吓得。”白小七不舍地摸摸小圆的下巴，又捏捏小圆的耳朵。小圆这会儿也差不多从惊吓中缓过神来，软软的舌头舔了舔白小七的手指。

白小七瞬间被激荡得失去理智：“明天我一准去看它！你车行几点关门？”

“我看有没有活儿，有活儿开一宿，没活儿随时关。没事，你几点过来都行，我跟小圆等你，顺便帮你看看保险杠。”

“算你晓事，那姐姐就先走啦。”

段展把小圆的一只爪子举起来左右挥舞：“小圆，跟白姐姐拜拜，谢谢她给你赐名！”

白小七“扑哧”一下乐了：“拜拜小圆，拜拜段总。”

白小七发动了车，看见段展还抱着小圆站在远处，她把车停在他的身边：“还不走？”

“白姐，以后你就叫我小段吧。”

“就这事？”

白小七的手伸出窗外，比出OK的手势，一脚油门走了。

第二天，白小七刚下电梯就被王早吓了一跳。

王早穿了一件粉红色的衬衫，堵在电梯门口，笑得面如菊花，对白小七90度大鞠躬：

“白总，你来啦，你怎么才来呀？”

“我来不来怎么啦？你还管考勤啊？要不看你穿这骚色，我还以为你跟遗体告别呢。”白小七边走向自己的工位边吐槽王早，“鞠那么大躬，老腰能受得了吗，新郎官？”

“承蒙白总关心，我身体好着呢，不信可以问我媳妇。”

“德行。干吗呀？一大早的，快说，我还出去采访呢。”

“佳薇说今儿晚上一起吃饭，让我问你有没有时间。我生怕给办砸了，这不，一大早就在电梯口候着你。”

“就这事你至于吗？咱仨不天天一起吃饭吗？”

“今晚不一样，有惊喜。”王早神秘地冲白小七挤挤眼睛。

以白小七跟佳薇、王早的关系，说得粗点，那真是撅起屁股就知道要拉什么屎。白小七掐指一算，今天既不是任何一个人的生日，也不是什么边边角角的纪念日，更不是节日，所以只有两种可能：要么是佳薇和王早打算今天把结婚证领了，要么就是这两口子要编派她白小七呢。

“怎么，你们俩今天领证啊？算好日子了吗？是黄道吉日吗？”白小七打算用排除法。

“哪那么快啊？佳薇说过几天放假，先让我去她家拜访岳父岳母大人，老人点头了，我们才能继续操作。领证可是大事，好饭不怕晚。”王早一乐，幸福的小细纹扑哧扑哧往外冒。

“看你那一副小人得志的样儿吧。”排除法奏效，白小七知道这顿大动干戈的晚饭到底是要干吗了。

“怎么着，你们终成眷属了，看我这单着的不顺眼了，不和谐了，要来破坏我自由自在的生活是吧？”

王早尴尬地笑笑：“我可没说。你一定来啊，佳薇说，她这次介绍的这个哥们儿特靠谱，你肯定喜欢。”

“呸！她认识那仨瓜俩枣我还不知道，真有好的，她能被你骗去？”

“白总息怒！总之，你一定来，要不我这事没办成，回头佳薇不得家暴我啊？咱们认识这么多年，我遍体鳞伤的，你就不心疼？”

“必须不心疼啊，打死打不死是谁老公啊，关我毛事。反正我不去。”

“你可千万别！”王早吓得一个劲儿作揖鞠躬，“人家佳薇本来就不让我跟你说是相亲，结果你老太聪明，一下就猜出来了！这不是毁我吗？我这马上要见丈母娘了，面临终极考验，您老就别给我加码了！”他说完又开始揪头发：“你看，我这头发掉的啊，唰唰的，眼看就秃了！30岁的人，60岁的发型啊！我压力大啊！”

王早一顿臭贫，把白小七乐得不行。可说到底，跟吉普的事刚刚了结，她是真想清静清静：“咱仨吃饭，任何时间都没问题，吃什么也没挑，但相亲绝对不行。”

“为什么呀？”

王早的眼神太过真诚，白小七不落忍，只好随口撒了个谎：“你跟佳薇转达一下：她怎么就知道我没个把备胎呢？现在都什么年代了，谁还相亲啊？我自己的事自己搞定。”

“不会吧，这么大事你还瞒着我们？那行，我可以跟佳薇说，不过你晚上得把你备胎带着，让我们把把关。”

“行了，再说吧，我出去采访了！”白小七把资料揣进包里往外走。

“你什么时候回来啊！下班一起走啊！我还蹭你的车呢！”王早又一路追回了电梯口。

白小七的电话响了，拿起一看，是小段用微信发来的几张图片。小圆洗了澡，毛色雪白地趴在一张皮沙发上，伸着粉嘟嘟的小舌头，好像在笑。

“我下午得去一趟汽贸城。你自己打车吧，别等我了。”白小七上了电梯。

“你去汽贸城干吗呀？那儿还有采访啊？”

电梯门只剩下一条缝了，白小七冲王早挤挤眼睛：“约会呀。”

采访完毕，白小七开车直奔汽贸城。

在白小七这种对车没有执念的人看来，一个修车、改车、卖车的地方搞这么大阵势，完全是劳民伤财。在整体建筑风格如欧洲古堡一样的汽贸城里转了不知道多少圈，她才找到“小段汽修”的牌匾。

一脚踏进车行，几个工人正忙活着，白小七问他们段展在哪儿，他们给她指了一个大致的方向：“找段哥？在办公室。”

往他们指的方向走，修车的噪音越来越小，终于没有了，同时消失的还有光亮，可白小七还是没有看到传说中的办公室。偌大的灰暗而静默的空间里摆放着各种摩托车：大的小的，新的旧的，还有几辆形状奇特、气势汹汹的沙滩摩托，白小七之前在沙漠看见有人开过。

一团白花花、毛茸茸的小东西从摩托车阵里钻出来，扑到白小七腿上，“呜呜”地撒娇。

“小圆！”

白小七抱起小圆，一人一狗高兴得原地转圈。

“啪”，一片大亮。

“白姐来啦。”是小段把灯开了。

白小七顾不上理他，一心跟小圆亲热。小段也不打扰她们，一抬长腿，跨上一辆黑色大摩托，双手抱着膀子，看着白小七。

灯光下，这些金属怪物在高高低低的台子上错落有致地陈列，异常炫目。有几辆摩托被一圈投射灯众星捧月般地簇拥着，仿佛天神下凡。

小段穿了一件黑色短皮夹克，领口点缀着铆钉。他歪着头看着白小七，也如那被天光罩着的摩托车一样明晃晃地耍着帅。

“段总，也不让姐姐进屋喝口水啊？”

“哦哦。”小段有点狼狈地被白小七从自我陶醉中拽出来，下摩托车时还绊了一下。

小段的办公室里专门有一面陈列墙，摆着各种奖杯、奖状、奖牌和款式繁多的摩托车模型。

白小七抱着小圆，仔细看那些奖杯、奖状、奖牌上的字迹。看不出小段居然是个职业车手，而且成绩不赖。

“咖啡、茶、矿泉水、啤酒，喝什么？”

“水就行。得这么多奖，挺牛啊。”

“还行吧。”小段递过来一瓶水。

“那些摩托车都是你的？”

“小部分是我的个人收藏，只放那儿看，不卖。有的是朋友放我这儿代卖的。但大多数是要卖的，人总得吃饭呀。”

“老气横秋的，不像你这个岁数的人说的话啊。”

“我都27啦，白姐，搁旧社会，孩子都打酱油了。”

“照你这么说，我都30了，在旧社会，还当奶奶了呢。”

“你30？那你比我大3岁。”

“对啊，所以你要讲礼貌，叫我白姐。”

“3岁好。”

“啊？”

“我说白姐好。”小段打开办公室的门，“你的车呢？我找工人看看。”

保险杠还没换完，王早的电话就来了：“白总，你快点啊，我和佳薇在包房等半天了，服务员催点菜都催好几轮了。”

“你们先点菜呗，咱们仨还有什么好客气的。”白小七早想好了，要是今晚佳薇和王早真带个相亲男跟她吃饭，她是铁定不会去的。

“不是啊，我现在是在包房外头给你打电话——”白小七这才注意到，王早的语气颇为忐忑，“我感觉佳薇今天有点不对，之前是她自己说今晚要带个帅哥给你认识，结果刚才她一个人来了，我问了两句，她就跟我发火，鼻子不是鼻子脸不是脸的。你快点来吧，我怀疑她是不是要反悔，不跟我结婚了……”

王早的声音听起来都要哭了。但白小七更有不祥的预感：“好，我马上过去。”

她刚挂了电话，小段问：“车还没弄好，你怎么走啊？”

“我打个车。”

“现在晚高峰，哪那么好打车啊？跟我走吧。”

“啊？”

小段掏出一把车钥匙：“啊什么啊，我送你。”

路上，白小七想，佳薇虽然性格骄纵了一些，但总不至于拿婚姻当儿戏。那么佳薇背弃初衷，没有带相亲男来吃饭以及跟王早发火，多半是迁怒——也就是说，佳薇的怒火不在王早那儿，而在尚未到场的白小七身上。

“白姐，你没事吧？”

“怎么，我看起来很‘有事’吗？”白小七故作镇定。

“你都冒汗了。”

“是吗？”白小七把遮阳板上的镜子拉开看：可不，妆都花了。

白小七颓丧地往座椅上一坐：“你白姐我今天可能要倒霉了。”

“倒霉？来大姨妈了？”

“我呸！我说段总，你好歹是个老板，又是个赛车手，怎么就那么不阳光呢？你天天心里都想着什么呀？”

“大姨妈怎么了？正常生理现象。”

“懒得跟你说。”

“白姐你放心，要是一会儿谁要打你，妄图毁掉你的美貌，我一定帮你打110。”

“你见过这种法令纹比腹股沟还深的美貌吗？”白小七指着自己的脸问小段。

“哈哈哈哈哈哈哈……白姐你太逗了……”小段笑得不能自持。

“行了行了，别晃了，好好开车。至于吗？”

“至于至于。白姐，我说真的，我听说你们记者啊还是编辑啊——反正我也不大懂啊——工作是有危险的，一要揭露社会黑暗面，就有人给你们施压……”

“段总，您太抬举我了，我就一狗仔，只要我不拿着相机拍明星尿尿，根本没人给我施压。”

小段又笑了半天：“反正就是那个意思吧！要是你有什么危险，一定给我打电话，我开着大摩托去救你，保证分分钟带你脱离险境，他们开什么车都追不上。”

“我谢谢你了，下次在生死关头一定给你打电话。”

“这就对了。看在咱俩不惜牺牲生命勇救小圆的情分上，我也必须英雄救美啊。”

“第一，咱俩没有牺牲生命，你牺牲了后保险杠，我牺牲了前保险杠。第二，你救我，不是英雄救美，是尊老爱幼。”

小段就这么一路笑到了饭店门口。

车刚停稳，白小七开门就冲了下去，小段在背后叫她：“白姐！”

“什么事快说，我这儿着急呢！”

小段也下了车：“你还会来车行……看小圆吗？”

“废话，我当然得去了。就算不为了小圆，我的车还在你那儿呢。”

小段僵硬的神情和身体一下子放松了，半倚在车上，又开始耍帅。

可惜此刻的白小七无暇欣赏他的姿态：“你让工人再帮我看看，有蹭掉漆的地儿一起补了，回头钱一起算。”

“不用……”

“这事你听我的。按说我追尾，还应该负担你修车的钱呢，现在已经非常感谢了。按劳取酬，这钱我该出。”

“回头再说吧。”

白小七无心跟小段掰扯。她敷衍地挥挥手与小段告别，抬眼却看见小段正在饭店招牌的灯下冲她笑，灯一闪一闪，他的面孔也一闪一闪。

像小段这样会玩、会生活的大男孩，该有大把女生喜欢他，追求他吧。白小七想。也许过一阵，她可以跟小段成为姐弟一样的朋友，小段跟她倾诉一个单身帅哥的烦恼，白小七加完班去他的车行逗逗小圆，聊会儿天，应该也蛮有意思的。

白小七的生活，在忙碌的表象以外，其实是孤独的，与街上人来人往的每一张面孔后的真相毫无差别。她的孤独不比别人更多，也不比别人更少。她能说上几句话，一起喝几杯的朋友大多比她年长，善于谈笑间用云淡风轻的话语化解心结，但这并不能让白小七从内心快乐起来。

快乐是一种不能回头的速度感，锋刃一样锐利。年华已逝的人相信事缓则圆，往往不具备这种速度感和尖锐。快乐，白小七与薛立平热恋时体会过，尚未识破吉普的谎时体会过，最后与吉普在沙漠度过的几天也体会过。除此之外，在白小七的记忆里，如此生活30年，再没有更多的深刻的快乐曾令她暂时超脱于孤独和悲观之外。

白小七还在与人生思辨，胳膊却被拽了一下。

“姑奶奶你可来了！”是王早。

“段总，回头联系。”白小七冲小段挥手。

没承想王早说什么也不放小段走了。他降低音量跟白小七说：“行啊白总，你早上说去约会，我还以为是开玩笑呢，没想到真有小鲜肉啊！”

白小七刚想拦住王早，他已经跟小段勾肩搭背称兄道弟了：“帅哥姓段是吧？幸会幸会。小七的朋友就是我们的朋友，咱们一起吃顿饭应该吧……小七没跟你提过我吗……”

小段既不尴尬也不恼，安然地跟着王早走，仿佛多年的哥们儿，白小七倒显得非常尴尬。

包房里只有佳薇一人，冷若冰霜。

白小七一看见佳薇的神情就知道大事不好——三人进门，佳薇眼皮都没抬一下。王早不知道佳薇之前流产的孩子是刘培林的，小段更是个局外人，当下白小七什么都不能说。她打算先把这顿饭糊弄过去，回头再单独跟佳薇解释。所以她没跟佳薇坐在一起，而是挨着小段坐了。

王早张罗着把菜点了，又问大家喝不喝酒。白小七不喝，又替小段说也不喝，理由是要开车，其实她是怕一开了酒，这饭一时半会儿吃不完，万一佳薇酒后情绪失控，再说出什么不该说的，对谁都不好。

“白总，不带你这么护着的，我看小段能喝点儿。再说你们不是开一辆车来的吗？这样吧。你别喝了，我陪小段喝点儿，回头你开车就得了。”

小段没有推托，温良地笑笑，任凭王早把他面前的杯子满上了。

佳薇此时突然言语了："给我满上。"

王早毕恭毕敬地给佳薇倒酒，白小七的心提到了嗓子眼儿。最没心没肺的就属小段了，凑在白小七耳边说："你这姐们儿挺漂亮啊。"

"你个小屁孩儿，姐们儿也是你叫的？这是你佳薇姐，这是你佳薇姐夫。"

一听这称呼，王早乐得合不拢嘴："叫我王哥就行。"

佳薇似乎没有跟大家聊天的兴致，端起酒杯干了："再倒。"

王早为难地看了一眼白小七。

白小七不得不硬着头皮出来解围："佳薇，这么喝酒太伤身了，等菜上来，咱们再慢慢喝。"

佳薇看也不看白小七一眼："满上。"

王早没辙，只好又把佳薇的酒杯满上。

这回小段也看出不对，偷偷问白小七："白姐，这俩人都谁啊？"

"女的是我大学同学，男的是我同事，都是我最好的朋友，他们俩马上结婚了。"

"不是吧，我怎么觉得这气氛不像要结婚，倒像要离婚啊。"

"呸，别胡说。"

"一会儿要有险情，我会救你的，别怕。"小段煞有介事。

"可是你今天没开摩托呀。"

"没事，咱好歹有一车，他俩只能腿儿着，说什么也撵不上咱啊！"

白小七被小段逗乐了。佳薇见状，从鼻子里哼出一声："呦，这帅哥是谁啊？跟我们小七认识多久了？到哪一步了？看起来交情不浅啊，当着我们的面就咬耳根子了。"

"佳薇姐幸会，小人姓段。"小段举杯欠身。

"哦，是段总。幸会，我先干为敬。"佳薇又干一杯。

小段端起酒杯正想跟着喝，佳薇示意他放下："你随意，不用硬喝。段总在哪里发财啊？"

"自己开了个车行，修车改车，顺带卖卖摩托车。业余时间也骑骑摩托比个赛什么的，说好听点儿是个车手，说实在点儿就是个卖手腕子的。发财不敢当，混口饭吃。"

“段总说话实在，不像有些人当面说得好，背后捅刀子。为你这份实在，我再干一杯。”

白小七猜想，以小段的心气，总不会在喝酒上占女人的便宜的，欠下佳薇的这两杯酒，他终究要还。果然，小段也将酒杯举起来了。

“你车行有活儿，晚上说不定还得用车，我喝吧。”白小七截过小段的酒杯，一仰头干掉，满上，又干一杯。

如果佳薇今天要闹，尽管冲着她白小七闹吧，甭让无辜的人受牵连。

“呦，我们小七的母性又泛滥了，鸡妈妈附体了。”佳薇说。

“对对对，小七人特好，对身边的人都特照顾。那真是，心中唯独没有自己。”王早摸不清到底是发生了什么让这顿饭的气氛如此古怪，只能蹩脚地打圆场。

“可不是，从大学到现在，白小七一直罩着我；上了班，罩着我们王早。谈恋爱呢，又罩一个老男人，各种倒搭；好不容易跟老男人分了，遇见一看起来不需要她罩着的了，还是一骗子……”几杯酒喝下去，佳薇的脸红了，身体晃晃悠悠。

“佳薇，你喝多了。”白小七已经听见明火点燃引信的声音了。

“我跟白姐是因为追尾认识的。我看见一条小狗过马路，急刹车，害得她车撞了，保险杠都晃了。她下车一看我是为了救狗，一句废话没说，就愿意背全责……”

“哈，是这么回事啊，真是缘分！我说今儿怎么往汽贸城跑呢，原来是去你那儿！”王早恍然大悟。

“段总，我看你年纪不大，为人单纯，忍不住想劝你两句。这人啊，是路遥知马力，日久见人心，有时候认识个十年八年都不一定能真的互相了解。你以为是最亲的、无话不谈的人，其实还不知道心里瞒着什么话、什么事，把你当傻子耍，看你热闹呢。”

情势越来越不能控制，白小七给小段发了条微信：“你出去给我打个电话，电话通了，你什么都不用说，我说什么你也甭管。拨完电话你回来坐着，看我眼色，随时撤。”

小段收到微信，转身出了包房。没一会儿，白小七的电话响了。

“喂，爸啊，我跟佳薇和王早在外头吃饭呢。怎么了？啊，什么？

楼上漏水了？书房都泡了？给物业打电话了吗？那行，你别急啊，我马上回去！”

话音刚落，小段已经回来了。

“那什么，我家有点急事，楼上漏水了，挺严重的，老头老太太收拾不了，我得马上回去……不好意思啊，改天我回请大家。小段，那……麻烦你再送送我？”

“成啊。”小段如兵士听到一声号令，啪地站起身。

“用不用我们也去帮着忙活忙活啊？”王早问。

“不用不用。佳薇喝多了，你陪陪她。”白小七赶紧推辞，一只手握住包房的门把手。

“白小七，这么老的手段你还好意思跟我玩吗？”佳薇摇摇晃晃地站起来。

“佳薇，你说什么呢？”王早扶住佳薇。

“王早，你就傻吧！白小七是什么人？人家心有七窍，既要爱情也要事业，既要名声也要赚钱，一切皆可抛。你我在人家心里算个屁啊！”

没等白小七出声，王早先绷不住了：“赵佳薇！小七是什么样的人，谁也别揣着明白装糊涂！你平时跟我闹也就算了，我认了，我乐意，但人家小七不欠你的！”

“哈哈哈哈哈……我们家王早就是单纯。我倒要问问你：你觉得你真的了解白小七？你对她无话不说，那她对你呢？”

白小七预感到佳薇要说什么：“佳薇！你住口！”

佳薇晃到白小七身前，眼睛对着白小七的眼睛，一个字一个字地说道：“你有本事，现在就告诉王早，其实你早就知道姚蓓蓓为什么失踪了。”

“什么？”王早盯着白小七，“小七，佳薇的话……是什么意思？”

白小七一只手还搭在门把手上，几乎开始微微颤动——因为愤怒、悲恸还是失望，她说不清。到底还是没瞒住，所有的糟糕都被摊开了。

“我们走吧。”她对小段说。

第九章

入了秋，天气晴好，甚至是过于晴好了，尤其在没风的夜里，天很高很高，倒挂着月亮和星星，像许多探究的目光。坐在车里，白小七的眼泪噼里啪啦掉个没完，小段找出一大包纸巾递给她。

“一会儿路边有报刊亭，你帮我买份晚报。”

“都哭成这样了，还学知识学文化呢？”

“我都哭成这样了，你就别贫了行吗？”

“我这不是想逗逗你吗？”

经过报刊亭，小段买了份晚报。白小七开了车里的灯，把报纸翻得唰唰作响。

“他妈的，这儿呢。”

白小七看到了那篇报道，占了不小的篇幅，有刘培林、白小七和徐正的照片，还链接了刘培林的画展和白小七的专栏的资料，贴心地添加了对徐正的采访，而徐正当然把这次节目说得气氛极其融洽，两位嘉宾相谈甚欢，一见如故……报道正文更是完全没提白小七对刘培林的发难和听众在电话里对白小七的提问，而是大大夸张了节目开头白小七对刘培林说的那几句寒暄之语，显得她对刘培林极其尊重，甚至崇拜。

报道登在佳薇负责的文化版上，她不可能看不到。

如今说什么都晚了，白小七只能认命。离开薛立平的时候，她没认命；离开吉普的时候，她也没认命。可此刻，她真有点累了——命运安排如此种种，究竟是想告诉她什么？经历了这么多，到底有什么意义？

“你知道‘感时花溅泪，恨别鸟惊心’吗？”她问小段。

“小时候背过。”

“那你说这天气也是不是太不懂事了，我都难受成这样了，天还这么蓝，一个雨点都没有。”

“想看下雨啊？”

“嗯。”

沙漠一夜，白小七本来作势跟吉普大吵一架，结果被一场雨浇熄了情绪。也是那一天，吉普讲述了关于他的父亲和家庭的故事。吉普不是个好男人，甚至不是个好人，白小七比谁都清楚这一点，但在这个时刻，她想念他。

当一个人感觉一切已经不能更糟糕，便非常需要一个坚信他很好的人陪在身边，告诉他：甭管那些，你很好，你好极了，我就喜欢你这样，你最好一点儿都别变。

这当然很傻，很没逻辑，没意义，可人心本来脆弱，没有什么比这种不问青红皂白的肯定更让人身心舒展了。

如果吉普在，在这样的时刻，一定会跟她站在一起的。

“你知道吗，下大雨的时候，雨点打在天窗上，车开起来，水流往后走，你在车里看，像在水底看水。”白小七说完这话，自己也被酸掉了大牙，但说出来总是舒坦一些。

小段没说什么，一路把车开得更快。

“干吗开这么快？”白小七问他。

“我这不是着急吗？”

“你有急事啊？那我打个车回家得了，你去办事吧。”

“你是不是傻？”小段叹口气，“我是急着带你去看雨打在天窗上。”

车行的灯亮着，貌似还没收工。小段掏出手机：“那谁，你把洗车的家伙什儿都拿出来，把我这车冲冲……我在车行门口……嗯，快点啊！”

白小七看看小段：“这也行？”

“试试呗。”小段检查了一下车窗是否都关好了，然后指指天窗，“我估计差不多，一会儿您老验收一下。”

一个工人从车行走出来，大大小小拿着几样东西，接好了，走到车前敲小段的窗户。

“段哥，段哥……”

“冲吧，还干吗呀？”

“你不下来啊？”

“不下不下。”

“车里头不擦？”

“不擦不擦。”

“那……”

“你哪那么多问题啊？让你冲你就冲，记得多往车顶天窗上冲！快快快！”

白小七把座椅放倒了，等着。

水一下冲过来，打得玻璃“嗒嗒嗒”响。小段本来是冲着前挡风坐着，吓一跳，扭头对白小七说：“那水就像打我脸上似的。”

高压水枪制造出的速度感跟雨全不相同。此刻的水在天窗上没有留下蜿蜒的水流，而是一泻而过的水幕。白小七透过天窗看到的世界影影绰绰，介于虚实之间。

凝固的回忆像是猪油，被当下的感喟烫那么一下，溶化了些边角，缓缓地流动起来。等感喟过去了，回忆便又白生生地待在脑袋里的某处，像死去了。白小七有点困倦，打了个哈欠。“您的点子不太靠谱啊，段总。”

“不行吗？那算了。”

小段似乎有点沮丧，掏出手机给正在洗车的工人打电话，可大概对方没把手机带在身上，或者是水枪的噪音太大，总之没人接。他又在车里拼命挥手，可天色太黑，水幕又阻挡了洗车人的视线，压根儿看不到。

这回小段大大地沮丧了：“完了，白姐，咱俩今晚出不去了。”

“得了，那我正好先睡一觉。”酒也喝了，眼泪也掉了，白小七一身疲惫，索性把外套一拢，合上了眼睛。

隐隐约约中，她听见小段说：“白姐，你一点儿都不像个女记者还是编辑什么的。”

“那像什么？”

“像个傻妞。”

这对话之后，白小七真的睡着了。

醒来时，白小七还在车里，身上披着一件带铆钉的皮夹克。

汽贸城一片沉寂，各个门面都打了烊。她迷迷糊糊下了车，推车行的门，没锁。修理间灭了灯，工人们也下班了，只有小段的办公室透出灯光。

白小七站在办公室门口，“当当当”敲了三下。

“醒啦。”小段正打着某种激烈的游戏，电脑音箱里传来乒乒乓乓的利刃碰撞声。小圆在沙发上躺着，向白小七微抬了惺忪的眼睛，摇了几下尾巴。

白小七把小段的外套搭在沙发上：“时间不早了，我先走了。车弄好了，你给我发微信打电话都行。今天谢谢你啦。”

小段叫住她：“大半夜的，你往哪儿走啊？”

“废话，当然是回家。”

小段站起身，穿上外套：“不成，我先带你去个地方。”

白小七夸张地将双手捂在胸前：“你想什么呢，我可不是那种人！”

“你想什么呢，接着！”小段扔给白小七一个摩托车头盔。

小段走出办公室，开了摩托车陈列室的灯，绕一圈，停在一辆黑色大摩托车边上。“就它吧。”说完，他冲还站在办公室门口的白小七吹了声口哨，“愣着干吗呢？傻妞，上车！”

白小七没动。十几年没听人吹过口哨，何况是听小段这种如假包换的帅哥吹口哨，她一时间有种穿越感，没缓过来。

“怎么了白姐？你怕啦？”

“我呸！”白小七跨上摩托车，“段总，咱们去哪儿？”

小段的话从头盔里传出来，瓮声瓮气的：“我还就不信了，今天必须让你看见雨！”

话音未落，摩托车“呜”的一声飞将出去。白小七猛地抱紧小段的腰。

摩托车上了内环路。

白小七印象里，内环路是乱糟糟的，满是运货的大车，硕大的轮胎卷起尘土，足有一人高。没承想深夜的内环路这么安静，而且干净。内环路边上栽种着各种植物，风贴着脸擦过去，留下一层好闻的青草味。

“我晚上睡不着的时候，就绕着内环路这么跑！”风声大，又戴了头盔，小段微微偏了头对白小七喊，生怕她听不到。

“可是这儿也没雨啊！”白小七喊回去。

“别着急啊！你看看风景！”

“这儿也没什么风景啊！”

“就快有了！”

一会儿，出现了一辆电动车，贴着路边慢悠悠地行进。

小段把车速降下来：“你看看他车上的花！”

要是小段不提醒，白小七还真没注意——以这两辆车的速度差，本该“唰”一下错过才是。电动车后座上搭了个小架子，放着康乃馨、雏菊、栀子之类，品相已经不太新鲜，想来是在路边摆了一天没卖掉，如今收摊又要载回去。

“你喜欢吗？”小段问。

“喜欢什么？”

“花！”

这回小段是冲着骑电动车的人喊了：“老弟，收摊啦！”

“是啊大哥，又碰见你啦！”

“你把车停下，我看看你的花！”

“好嘞！”

果真都把车停了，小段让白小七挑一束。就着路灯的光，白小七看哪个都觉着喜欢，何况本来剩下的花也不多了，全加在一起也不过一大束。

“算了，我都要了。”小段豪迈地掏出钱包。

“哟，那可太好了！”卖花的小伙儿看起来顶多20岁，面孔黑黝黝的，一脸憨笑，“哥，咱俩总在路上碰见，也算熟人了，你就20元钱都拿走吧。”

“别别别，该多少是多少，你也不容易，天天半夜才回家。”小段掏出100元钱塞给他，“别找了。”

“哥，你真是敞亮人！”小伙儿乐得合不拢嘴，又对白小七说，“老在收摊的时候碰见哥自己骑摩托，今天总算带了个美女……美女，你回家赶紧把这些花插好了，要不然容易蔫……”

白小七捧了满怀的花，正美呢，一听这话，斜了一眼小段：“不会吧段总，你看起来不像是条单身狗啊。”

“啊？什么狗？”小伙儿没听懂。

“没事没事，谢谢你兄弟，今后我争取常带我媳妇光顾你生意，快回家吧。”

“谁是你媳妇啊，我是你姐！”白小七竖起眉毛。

“对对，现在就流行姐弟恋。嘿嘿。”这回小伙儿听懂了，“你看嫂子气的。嫂子你别气，你看哥对你多好。嘿嘿……”

白小七百口莫辩，懒得再说什么了。

小伙儿骑着电动车走了，小段还嘿嘿嘿乐个没完。

“笑个屁啊，你，快走，我要回家！”

“你看你，生什么气啊？这不就是开个玩笑吗？”

“有你这么开玩笑的吗？谁是你媳妇啊？”

“那不就是个称谓吗？”

“孙子还是个称谓呢，我说你是我孙子，你乐意吗？”

“哈哈哈哈哈……”小段又跨上摩托车，“别生气啦，我孙子他奶奶！走，我带你去看雨！看完雨送你回家！”

花的香味和着青草的香味，让摩托车后座上的白小七有点心旷神怡。在这样起起伏伏的一天之后，这种放松和快感，实在在她的意料之外。至于小段为什么对她这么好，又为什么开那样的玩笑，虽然蛮值得深究一下，但是她懒得深想。饮食男女，关系不过那几种形态，白小七是明白的。也许小段对她有好感，也许不过是随口说说，这都不能说明什么问题，白小七只把小段当成一个小兄弟。

摩托车又呜呜呜地行进了一会儿，前方突然出现一辆慢悠悠移动的洒水车。

白小七突然明白了，这就是小段所谓的“看雨”。她刚想吼一句，让小段离洒水车远点儿，可是已经来不及了。

小段故意把摩托车开进洒水车的射程以内，两人很快都淋了半身的水。

“有病吧，你！”白小七一说话，水直扑到她的嘴里。

“哈哈哈哈……”料想小段也一样张不开嘴，但他还是艰难地说，“你不是要看雨吗？”

“快开走！”

终于在一处大桥下停了车，白小七把花束放在草坪上，散开已经湿成一缕一缕的长头发。脱了外套拧两下，居然拧得出水来。

“都怪你，我衣服很贵的！”

“有多贵？”小段靠在桥墩上看白小七整理她自己。

“我这都是阿玛尼！香奈尔！范思哲！巴宝莉！”

“你就这么拧阿玛尼？”

“你管呢！”

小段走过来，拨拨白小七的湿头发：“白姐，我能亲你吗？”

白小七的心翻了个个儿。一切比她以为的要严重一些，也太快了一些。她决心打个哈哈，让两人以后都别太尴尬。

“我们那年月都得先问‘你愿意做我女朋友吗’，你们小孩现在都流行这样了？”

“哦哦，是我不对。”小段退后两步，从草坪上拿起那束五颜六色、品种繁多的花，“白小七小姐，你愿意做我的女朋友吗？”

“当然不愿意。”她想方设法不跟小段对视。

“为什么？”

“因为我比你岁数大。”

“现在都什么年代了……”

“那也不行，我喜欢比我老的。”

“没事，我会变老的。”

“不管到什么时候，你也比我年轻，这事改变不了。咱俩这样当朋友不是挺好吗？把事情搞那么复杂干吗呀。”白小七转到哪个方向，小段就跟到哪个方向。最后，白小七被小段逼到背靠桥墩，无处可躲。

“是我傻还是你傻呀？当朋友，我需要对你这么好吗？我这不是明晃晃在追你吗？”

“你不傻，我傻，我老年痴呆。你快去找小鲜肉吧，等待你的是美好的大森林。”

“不成啊，我就喜欢老腊肉，我就喜欢在一棵老歪脖树上吊死。”

“你才老腊肉……”

白小七正要怒斥小段，却被小段俯身压在桥墩上。

“你这人优点是话多，缺点也是话多。”小段的脸离白小七太近太近，她看到他的一双大眼睛，睫毛长长弯弯的。

“白姐，我要亲你了。”

白小七已经躲了小段一个星期了。

内环路看雨之后，白小七开着修了一半的车回了家，从此再没有出现在车行。小段发过微信，她没回复；打电话，她也没接。

倒不是因为那个吻而动了真气，而是白小七没法把小段当作一个有可能性的对象去考量。因为年龄的关系，她对他是存着成见的，她预先认为他必定是孩子气的、三分钟热度的、简单冲动的，连他对那个唐突的吻的抱歉，在她看来，也是年轻人的用力过猛。依着白小七的想法，小段对她这个“姐姐”投射的热情该会很快冷却，所以她唯一需要做的，就是给他足够散去热情的时间。

碰巧有个采访需要出差，白小七火速打点行装，并特意在微信朋友圈里上传了在外的种种动态，以表示她对小段的避而不见事出有因，并不生硬。

在她上传出那几条状态之后的晚上，小段发来微信：“在外地要好好照顾自己，如有险情，请拨打英雄救美热线：136××××××××。”那串数字是他的手机号。在这之后，又追加了一条白小七出差城市的天气预报。

在遥远的南方城市的酒店里，窗外下着雨，白小七正在整理资料，窗帘后的光依然随着车流的往来明明暗暗。白小七很想回给小段："敢情您还盼着我有险情啊？"或者"我这儿大雨哗哗的，您那什么天气预报啊，还好意思写晴。"

字打出来，删掉；再打，再删掉。

白小七很恨自己这样，因为如果小段正盯着微信页面，就会看到对方在输入文字的提示，却没有一个字。如果小段是个足够敏感的人，也会察觉白小七的纠结犹豫，欲迎还拒。

可是，像小段这样的男孩，何愁没人来爱？他真是没必要蹚浑水——白小七毫不客气地如此自我评价：一摊浑水。她是个千疮百孔的人，有太多无法消化的傲慢和偏见，势必会带入今后的感情中，这对小段不公平，对今后任何一个与她走入一段新关系的男人都不公平。不过如果对方是个与白小七旗鼓相当的有过去的人，她或许能稍稍心安理得一些。

小段应该结识一个二十出头、单纯可人的年轻姑娘，两个人轻装上阵，踏踏实实地相爱相杀，而不是跟白小七一起，从一开始就被动地背负她那些沉重的过去。

白小七这样想着，把自己和手机一起扔在床上。头埋在枕头里，像是要把自己藏在世界的角落里。然而，南方雨天湿漉漉的气息无孔不入，太轻易地唤醒了并不算久违的记忆：去看雨的晚上，大桥下，湿漉漉的头发，湿漉漉的衣服，湿漉漉的长睫毛，湿漉漉的吻。

出差回来第一天，白小七几次经过王早的工位都没见着人。中午在食堂吃饭，听同事聊天，才知道王早告了假，说是去拜见未来丈母娘了。又有人神神秘秘地说王早好像要跳槽。

"跳哪儿去？"

"据说要去晚报。"

"小七，你跟老王关系最好了，透露透露。"

"这事我真不知道。"白小七尴尬地笑笑。

"别闹了，你们俩天天在一块儿，你肯定知道……晚报现在效益好吗？"

白小七草草吃完了这顿饭，米饭嚼起来像是塑料，又涩又硬。

王早之前跟白小七说过要去佳薇家拜见岳父岳母，事不宜迟，所以请假也正常。以王早的资历，跳槽到晚报也不是没有可能……白小七试图理性地分析收到的信息，最终却发现她的关心完全没有落点。无论王早去干什么了，他都没有跟她打招呼，他不需要她的建议，也不需要她的关心。佳薇和王早就这样消失在白小七的生活之外，像未曾出现过。

以往的午休时间，如果没有班要加，王早都会来白小七的工位，两个人天南海北地扯一会儿。如今白小七却只能傻坐着，随手点开网页，假装在关心世界风云。

面前的座机突然响了。“小七，有人找，我安排她在小会议室等你了。”是前台。

“什么人啊？”

“应该是来做情感倾诉的。女的，三十多岁。问了姓名，没说。估计不想透露吧。”

“好，谢谢，我马上过去。”

小会议室的门虚掩着，一个个子不高的瘦女人站在窗口，背对着门。头发乱蓬蓬地束成一个毛糙的发髻，上身穿一件宽大的砖红色毛衣，下身是垮垮的牛仔裤，运动鞋。这身衣服草率邋遢得让人没心思评价好看难看。白小七猜想她可能失恋，可能失婚，或者遭遇了其他人生变故，因此暴瘦且无心购置合身的新衣裤。她的确具备一个情感倾诉者的特征。

白小七轻敲了一下门：“你好。”

那女人转过身来。

是邱慈。

白小七一脚门里一脚门外，不知如何进退。

是谁说“总有最艰难的第一次”？这话实在不适用于当下的情境。第一次见面，白小七掏出钥匙开了吉普的家门，与邱慈正面交锋，虽然尴尬凶险，但毕竟当时两人都蒙在鼓里，稍加斡旋，调和一点涵养，便不至于刀兵相向、破口大骂。可之后的发展，白小七无疑是理亏的，她自知对不起邱慈。

邱慈当然有理由怨恨白小七，不然白小七不会在去沙漠的路途中接到那样的短信，也不会在徐正的节目上被邱慈隔空质问。白小七的工作性质决定了她几乎是半个公众人物，邱慈想追踪她的行踪，想来并不会很难。

白小七的脑袋像被人塞进一台破电风扇，嗡嗡嗡，噼噼啪啪，响个不停。

几分钟之后，邱慈会愤怒吗？会痛骂吗？会大哭吗？会撒泼打滚打烂手边所有东西吗？

如果不会，她来这里做什么？

一万句话堵在白小七喉咙里，却一个字也说不出来。该说什么呢？“我跟陈朗已经彻底结束了，以后也不会再有联系，你可以放心”，“对不起，过去的事是我不对”，“请不要在这里闹，我们出去找个地方说”……每一个选项都如此可耻可怜，白小七说不出口。

邱慈望着白小七，白小七也望着邱慈。没有言语，没有礼节性的微笑，没有“请坐”，她们的目光中包含着太复杂的情感，悲欢离合，爱恨情仇，杀伐决断，似都在这无声的凝视中生生灭灭了多少轮回。

“坐吧。”到底是白小七先说话。她同时飞快地瞄了一眼会议桌上的花瓶——要是邱慈突然发怒，保不齐自己就要被这个花瓶砸破了相。

邱慈在就近的椅子上坐下。白小七回身关了会议室的门，也坐了。两个人之间正好隔着长圆形的会议桌一端的整个弧度，就一场交谈来说，有点远了。

但邱慈貌似并不介意，或者说，她根本无心介意这些。她两只手握着面前的纸杯，纸杯里盛着前台给她倒的白开水。她并没端起来喝，只是握着。本来做好必死准备的白小七看着邱慈微微抖动的双手，好奇几乎盖过了恐慌：邱慈为什么这么紧张？她有什么必要这么紧张？

白小七忍不住又看了一眼会议桌上的花瓶，暗想用身体的哪个部位去挡，伤害才可以降到最小。

“陈朗他……”邱慈抖了又抖，终于抖出三个字。

“我想你可能是误会了，我跟陈朗已经没有瓜葛了……”

“我知道！但是现在他有难，我真的不知道该找谁……”邱慈的声音抖得越发厉害，带着哭腔。

“他怎么了？”白小七不再关注花瓶了，“你说清楚一点。陈朗怎么了？”

邱慈的两行眼泪啪嗒啪嗒掉下来，砸在咖啡色的会议桌上。

一直到白小七开车送邱慈回家的路上，邱慈也没能把来龙去脉说明白。

邱慈久久无法从混乱的悲痛中缓过劲来，白小七的耐心就要透支殆尽的时候，前台敲门："不好意思打扰一下……小七，主编找你开会。"

"好的，我把这边处理一下，马上过去。"

白小七给邱慈的纸杯加了一点温水，说："你在这儿等我一下，我开完会就回来。"

没承想，会一开就是一下午。

等白小七急慌慌从主编办公室跑出来，大部分同事已经下班了。一路走向小会议室，白小七的脚步快了又慢，慢了又快——邱慈会不会已经走了？她走的时候，会不会以为白小七是故意晾着她、臊着她，再不回来了？反正在邱慈心里，白小七总归逃不出是个坏女人吧？她大概很后悔自己猪油蒙心，居然向白小七求助吧？

喘了一口大气，白小七推开小会议室的门。

北方的秋天，过了下班时间，天色已经暗了。邱慈还坐在原处，双手握着纸杯，虽然纸杯里的水应该早没有热度了。房间没开灯，可邱慈抬眼看白小七时，哭肿的双眼还是闪过了清清楚楚的希望的光亮："忙完啦？"

"嗯，我们走吧。"

晚高峰，车流在街灯下纵横交错。

邱慈的心绪看起来已经平复多了，可她出口的第一句话就让白小七差点儿撞车。

"陈朗强奸了一个女的，被讹上了。"

白小七突然爆粗，大概把邱慈吓着了，没敢继续说下去："你接着说。"

"但他跟我说不是强奸……"

"那到底是不是强奸？"

"他说不是，但那女的说是，那女的好像报案了，好像还取证了……"

"什么叫'好像'报案了、'好像'取证了？"

"他也没说明白……"

“那现在立案了吗？”

“好像……”

白小七恨得牙根痒痒：“有没有什么准谱的消息？”

“陈朗跟我说，这事跟他没关系，是另一个女的搞出来的，他很确定。”

“跟他无关？他敢说他碰都没碰那女的一下就被讹上了？隔空打牛吗？”白小七冷笑。

邱慈沉默。白小七旋即意识到自己的失言。吉普毕竟是邱慈的丈夫，二人一荣俱荣一损俱损。所以无论他如何地伤害、背叛她，她又怎样用冷暴力牵制他留在这个家里，可真出了事，她还是为他四处奔走的那一个，哪怕能力有限，收效微薄。在另一个女人面前，邱慈未必乐于说陈朗的不是。

算了。白小七主动翻过这篇：“什么叫另外一个女的搞出来的？是说幕后有人指使吗？”

“对，他说是有个女的报复他。”

“知道是谁吗？”

“叫颜嫣。”

白小七脑袋里的破风扇又开始转了。颜嫣——全世界都以为这个人早就无比潇洒地转身远走，没承想她比谁都稳、准、狠，卷土重来，一棍子打在吉普的七寸上。

邱慈接着把她听来的故事讲完：吉普在酒吧喝多了，碰巧一个姑娘来撩拨他，吉普迷迷糊糊带她去开了房。第二天下午接到她的电话，说报案了，而且取证了，让吉普等着当强奸犯，蹲大狱。

这真是个太适合发生在吉普身上的、让人反胃的故事。白小七强忍着恶心，帮邱慈分析事态：“她说强奸就强奸？她有证据吗？她身上有伤吗？”

“他说，本来他也没放在心上。可挂了电话之后，她又发来几张照片，有身份证的截图，显示未成年；还有她身上的几处伤——陈朗说，他能确定这些伤千真万确跟他没关系，是有人故意搞出来要陷害他的。”

白小七脑袋里的破风扇飞速旋转，像要带着她就地起飞，她简直感觉到后脑正在冒出滚滚黑烟。正好赶到一个十字路口，白小七盯着硕大的绿灯，猛踩油门，打算一冲而过。

当此时，白小七的左侧突然冒出一辆商务车，速度非常快。踩刹车已来不及，转舵也是白费，趁着邱慈哇哇尖叫的当儿，白小七再次抬眼确认了头上的绿灯。

两辆车结结实实地撞在一起。

白小七把车熄火。问邱慈：“受伤没？”

邱慈还没缓过神来，摸摸脸，摸摸胳膊，又摸摸腿：“好像没事……”

“这时候就别好像了。”白小七解开安全带，见商务车上下来好几个膀大腰圆的男人。“这帮孙子，他妈的闯红灯。”她一边掏出手机准备报警，一边跟邱慈说，“你给陈朗打个电话，让他过来，最好再多带几个人，我看这几个男的不像善茬儿。”

“啊？陈朗他跑路了……”

“什么？”

“他怕警察找他，跑路了，我也不知道他在哪儿……”

白小七又爆了一句粗口。她推车门想下车，一下，没开；两下，还是没开：“你看看你那边的车门能不能打开。”

邱慈努力推了副驾驶的车门一下，也没开。

白小七都要被老天爷怄乐了：“这下好了。”

正愁无处求救，电话响了。

“你……不接啊？”邱慈看看唱个不停的手机，又看看白小七。

“爱谁谁吧！”白小七把电话接起来，“段总，我撞车了，现在淮海大街和三水大路交会处，有点严重，前面两侧车门都打不开了……人没事……真没事……你别急，你先听我说！对方是辆商务车，闯红灯，好几个老爷们儿，看着不像善茬儿。你要是方便，能不能过来一趟……最好把你车行的人带几个过来……”

“知道了！你看看身上有没有伤，别傻了吧唧的！我马上过去！”小段的声音漫过手机听筒，响在车厢里。

“你才傻了吧唧的。”电话已经挂掉了，白小七冲手机翻了个白眼。

商务车上的一个男人来敲白小七的车窗。白小七示意他车门打不开，让他等一下。

邱慈看看白小七的手机，又看看她：“男朋友？”

“嗯。”白小七随口应了一声。

小段比交警来得更快。他直奔白小七的车，握住车门把手，猛地一拽——“咔”，门开了。

“这不科学啊！”白小七死盯着被打开的车门，半天没回过神来。

“快下来！”小段吼道。

白小七这才感觉腿有点软，几乎是滚下了车。“你喊什么呀？你刚才说谁傻了吧唧啊？’双脚踩在地上的感觉真好，白小七在捡了一条命的陶醉之后，马上开始兴师问罪。

“白姐，你吓死我了！”小段一把抱住白小七。年轻有力的臂膀像是螃蟹的大螯，箍得白小七动弹不得。

小段怀里的白小七像一根直挺挺的木桩。她伸出手指戳戳小段的后背：“段总段总，咱能待会儿再煽情吗？你看我这不是还健在吗？俩事：一是车里还有一人出不来；二是咱还不知道对方认不认全责，报没报保险呢……”

小段的脸从白小七肩膀上方移回来，脸那叫一个臭，耷拉得跟印度飞饼似的：“我就一事：老腊肉就是没情调。”

说完，他绕到副驾驶，一拽，“咔”，邱慈也得救了。

“哥儿几个，走。”小段叫上一直在他身后待命的车行的兄弟们，走向了商务车。

白小七这才有机会跳到车前：“车头都撞成屎了，修车得多少钱啊……好在对方全责。”

她身后的邱慈说：“你跟你男朋友挺般配的。”

“他就一小孩儿。”

“他挺在乎你的。”

“就那么回事吧。”

“他刚才都快急哭了，你没看出来？”

两伙男人已经绕到商务车后面去了，白小七看看邱慈，露出不可置信的表情。邱慈在夜风中拢拢头发，冲白小七笑笑。

是不是男朋友且不说，但小段的适时出现，的确让两个各怀心事的女人安下心来——白小七突然想到，这是她第一次看见邱慈笑。

吉普的烦心事让邱慈暴瘦之后，她的轮廓深了一些，眉眼似乎没有那么淡了，透出点人情味。白小七想，这样一个百无一用的女人来向你求助，其实是很难让人说不的，虽然她还不清楚邱慈到底需要她做什么。

处理完事故，时间已经很晚了，小段开车先送邱慈回家。

到吉普家小区门口，白小七跟小段说："你先在车上等我一下，我跟我……姐，说几句话。"

两个人下了车，邱慈说："我把Happy送到一家宠物店洗澡去了，就在附近，你陪我把它领出来吧。"

白小七问邱慈："你今天来找我，是需要我做什么？"

"你认识的人多，我想你可能认识懂法律的人，能帮帮他。"邱慈的脸上不再有笑容，恢复了惶恐无助的神色。

白小七很想扔出一句掷地有声的话，比如："跟陈朗的事，我也是受害者，我好像没有这个义务。"再比如："这是你们的家事，跟我有什么关系？"又比如："我看陈朗就是活该，应该给他点教训。"或者索性来句狠的："他出了这么恶心的事，你为什么还帮他？为什么不跟他离婚？"

可她最后只是问邱慈："他不在，公司怎么办？"

"他说他走之前交代好了，我也不清楚……他的事情我本来也不问。"

邱慈进了宠物店，白小七在门口等。她突然忐忑起来：Happy会记得她吗？是不是以为她跟吉普的其他女人一样，只是短暂地出现一下就消失了，无关紧要，所以对她爱理不理？

说到底，Happy不过是一条狗，白小七何以如此紧张？她自己也觉得荒唐。大概狗的感情是不瞒人的，亲就是亲，疏就是疏，太纯粹，才让人怕知道答案，不敢去窥破。

但Happy没有给白小七太多纠结的时间，它一看见白小七，便呜的一声扑在她身上，前腿离地，搭在白小七胸前，像是给她一个硕大的拥抱。它一边努力去蹭白小七的脸，一边发出撒娇的叫声。

没有比这更明显的示好了。它是记得她的，甚至念着她，它是爱她的。

"Happy跟你真好啊。"邱慈说。这话半是感慨，半是醋意。在Happy

面前，人的情感尤其显得有太多杂念、利益、计较。

白小七也抱住Happy，姿势虽然诡异，但是心里是热的。Happy记得她，是因为她曾交付给它的那些寻常陪伴，还是它记得吉普被打的那天夜里，白小七怎么唤回它，带它在派出所外边守了半宿，又怕它睡不好，开车特意把它送回办公室的情谊？可是对当事的人类来说，这些事提起来，已经恍若隔世。

邱慈为Happy拴好项圈，白小七转身而去，没有跟邱慈告别，邱慈也没有叫住白小七要一个是或否的答案。白小七耳后传来Happy嘤嘤的呻吟声，像在哭泣。

回家的路上，小段问白小七："今天吓着了吧？"

"还行。"

"车的事你不用管了，等搞定了，我把车给你开过去。"

"谢谢啦。"

"跟我就甭客气了。"

其实白小七的心思压根儿没在这对话上，她还在想着要不要应下邱慈的求助。这件事从道义和逻辑上都是两岔的：吉普骗了白小七，也骗了颜嫣，白小七本来想过报复，最后不了了之，而颜嫣做到了，所以白小七理应拍手叫好；吉普蹲大狱，多少是活该，可这件事最大的受害者是邱慈，而邱慈在整件事情中实在有点无辜。

再说颜嫣这么做，也脱不开白小七的挑唆——白小七当初告知颜嫣真相，是出于好心，还是出于嫉妒，很难说清。白小七已经对不起邱慈，要是邱慈因为这件事半生尽毁，白小七能心安理得吗？

所谓"懂法律的人"，白小七也不过认识一个薛立平。她从来没想过这辈子还会联系薛立平，何况吉普惹下的这档子事实在难以启齿。既然没有必胜的把握，又何必惹一身臊？就算最后成功帮吉普脱险，再与薛立平、吉普扯上关系，真的明智吗？

一笔烂账。

"白姐，我以为我再也见不着你了。"

"怎么会呢？"

“就算不当我女朋友也可以继续当姐，你别不要我就成。”

“别把自己说得那么惨。”

“上次你把修一半的车开走了，我想你是真的生气了。”

“我主要是着急用车。”

“这回你不用着急了。”

“可不嘛。”

两人的话围着一个点转圈，谁也不往上说，可绕来绕去又绕不开。

“我问你个事，你帮我参谋参谋。”白小七试着结束这种尴尬的公转。

“你说。”

白小七把吉普的事换了一种模糊的说法，只说“我有一个朋友”遇上点麻烦事，这个“朋友”跟我有过不浅的过节，已经不联系了，可万一他有事，他家里人就遭殃了，因为全家人都靠他养活。而且他这个麻烦事，跟我还多多少少能沾上点干系……总体来说就是：我到底要不要帮忙？

“帮忙的话，你有几成的把握？”

“没有把握，只能是找找人，试试看。”

“你不帮的话，觉得他能过这个坎儿吗？”

“够呛。”

“也就是说，帮的话，可能还有一线生机；不帮，他就死定了。”

“差不多吧。”

“我说句话你别生气——你这朋友什么人啊，自己一点儿人脉没有啊？干吗非找你不可啊？”

小段的话提醒了白小七。以吉普的社交圈，应该也不愁找不到法律援助，犯得着公司都不要了跑路吗？这事不会是假的吧？不会是吉普实在甩不脱邱慈和这个家，自己编出来的吧？

“你说得很有道理。”白小七对小段表示赞赏。

“我就那么一说，可能说得一点儿不对。我只是觉得男人应该管好自己的事，最好连女人的事一起扛了，怎么能有事没事找女人给自己挡雷呢？”

“哇，感人。”

“你就别损我了。”

“我真觉得你说得挺好的，这种男人宣言我已经好些年没听过了。”

“我现在这么空口白牙的，你也不一定信，看我行动吧。”

“看什么行动？不是说好了我当你姐吗？”白小七感觉自己又掉沟里了。

“我是说如果没可能当女朋友，那只好当姐。现在看不是还有门儿嘛。”

“有门儿也不一定走得通，你看今天俩门儿都拉不开了。”

“可我一到就拉开了。”小段冲白小七眨眨眼睛。

又是那一对大长睫毛，白小七深呼吸深呼吸深呼吸，反复三次，才没让自己登时回想起大桥下那个长吻。

“白姐，今天撞车那一瞬间，你想到什么了？”

“想再看一眼信号灯，确定不是我的责任。”

“脑海中就没浮现出哪张脸吗？”

“没。”

“心里就没呼唤个人名什么的？”

“呼唤了，但不是人名。”

“那是什么？”

“孙子！闯红灯！孙子！是人吗？”白小七咬牙切齿。

小段沉默了一会儿，无奈地说：“反正你没想起我。”

白小七没言语。

“不过好在你也没想起别人，所以我还是有戏的。”

白小七觉得莫名其妙：“我干吗一定要想起谁呼唤谁啊？我看起来有那么言情吗？”

“我看书上都说，人在生死的一线之间会想起自己最爱的人。”

“所以说小孩平时不要瞎看书，你那是邪教秘籍吧，留神我举报你。”

小段乐了半天：“白姐，你太逗了。”

白小七却想，也是的，即使在撞上的一瞬间无暇思考，可后来打不开车门的时候，找不到人帮忙壮声势的时候，怎么也没一下子想到谁呢？薛立平当然是个远去的人了；王早和佳薇在外地，就算在，现在这个尴尬的状况，白小七也没法坦然求助；既然邱慈在，叫吉普来的人当然是她，而不是白小七——可是，如果邱慈不在，白小七第一个想到求助的人，会是吉普吗？

过去的情境无法复原，倘若在当下推断，很可能是要给吉普打电话的，虽然不确定他是否方便，这样做是否得体，可危急之中也管不了许多。而如果今天邱慈没有来，白小七不知道吉普最近发生的事而联系不上他，又会不会给小段打电话?

也许会，也许不会。这些都不重要了，重要的是，白小七再次被孤独感击中，甚至比撞车带来的冲击更剧烈。原来她是个形单影只的人，无人求助，无人惦念。

“白姐，女人是需要一个属于她的男人的，哪怕平时看着特碍眼，在今晚这种时候，是绝对有用的——只要你一个电话，那个属于你的男人就会冲破一切障碍来救你。”

“你说的那是孙悟空吧。”

“是我。”

白小七凄然地笑笑：“人是独立的存在，没有谁是属于谁的。”

“你说的是这儿。”小段指指自己的头，又把手贴在左胸口，“我说的是这儿。”

白小七被他的动作逗乐了，不得不承认，小段真的很可爱，温暖、敏捷、英俊，说话虽然贫了点，但真遇到事也不含糊。与薛立平和吉普相处的白小七一直在被撕扯，他们从不过问她如何能将碎片般的意念重新缝合，才能像什么都没有发生一样再次出现在他们面前。与他们相处，是无尽的消耗。而小段则是一个治愈者，三言两语把支离破碎的白小七弥合起来，给她的空油箱加满油，还是97号的。

白小七突然明白了佳薇为什么选择王早。也许并不像白小七想的，是经历多了厌倦了，只想找个归宿，而王早又恰好在手边上。在治愈这种属性上，王早跟小段也许有差不多的功效——他们都不是那种把自己宠坏的人，遇事更能为他人着想，必须有所选择时，更趋向于自我牺牲而不是牺牲他人。他们人畜无害，是真正适合相处相守的人。

车到白小七家楼下，小段停好车。对面的一辆车上突然火光一闪，几秒钟后熄灭了。白小七借着路灯的光瞄了一眼，看出是吉普的车，于是赶紧跟小段告别。小段把头探出车窗叫她：“你这几天没车，上班下班我接送你。”

“不用了，太麻烦……”白小七心想，她跟小段这样对话，吉普必定是看到了。吉普那种浑人，不知道又要怎么折腾。转念一想，看到也好，免得他过分纠缠。

“不带你这样的，卸磨杀驴啊！你得给我表现的机会啊！”小段急了。

“行行行，明儿早上见。”白小七原地挥挥手，“快回去吧，慢点儿开。”

小段的车走远了，白小七才走向那辆她再熟悉不过的越野车。

时隔几个月看到吉普的第一眼，白小七心里一紧。

他的确落魄了。胡茬儿窜出皮肤，在脸上形成触目惊心的一片片阴影。头发也有阵子没洗过，连同身上颜色模糊的衣服，发出难以描摹的气味。原本下垂的眼角更无神，尖尖的下巴更瘦削……看来事情的确很糟。

吉普掐灭了烟，问白小七：“男朋友？”

看得出来，小段的出现让吉普觉得受到了挑衅和冒犯。

白小七太了解吉普，所以不吃这套。她绕到副驾驶位，熟练地一抬腿，上了车：“开车吧。”

“去哪儿？”

“我家还有一处房子空着，你去过的。就去那儿。”

“去那儿干吗？”

白小七看看后座上的铺盖、睡袋和扔得乱七八糟的食品袋、饮料瓶：“让你在人住的地方睡一觉。”

“不需要。”

“别嘴硬，邱慈找过我了。开车吧。”

白小七提到邱慈，似乎让吉普一瞬间泄了气，连同他男人的尊严、对小段这个“男朋友”的不满一起不得不抛掉了。他发动了车。

“天冷了，那个房子阴冷，我爸妈最近很少到这个房子去，你可以先住着。”白小七说。

“不用，我就借住一宿，洗个澡。”

“然后呢，就这么在车上将就？”

“家不敢回，酒店不敢住，也没法买票去外地，怕一亮身份证行踪就被锁定了……不过明天就好了。”

“什么意思？明天你要干吗？”

“走。”

白小七不确定她理解的“走”跟吉普的“走”是否是同一个意思。他惜字如金，该是不想细说，而她现在想的是这件事的疑点太多：这辆车也在吉普名下，如果真报案了，锁定他的行踪并不是难事，不可能像现在这么风平浪静。她有太多问题要问：“你怎么确定是颜嫣干的？”

“邱慈都跟你说什么了？”吉普似乎惊讶于白小七对事态的了解程度。

“有什么说什么。”

“胡闹，她找你干什么！”

“她没什么社会关系，又不好意思跟亲人朋友说，还不是有的没的抓一把。我倒更好奇你来找我干什么。”

“告别。”

知道邱慈找过白小七之后，吉普便没再问起小段，不知是顾不到，还是难以启齿——白小七熟悉的那个吉普，可是连西域的闲醋都要吃的。白小七想，或许他本想跟她有一场云淡风轻的告别，说几句“珍重”“再会”，此后隐姓埋名，动如参商不相见，可邱慈先他一步的举动，让他再不能做什么好看的姿态了。

此刻车厢中的沉默，既是吉普的崩塌，也是白小七的失守。吉普的出现带给白小七的震动远大于与邱慈的半天对话。他就那么活生生地戳在你面前，把他的虚弱、胆怯、落寞赤裸裸地亮给你看，这太残忍，太让人难以拒绝了。

她因此感激他说的只是告别，而不是求助。此刻的不说，是最大的成全。

车经过一家24小时便利店，白小七说：“你把车停路边，我去买点儿东西。”

进了屋，吉普直接冲进浴室洗澡，白小七把买的几样东西归置好，进了厨房。

吉普走出来的时候，白小七正一边做饭一边给家里打电话："妈，我今晚在佳薇这儿住，嗯嗯，我正给她做夜宵吃呢……"

她回身看见洗完澡还穿着旧衣服的吉普，便指指沙发——那儿有她刚才给他买的换洗内衣、睡衣睡裤，已经拆了包装，码得整整齐齐。衣服上面还摆着一把崭新的剃须刀和一支牙刷。

吉普把自己打理停当再次出现时，白小七刚好把一大碗西红柿牛肉面端上桌："这么晚了，买不着什么新鲜菜，凑合吃吧。怎么也比你这几天吃的那些垃圾食品强。"

吉普像是刚被领养的小猫小狗，是初来乍到的愣怔，满脸掩饰不住的疲惫呆滞。即使洗了澡，剃了胡子，换了衣裤，吉普的身形依然比先前白小七认识的他委顿太多，消弭了的，是本来膨胀满溢的男人的精气神。

白小七不忍心再看他，回身打开冰箱："喝点什么？汽水还是啤酒？"

吉普没理会这个问题，而是一把在背后抱住她。

这个怀抱太熟悉，也太陌生。他抱着她，像拥抱一个至亲，真切、热烈，与情欲全无关联。

"小七，谢谢你。"

"饮料太凉，别喝了，还是吃面吧，我再给你多盛点儿汤。"白小七关上冰箱门。

这顿饭吃得安静，甚至肃穆，甚至尴尬，甚至凄凉。吉普吞咽得斯文缓慢，大概把这个夜晚当作最后的告别，生怕今后一帧帧回放时有任何瑕疵。白小七也小心翼翼，她在问与不问间徘徊。知道越多，则负担越重，越难以在这件事中脱身，即使过了这一夜，他走了，她也难免一直挂念着，把所知来来回回地推导分析，悔恨于为什么没有为他做最微弱的努力。可是不问，又实在憋了太多疑点在心里。

"你多吃点儿，我去把客房给你收拾出来。"受不了沉默的消耗，白小七起身。

晚些时候，白小七把吉普安顿在客房，自己靠在卧室床头发呆，突然想起应该告诉小段明天早上甭去家里接她上班了，又怕时间太晚打扰他休息，于是发了一条微信过去："睡了吗？"

小段秒回了微信："还没睡。给你打电话方便吗？"

白小七还恍恍惚惚的，回了个"嗯"。

小段的电话很快打来了："怎么了？心情不好了？"

"没啊。"

"那怎么又不用接了？不是说好了吗？"

"没事，今儿回家时间太晚，我琢磨怕吵着我爸妈休息，就到我家另一个房子住了。这儿不太好找，你没来过，别折腾了。"

"哦。"

白小七听出小段声音中的落寞，于是岔开话题："哎，我说……"

"啊？"

"之前我跟你说那个事，你还没说你的意见——帮还是不帮？"

"这个事我还真想了。"小段说，"说实在的，要从现实利益考虑，当然是不帮省心又省事，而且你也没有义务帮，不过……"

"不过什么？"

"不过从你的性格考虑，还是帮吧。"

"我的性格？好像你很了解我似的。"白小七失笑。

"我料到你会这么说。"小段听起来很坚决，"你肯定想：'你才跟我见几面啊，就了解我性格了？'没错，咱们俩认识时间确实不长，不过我做出这个判断是有依据的。"

那你说说看啊。白小七心想。

"咱们俩认识那天，你的表现就不用说了——没撒泼，没得理不饶人，更没讹我，你的心思都在小圆身上，所以你这人不坏。后来我给你修车，你坚持要给我钱，说明你不贪。再后来，我追你，你明里暗里都拒绝我，没搞暧昧，也没借机臊我，证明你没有一些女人身上的臭毛病……"

"那可不一定。我今儿撞车不就找你了？这不也是利用你吗？"

"我不这么想。你能在危急的时候想到我，是我的福气。"

小段明明是在夸白小七，可她一点儿不想领情。因为如果认同他的话，就等于基本认同了他对她的追求是有理有据而不是一时冲动，所以白小七决定强硬到底："你忘了中间你还陪我吃过一顿饭。"她指的是佳薇酒后大闹的那一场。

"我没忘。"

"两个我最好的朋友都这么说我，你就没有疑问吗？"

"我记得王早哥在吃饭的时候夸了你半天。"

"原来你的记忆是选择性的。"

小段叹了口气："白姐，你让我买的那份晚报，后来你扔在车里了，你翻的那个版的那篇报道我看了，我还看到那个版的编辑就是赵佳薇。"

小段居然心细如此。白小七又想起撞车后邱慈说小段急哭了的话，更加觉得愧对他的这番心意。

"虽然我不知道为什么佳薇姐那么生气，不过广播我听了，所以我知道那篇报道的调儿整个儿都不对。"

"嗨，都过去了。"白小七鼻子一酸，冲着墙壁扭了扭脸，克制着。王早和佳薇走后，她没跟任何人提过他们，但心里是惦念的，也是委屈的。一个心怀委屈的人其实要得最少，只是一句公道话而已。

"当时你什么都没说，直接走了，我知道你是在乎他们俩，不想吵。"

"也不是，我确实有事情瞒了王早，不过当时的场合不适合提起来。"

"不是所有事都得摊到桌面上，就像你跟我说的这个事，什么朋友，出了什么事，帮不帮，怎么帮。"

白小七心里一惊："我……"

小段打断她的话头："白姐，等你想说的时候再说，不想说就不说。都成，在我这儿不会影响什么。"

白小七有点糊涂了。她跟小段确实只见了几面而已，可他居然能细致准确地体察她的悲喜和行止，甚至比许多相识多年的人更关心她、了解她。也许她真的错了，也许小段的追求有足够的诚意，她至少应该给他个像样的机会。

"白姐？"

"啊？"

"睡着了？"

白小七听到笃笃笃的敲门声，是吉普把门推开一点，用眼神询问她方不方便。

她摆手示意他进来。“是有点儿困了。你也早点儿睡吧，明天不用接我了。”

“嗯，那你需要用车就给我打电话啊。”

“成。晚安。”

刚要挂电话，小段又喊了一声：“哎，白姐！”

“怎么啦？”

“你这几天要是办这个事，帮你朋友……反正不管怎么着吧，只要有我能做的，你都找我啊，别又不要我。”

“成，找你，有事没事都找你。”小段急成这样，真把白小七逗乐了。如果此刻他站在她面前，她保不齐会抬起手臂拍拍他的头。

吉普坐在床沿上，缩手缩脚，坐姿僵硬。他面冲着墙，不看白小七，一脸打扰了她煲电话粥的抱歉。

挂了电话，白小七问吉普：“怎么啦？客房的床睡不惯？”

“没……”吉普似乎努力在提一口气，“我想跟你说说话。”

白小七试图去理解当下的吉普。无论他对既得的人生有多少不满，如今被动地一并抛了，总是不甘。虽然在这种事上翻了船，也算冥冥中的定数，在情理之中，但情理是情理，人心是人心。

白小七也挪到床沿，与他并肩坐了：“说吧。”

吉普沉吟半晌，白小七盯着自己踩在地板上的光脚，也不说话。她在怕与盼之间徘徊，怕的是吉普突然开口求助，盼的也是他终于开口求助。

“那小子对你好吗？”

“还行。”白小七没有料到吉普第一句会问这个，小段的脸在她脑中一闪，“挺好的。”

“我听他说话的声音，好像岁数不大。靠谱吗？你别又上当。”

说完这句，吉普终于扭头看着白小七。羞愧、关切、心疼、遗憾，都浮现在这张脸上了。“我希望你过得好。小七，我走之后……你一定好好的。”吉普说完又别过脸去冲着墙了。

“我没事，你照顾好自己。”白小七突然想起了什么，“你走了，邱慈怎么办？”

“今天白天我看见她出门了，就回了一趟家收拾了点东西，把要交代的事一条条都给她写了。因为不知道她多长时间会回来，很匆忙，也没来得及换换衣服洗个澡。”

“怎么没见她最后一面？”

“怕她哭，也怕我自己受不了。我们俩恩恩怨怨扯不清，嗨，夫妻嘛……”吉普两只手在脸上抹抹，“房子、几辆车和大部分钱都给她留下了，她就算什么都不干，踏踏实实过下半辈子应该也够。我还在纸上写，说……说别等我了，我陈朗这辈子对不起你。”

吉普两只手捂着脸，迟迟不肯拿开。白小七迟疑了一下，伸出手臂轻轻拍拍他的肩膀。

过了好一会儿，吉普拿开手，一双眼睛通红的。他从睡裤的口袋里掏出一张卡，放在两人之间的床沿上：“小七，这个钱你拿着，当作我对你……”

“你拿走，我不要。”白小七看也不看。

吉普并不让步，把卡向白小七身侧推了推：“钱我分了三份，最大一份给邱慈，我带走一份，还有一份给你。你别推辞，就当是我寄放在你这儿，万一我在外头需要用钱了，也好联系你。”

“都留给邱慈吧，你要用钱就联系她。”

“那是害她。她那个人轴得很，要是知道了我在哪儿，肯定追过来，说不定好不容易有人对她好了，又毁了。”见白小七还不表态，吉普索性把卡塞进她手里，“用开宇的身份证办的，密码是六个六……我知道我欠你的不是钱能……可除了说几声对不起，今后我可能没机会再……”他越说越慌。

白小七第一次见到这样自乱阵脚的吉普，也第一次看到施与钱财的人满脸愧疚。

“好吧，钱我替你保管着。不管你走到哪儿，只要需要钱就联系我。我给你五年——如果五年后你没消息，我会把它交给邱慈。”

吉普无声地点了一下头，又伸手在脸上抹了两把：“谢谢你，小七。”

近乎托孤的气氛把白小七的心塞得满满的。她沉默了一会儿，希望吉普会说些毫无逻辑的指天骂地的话，那才是她熟悉的从不认错也从不认输，梗着脖子作孽，回头还有脸跟你掰扯道理的吉普。如今的吉普温柔了、颓废了、长大了，一夜之间，老了。

“明天什么时候走？”她问他。

“一早就走。明儿我送你上班吧。”

“行，那早点儿睡吧。”白小七站起来，似乎从她的卧室到客房这几步路也需要郑重相送，“我刚才在便利店买了吃喝，明天都给你带着。”

吉普坐着没动：“小七啊……”

“啊？”白小七突然意识到他还有话没说，她的一颗心被揪起来——是她的送客太唐突了吗？“你说。”

“我……我今晚能睡这屋吗？我保证我什么都不干！我就是想……明天我就……”吉普又慌了，舌头几乎打结。

白小七愣了一下。心被揪的这一下，比意料中更疼。

夜真安静，彼此呼吸的起伏听得一清二楚。白小七知道吉普睡不着，但她不知道该跟他说什么，只好半眯着眼睛，任时间一分一秒地流走。

“我前几天去看了一次我妈。”吉普突然说。

“嗯。”说吧，说点什么都是好的。

“我妈说舍不得老邻居，所以住在老房子，谁劝都不搬。这次出事，我怕事情难料，就抓紧时间去看了她一次。”

“嗯，她身体怎么样？”

“好着呢。要说我妈呀，那真是神人……”说起妈妈，吉普滔滔不绝。他说老太太神通广大，年轻的时候就泼辣，岁数大了更厉害，当了老年治安队的队长，那些离退休的老干部无论在职的时候多权倾一时，现在都唯老太太马首是瞻。最近老年治安队的任务是守护江边的菊花，但在老太太的指挥下，队员们监守自盗，把菊花都拿回家做馅儿饼了。

“哎哟，我一到家，我妈就拿出一盘馅儿饼让我吃。‘儿子，快吃快吃！’”吉普学着老太太说话的情态，边说边忍不住笑。

“就没人管他们？”

“有人管啊。可刚问了两句，老头老太太们就争着说：‘不行了，我血压上来了。’‘啊呀，我晕了。’‘我的速效救心丸呢？’……你说，谁还敢往下问啊？”

“牛。”

“可不嘛！我劝我妈，说：‘您别这样，您要是想吃馅儿饼，我给您买不就得了。’结果她说：‘你小子都吃了一盘馅儿饼了，才说不好，那你倒是吐出来啊！’”

吉普笑着笑着忘形了，手臂搭在白小七身上。他马上意识到不妥，要抽回手臂，白小七却拍拍他的手。她想让他踏实一点，让此刻心无挂碍的快乐再延续得久一点。

吉普紧张的手臂放松了，搭在被子上：“我真舍不得我妈。我妈那个人啊，狠起来真狠，但对你好就特别好，就非常像……你。”

“像我？”白小七没料到话题会转到她的身上。

“嗯。其实我也很多次想过，我这么渣的一个人，为什么独独对你动感情。结论就是，你跟我妈特别像。”

“哪儿像啊？长得像？”

“烦人，不是。”吉普用手指在白小七额头上弹了一下，疼得她嘴里“嘶嘶”的，“你们身上都有一股劲儿，我特别喜欢。”

白小七还沉浸在疼痛中，一只手来回揉着额头：“有毛劲儿啊！有劲能让你丫弹了？”

“哈哈哈哈……”吉普放声大笑，“你们身上那股劲啊，就是敢上九天揽月，敢下五洋捉鳖。我小时候就觉得，只要有我妈在，我绝不会受委屈，我妈就是天……”

吉普不再说下去，摸摸白小七的额头：“还疼吗？”

“不疼了。”

“小七，跟你在一起这段时间我很开心，非常开心。我记不得我多久没这么开心过了……你怨我恨我，都是我活该，是我对不起你……以后我不在你身边了，你好好的，找到个好人才能嫁，别总那么傻……”

白小七知道，说笑的时段过了，吉普记起了当下的境况，又会说些让人难过的话。在未来漂泊的岁月里，他有大把时间用来自省，不必让今夜耽于痛苦。

“睡吧，打呼噜小点儿声。”她打断他的话，想让气氛轻松一点儿。

“没事，我侧着睡，我侧着睡一般就不打呼噜了——邱慈说的。”吉普一边慌乱地说了这番话，一边赶紧侧过身子。

白小七刚有些睡意蒙眬，吉普的鼾声就响了，一声比一声大，一声比一声高。她看着他侧睡的身姿，有点儿想笑，却笑不出来。她知道自己是舍不得他“走”的。他骗过她，却同时给过她真真切切的陪伴。而分手以后，白小七交付给吉普的只是遗忘，不是仇恨。对吉普，她其实早放下了报复之心，分手不过是不得不做的了断。她从没希望他过得不好，像现在这样。

第二天一早，白小七为吉普重新拾掇了行李，又把车里的垃圾倒了，简单地擦拭了车厢，装了满满一大袋吃喝在后座上。两人上了车，吉普送白小七上班。

“原来的手机号不用了吧？”白小七问他。

“嗯。”

“现在用什么号码？”

吉普没有回答。白小七猜想他或许买了不绑定身份证的卡，或许用着别人名下的号码，只是不想透露。

“怎么着，怕我举报你啊？”

“举报？那你就不是你了。”吉普苦笑，“知道了号码就会惦记着，忍不住要打，对你不好。”

这话让白小七难过了。她别过脸看着车外，尽力不去思考吉普摊上的这桩事中的种种疑点，但根本做不到。疑问像沸水中的气泡，呼啦啦涌上来。已经望得见杂志社所在的写字楼，车在十字路口等信号灯。想到这个人今后也许再也见不着了，他或许漂泊半生，或许身陷囹圄……白小七不是邱慈，无法得过且过地接纳一堆“好像”作为临别前的交代。

“陈朗，你临走之前来看我，是把我当自己人的，是吧？”

“当然。”

“好。那我有几个问题，你如实回答我。”

“你问吧。”看得出来，吉普并不想回答任何问题，不过是无法拒绝发问的这个人罢了。

“你为什么确定是颜嫣做的？”

“我后来查了，那家酒吧是她开的。”

“颜嫣是做这行的？你原来不知道？”

“知道，但具体开了哪些店不清楚。”

“出事之后，你跟她联系过吗？”

“打过电话，问她能不能私了，她不同意。”

也就是说，颜嫣已经默认了是她做的。可是这个城市有多少酒吧，为什么吉普偏巧入瓮？

“你为什么去那家酒吧？”

“那阵你跟我分手了，我心情不好，晚上总想一个人出去喝点儿酒，就让开宇开车拉着我，随便停哪儿就是哪儿。”

白小七隐约觉得不对劲：“也就是说，是开宇带你去的。”

“对，我想年轻人对夜生活最了解，就让他给我推荐一家酒吧。去了几次觉得还不错，就办卡存酒，更懒得换地儿了。”

“开宇也陪你喝吗？”

“没，后来路熟了，我就自己去。”

白小七咬咬嘴唇：“你完全信任开宇吗？”

“当然了，孩子从十几岁就跟着我，要是我不出事，很快就可以推荐他去别的区当个经理了……”

“不不不。”白小七一只手在空中挥了一下，像斩断了什么肉眼看不到的东西，“我没有问你如何施恩于他，他又该怎么知恩图报，我问的是——你百分之百信任他吗？他没有任何动机抓住你的把柄，逼走你，然后取而代之吗？”

吉普惊讶地看着白小七，似乎有话在喉头滚了滚，最终到底咽下去了。

“你现在的联系方式，开宇是知道的，对吧？他要帮你处理公司的事情。”

“是。”

“纸包不住火，对邱慈你可以一走了之，对总部不行。公司的事情你怎么处理的？”

“我让开宇先帮我兜着，同时准备向总部递辞职信和推荐信。”

“以你的名义辞职，并推荐开宇继任你的分区经理职位？”

吉普没有回答这个问题。他的脸色整体呈现出一种崩塌，信任的崩塌。

“他见过颜嫣吧？既然他见过我。”

“是。”

“开宇姓什么？”

“申。”

“好。陈朗，你再想一想，申开宇这个人，真的值得你百分之百地信任吗？”

早高峰，一个绿灯放行的车辆极其有限。信号灯再次变成红色，他们只是向前挪动了一小段，没能冲过路口，但写字楼的入口已经非常近，下车步行必定比等待绿灯更快到达目的地。可吉普没有跟白小七告别，白小七也没有下车。

白小七此刻不需要看吉普，也猜得到他一脸的意外、纠结、羞愤、失望。

她从包里掏出昨晚吉普交给他的银行卡：“你说这张卡是用申开宇的身份证办的，我觉得有必要赶紧去银行把钱转到其他账户上。”

“不至于吧？”吉普皱紧眉头，这个问题不知是问白小七，还是问他自己。

善与恶是一对相对的概念，似乎应该有个明确的分界，可走过来的人清楚，这样的界限并不存在。与许多抉择一样，择善或从恶只在一念之间，只看代价如何，得到又如何。所以，永远不要蠢到用自己输不起的东西试探他人的底线……白小七这样想着，恰好绿灯亮了。吉普还在愣神，她用左手挂上挡位：“走吧，去银行。”

吉普一脚油门，写字楼被甩在车后，越来越远。

第十章

吉普和白小七领了号，在等候的椅子上坐定。他许久不说话，脸色铁青着。快排到了，白小七把卡递过去。吉普不接，问她："你有这家银行的卡吗？"

"有。"

"给我。"

"你要转到我的卡上？"

吉普没言声，但答案是明摆着的。白小七不想跟吉普有钱上的来往，没动。

吉普直接拉开白小七的背包，掏出钱包，找到她的卡："刚才一路开过来的时候，我一直问自己：陈朗，你现在还能信任谁？"

信任或不信任，不是靠要求靠乞讨，须自愿托付。而今的吉普是受过伤的人，他的警惕，他的戒备，都大大升级。此时谈信任，太难了。

叫到吉普手中的号，他走向柜台。一会儿，他回来了，把两张卡都还给白小七："钱全都转到你的卡上了。"

他信任她，哪怕在此刻。

吉普双手叉腰，在银行大厅中四顾踌躇。白小七最初在相亲大会上看到的照片里，他就是叉着腰的，只是没有现在的无奈疲惫。白小七仿佛看见吉普又渐渐恢复了本相，那些不尽然美好的元素从四面八方汇集而来，拼凑成他的铠甲、他的盾牌、他的投枪和他的面具。这才是从过去现在，她所熟悉的那个陈朗。

“接下来去哪儿？”她问他。

“你认识律师，是吧？”

吉普已经交付了沉重的信任，白小七很难再出言拒绝。事实上，她也早已放下了拒绝，只是还有些疑问。

“我不是不认识做这行的人，只是不想我的圈子里有人知道这事，毕竟不是生意上的纠纷，又太不光彩。”白小七的犹豫写在脸上，吉普读出了它。

“喂。”

“小七？”

“嗯。你在律所吗？”

“在，怎么了？”

“我有个朋友遇上点麻烦，想找你咨询咨询，我们现在过去，方便吗？”

“啊……行，你过来吧，我等着你。”

通话不能更简短了，可在去律所的路上，白小七还在回想电话接通的一瞬间薛立平的惊诧，他寡淡的眉毛挑得老高的样子浮现在她的脑中。

把自己从回忆中揪出来，白小七继续跟吉普确认她的猜测：“你这几天没回家也没回公司，有人——公安局的人——找你吗？”

“邱慈说家里没人来找。”

“公司呢？”

“开宇说有人来找过，他给挡了——不过现在也不足为据了。”

白小七还是觉得不对劲。虽然她没有太多法律方面的知识，可她总觉着如果已经取证立案，以吉普开着他名下的车在城里乱晃的“跑路”级别，这么长时间都没有被抓，实在太不对劲了。无论如何，到了薛立平那里，疑问总会得到解答吧。

对薛立平的业务水平，白小七从来不怀疑。她心里打的鼓，是不知如何面对薛立平，而薛立平又将如何面对她。

“你给邱慈打个电话吧。”白小七提醒吉普，“告诉她，你不走了。”

“来得及。”吉普明显没把这个建议放在心上。

“你早打一分钟，她就少难受一分钟，你自己看着办。”白小七的语气有点儿不善。吉普的自我一回归，白小七便感觉到不太能与他愉快地相处了。

车进了停车场，吉普给邱慈打了电话。她应该是问他在哪儿，他说了律所所在的写字楼的名字，然后说：“我办事呢，不说了……我今晚回家，放心吧。”

说到“回家”，吉普抬眼看看白小七，而白小七只是摘了安全带，安静地等着他打完电话。这时候，小段在微信里发来小圆的视频，并附言说：小圆想白姐了，白姐什么时候来看它呢？

白小七被小圆憨态可掬的样子逗笑了，刚要回复，小段又发来一段话：小段也想白姐了，白姐什么时候来看他呢？

白小七打字的手停了一下，然后继续打下一行字：我决定帮那个朋友了。

吉普已经打完电话，白小七正要下车，小段发来一朵玫瑰花：量力而为，心到就好。

白小七一只手握在车门把手上，于是想起昨天撞车，小段出现，一把拉开车门，把她解救出来。在处理完这些麻烦事后，在薛立平下了班，吉普回到家安抚邱慈之后，她或许应该去车行跟小圆玩一会儿，或者再让小段载着她在午夜的内环路上兜一圈，这是白小七当下能想到的最彻底的放松了。

她回了微信：告诉小圆，我一会儿就去看它。

李美玲把白小七和吉普迎了进来。

这是白小七第一次来到装修后的律所新址。涂料和家具的生鲜味道扑过来，乍一闻有点刺鼻。

李美玲熟络地跟白小七打招呼：“小七来啦，这都多长时间没见啦！”

其实李美玲跟白小七同岁，可多年以来，李美玲坚持叫白小七

“姐”，如今突然叫“小七”，让白小七有点意外，不过想想也正常——如今白小七不是李美玲的金主了，级别自然要降下来。

“呦，你还在这儿干呢？”白小七开了一句玩笑，算是跟李美玲打了招呼。她并不喜欢李美玲，嫌她过分市侩精明，一腔算计被两只滴溜溜乱转的眼睛出卖得一览无余。另外，白小七能感觉到李美玲也不喜欢她。

“是啊，过去是找不到更好的下家，现在呀——”李美玲抓过白小七的手，往自己的肚子上一放，“是走不了咯！”

白小七这才发现李美玲穿的是防辐射服，她的手触碰到的李美玲的肚子也是隆起的。

“呦，恭喜啊，几个月啦？”

“八个月啦，快熬到头啦。”李美玲一脸胜利者的笑。

李美玲把白小七和吉普引到薛立平办公室门口，没等敲门，先喊了一嗓子：“老薛呀，你看谁来啦！”

白小七又一惊——她什么时候开始叫薛立平“老薛”了？过去不是都尊称“薛律师”吗？

李美玲一把推开门，用力太大，像带着怒气，木质门框碰在墙上，砰的一声。

薛立平坐在写字桌后面，腾地站起身：“小七，你来啦？”

白小七的目光避开薛立平的脸。她后退一步，闪在吉普身后：“这是陈朗，他有点事要咨询你。”

薛立平绕出办公桌，站在白小七和吉普面前：“快请坐吧。”

“你们聊，我在外头等。”白小七把磕在墙上反弹回来的门从外面关上，一条门缝的视野中，吉普正与薛立平握手。

门锁咬合，“咔嗒”一声。

“来，小七，喝点水。”李美玲捧着一个纸杯，放在桌边上，招呼白小七挨着她坐了。

“什么时候结的婚啊？也没通知一声。”白小七与她客套。

“我说通知你，他不让。我想想也是不好，算了。”

“呦，新郎我也认识？”

李美玲脸上一闪而过的尴尬，但马上收住，换了得意。她拉开抽屉，拿出个相框：“我本来想摆桌上的，但他不让……”她冲薛立平办公室的方向努努嘴。

“他管得倒是宽。”白小七接过相框看。

尽管照片上这对男女的相貌经过了很大修改，白小七还是一眼就认出来了——新郎是薛立平。

“小七，这事说起来，也是怪对不住你的，不过你看，缘分这东西就是很奇怪……”李美玲的解释，或者说炫耀，白小七一个字也没听进去，她只是死死盯着照片中薛立平的脸。

“原来啊，我还想放大一张挂在那儿，他死活不干……”李美玲嘟嘟囔囔指着一面白墙，“我说那挂个‘大展宏图’‘生意兴隆’什么的也行啊，他还是不让。他这个人，你知道的，驴脾气！律所好些摆设都不对，我都查了风水了，他就不让我动，有病吧！你来了真是太好了，我总算有个人能说说话……”

白小七握着相框的双手渗出细汗。如果爱情真的有输赢较量，白小七真可谓输得一败涂地。白小七自知不是什么万人迷，可沦为李美玲的手下败将，她实在想不通。

她终于明白去年年会薛立平打电话来时为何欲言又止，也明白刚才接到她的电话，他为什么声音一抖。事情过去这么久了，白小七本来已经不再需要薛立平给她个交代，但她现在好奇了，羞愤了，似乎很需要一个交代了。

“我这儿还有本婚纱照的相册呢，你看看不？你不知道啊，当时为了让他去照婚纱照，费了我多大劲啊！最后简直就是押着去的……”

白小七很想马上站起来离开，可吉普还在门里，事情还没解决，她走不了。她极力控制自己，可闻着满屋子的装修味，五脏六腑好像挪了位，在腔子里互相倾轧，随时可能呕出来。

“你先忙着，我打个电话！”白小七掏出手机，快步逃离李美玲，来到走廊里。

打给谁呢？她略一踌躇，拨通了小段的电话。

“白姐！”小段的声音听起来很雀跃。

“你干吗呢？”

“过几天有比赛，我正准备练车呢。”

“哦，那你好好练吧，注意安全。”

“怎么啦？心情不好了？”

“没有，就是有点累……”

“这还不到中午你就累了，我就说你别透支自己吧……”小段的声音中有种甜蜜的埋怨，“你几点到车行来啊，我给你露一手，想吃什么？”

“你还会做饭？”

“当然啦，汽贸城段大勺就是我啊！你打听打听去，方圆五里……”

“行了，别吹了。你几点练完车啊，别耽误你正事。”

“我这边随时，一切唯您马首是瞻。”小段那边传来呜呜的摩托车声，“这季节螃蟹最肥，一会儿我拎几只回来，再炒几个菜下酒，你看怎么样？”

“你怎么知道我最爱吃螃蟹？”跟小段聊了几句，白小七感觉好多了，像是快窒息的人猛吸了几口纯氧，顿感神清气爽。

“那你看，这就叫心灵感应！行了，白姐，我哥们儿叫我了，你忙完随时过来，我一会儿就回去了。”

“知道了，快去吧。”晚上这顿小酒，一瞬间成了白小七人生的唯一盼头了。

白小七回来的时候，薛立平办公室的门已经开了，两个男人站在门口，正在寒暄。白小七走过来，他们都望向她。

“怎么样？”白小七问了一句。因为提问的对象是模糊的，薛立平和陈朗同时给出回答，又马上尴尬地相视笑笑，住了嘴。此刻白小七对薛立平有更多怨愤，于是转向吉普：“怎么说的？”

“薛律师说对方可能根本没报案，或者报案了，但证据没到立案的程度，让我照常生活、工作。”

“那就是没事了？”

“也不是。”薛立平抢着回答，“我分析对方设这么大一个局，不太可能就此善罢甘休，说不定还有后续的行动。但不管是公安局的人找他还是对方找他，一定要咬死一个事实：双方自愿，没有强奸行为，连‘半推半就’之类的词也不要说。”

“也就是说，如果公安局或者对方找他，他还是要去？”白小七替吉普问。

“公安局的人如果找的话，一定要去，因为如果立案了，要抓人，那躲也没用。只是公事公办找的话，多半是了解情况，不会有大事。”薛立平解释。

“如果对方找呢？”白小七又问。

“也可以去。如果对方对本人的怨恨特别大的话，也可以别人代替去，尽量安抚情绪，让她放下进一步报复的念头，必要的时候付出一点物质代价。当然，这就不是法律范畴的问题了。”薛立平说。

正在此时，李美玲从大门口迎进来一个女人：“您好，请问您预约了吗？”

三人都向门口望去，邱慈跟在李美玲身后走进来。

“你怎么来了？”吉普脸上似乎有点挂不住。

“你在电话里说了写字楼的名字，我查到地址，又在楼层一览那儿看到这家律所的牌子，就上来看看是不是……”邱慈声音直抖，“我怕你骗我，怕你走了，怕你晚上不回家……”

她还穿着昨天那身衣裤，头发胡乱挽起来，刘海塌在额头上，不知因为油还是汗。人跟衣服一样，更皱，更颜色模糊，更年久失修。白小七无法想象，昨晚回家看到吉普告别的字条之后，邱慈是如何熬过这一夜的。

吉普赶紧告别：“谢谢薛律师，您看，我家里有点事，得先走一步了。真不好意思，改天我再上门谢谢您……还有我这个事，后续再有什么问题的话……”

“甭客气，小七的朋友就是我的朋友。”薛立平说。

吉普看看白小七：“那我……”

“你先带着……姐，回家吧。”与这两对夫妻共处，白小七努力隐忍对当下尴尬场面的不适感。邱慈的泪已经流了满脸，她抬眼看着白小七，眼神中的戒备、埋怨或是感激，都被泪水模糊在一起，认不清了。

“我把车开走了，你待会儿怎么走啊？”吉普刚带着邱慈走出两步，又停住步子，回头问白小七。

“甭管我了。公司的事，你别忘了处理一下。”白小七给吉普使了个眼色，相信吉普能明白她的意思。吉普果然有所领会地点了一下头，但依然没有马上离开，而是看看白小七，又看薛立平，欲言又止。

“正好我也好久没见小七了，我们俩聊会儿。陈先生慢走，有事随时找我。”

物是人非事事休，也不过几个月没见而已，薛立平什么时候这么善于迎来送往了？过去如果碰到这种情况，他不是应该手指夹着一支烟，两只冷眼在无框眼镜后寒光一闪，三分凉薄浮现在嘴边，冷笑着目送吉普离开吗？

薛立平刚要把白小七让进办公室，李美玲大步跟了上来：“小七要来，你也没告诉我一声，我给你们泡点茶吧……”

“不用了。快中午了，你去把饭订了吧。我跟小七说说刚才那个案子。”薛立平压抑着难看的脸色。

“小七都来了，还订什么饭啊！一会儿一起出去吃吧！”李美玲的语气是雀跃的，可是又过于雀跃了，有点咬牙切齿。

“别麻烦了，我还有事，一会儿就走。”白小七推辞。

李美玲还想说什么，薛立平走上前，几乎是把她推出门去。关上了门，坐回办公桌后，他对白小七说：“你那个朋友的事有点蹊跷。对方要是真想弄他，目前的证据其实是有利的，可从现在的状况看，应该还没报案。所以对方可能并不是想让他坐牢，而是另有目的。”

“什么目的？他说打过电话，对方不同意私了。”

“话是这么说，不过不走司法途径的话，就一定是有所图。没有做不成的交易，只有谈不妥的价码。”一抹狡黠凉薄的笑从薛立平嘴角冒出来。

“成，回头再有什么问题，我会让陈朗直接联系你。如果需要收取费用，你直接跟他说，该怎么办就怎么办。我先走了。今儿谢谢你。”白小七准备走人。

“你等等！”情急之下，薛立平一把拉住白小七的手。

“有事吗？”白小七马上抽回手，满脸厌恶。

“对不起，对不起。”薛立平赶紧道歉，“我跟美玲的事，你已经知道了吧？”

“嗯，恭喜恭喜。”

“上次我给你打电话，就是想说这个事……”

薛立平的额头上冒出一层细细的汗珠。

“我这几年一直没什么钱，你也知道……我本来想等律所的状况好起来，我们再结婚。可是有一次当事人请吃饭，我喝多了，然后就……后来过了一个月，美玲跟我说她……她怀孕了。”

薛立平支支吾吾地说着他跟李美玲终成眷属的故事。

白小七想起与薛立平的上一次见面，她提到二人的婚事，薛立平不发一言，她本以为这是压倒他们四年感情的最后一根稻草，可冰山下的真相远远超过了她的预期，她不知道更大的羞辱和欺骗正包裹着她——当时薛立平应该已经得到了李美玲怀孕的消息吧。如今回想那一刻的郁躁、绝望、屈辱，是多么轻飘。命运扔给她的果实是一个洋葱，剥开一层又有一层。

“我当时想，要是我让美玲打了这孩子，就等于既伤了你，也伤了她。你也知道美玲她一个人在这儿，父母都离得很远，年纪又不小了，这个孩子不生的话，又怕今后再怀不上，那样的话，我太对不起她。现在这个状况，我也后悔……”

“你不用后悔，现在大家不都过得挺好吗？”

白小七挤出一个浅笑。这个笑是凄然的，也是戏谑的。现实的荒诞程度远在人的普遍想象之外，她无话可说。而今的白小七已经不是当年负气从火锅店冲出来，对着漫天大雪悄悄流泪的那个白小七了。她能承受，她能排遣，她能忍着眼泪，一刀一刀切开洋葱。

“真的吗？你过得好吗？”薛立平问。

白小七正要回答，小段打来电话：“白姐，你忙完了吗？我正往海鲜市场开呢！”

“啊？你不练车了吗？”

“刚才挂了电话，我一想啊，海鲜市场下午就关了，东西也不新鲜了。

然后我就回车行送了摩托，取了车出来了……除了螃蟹，你还想吃什么？”

“都行。”

“别都行啊，就怕‘都行’‘随便’。”小段大概听出白小七这边很安静，忙放低了音量，“呦，你那边谈正事吗？我是不是打扰你了？”

“没有，闲聊呢。”

“哦，那你谈完事还回社里吗？”

“不回了，累。今天没什么事，想休息一天。”

“太好了。那我去接你吧，你坐标哪儿啊？”

白小七报了地址。

“离我这儿还挺近。现在不堵车，我大概10分钟后到，咱俩一起去海鲜市场买东西，然后回车行，成吗？”

“成，我在大门口等你。”

挂了电话，白小七跟薛立平互望一眼。“男朋友？”他问。

“嗯。”

“你笑什么？”

“我笑了吗？”

薛立平送白小七到电梯口，按了几下，没反应：“妈的，电梯又坏了。”

“没事，我走下去。”白小七说完就往楼梯走。

“这个楼的物业特别次，楼道灯一层好使一层不好使的。你等会儿，我用手机给你照着点儿。”薛立平紧跟着白小七。

白小七在漆黑的楼道里猛一跺脚，灯没亮，再跺一脚，还是没亮。此时，身后投来一个光柱，照亮了她脚下的台阶。

“走吧，我在后头跟着你。”薛立平举着手机说。

两人深一脚浅一脚，走得很慢。

“那个陈朗不是善类，你别跟他深交。”薛立平说。

“只是朋友。”

“你啊，还是那样。”

“我怎么了？”

“太爱管事，不该你管的都管，不该你帮的都帮，也不嫌累。”薛立平的埋怨很亲昵，是体己人之间的嗔怪。

“我要不是那么爱管事，你这么多年怎么挺过来？”白小七回敬他。

薛立平笑了。“也是，你老不损我，我都不习惯了。”他话音刚落，这层楼的声控灯应声亮了。

“可不是，你这人就是欠骂，早骂你灯早亮了，说不定电梯都修好了。”

有了亮光，脚步就快了，到了一楼，小段还没来。薛立平点了一支烟，陪白小七等着。

“小七，欠你的钱我暂时还不上……”

“我跟你要了？”白小七白了薛立平一眼。

“你这眼神啊，能杀人。”

“那你为什么还活得好好的？”

“我命大呗。”薛立平把烟掐灭，一双细长眼睛笑得迷迷蒙蒙的，“钱不会差你的，再给我点时间。”

“你要当爹了，用钱的地方多着呢……有些事是你惦记着，我都忘了。”

“小七，哥哥能好起来。”

“这话你现在不该跟我说了。”

她对他，谈不上宽恕，谈不上原谅，在平常的大部分时间里，她只是不会再想起他罢了。白小七突然明白，所谓宽容，并不是姿态上的居高临下，也不是道德上的扬扬得意，不过是本来堵得满满的心和绷得紧紧的弦，空出来了，轻松了。

白小七看着薛立平半在阴影半在阳光里的身影。在某一年的某一天，这个男人曾将尚且年轻的她一击即中，那些日子倏忽而过，多少刻骨铭心，如今了无痕迹。

与薛立平的这一段恩怨，从此不埋怨，不记恨，也不挂念。

小段的车来了，在门口的空地掉了个头，停好了，大概以为白小七跟薛立平还有话说，没有鸣笛催促。白小七跟薛立平告别：“啊，对了，陈朗的那个事……”

“让他直接找我，打电话、到这儿来都成。”薛立平的手臂抬起来举过头顶，似乎想挥手告别，可马上又微微放下，搔了搔头，“去吧。”

小段和白小七买了海鲜，回车行蒸蒸煮煮，酒菜终于上桌，正好是晚饭时间。小段把茶几当了餐桌，让白小七坐在沙发上，自己搬了椅子跟她对面坐了。他温了一壶黄酒，给白小七倒在小盅里，自己并不喝，说是待会儿还要开车送她回家。

白小七抗议：“那不成，就我一个人喝多没劲啊！”

“白姐，你别害我，酒驾可是要拘留的。”

“一会儿我自个儿打车走不成吗？今天你必须陪我喝点儿。”白小七从沙发上蹦起来，拎着酒壶到处乱转，“你不会只有一个酒盅吧？”

小段把她按回沙发上：“看你这暴脾气。行行，我喝。”他又找出一个酒盅，放在茶几上，“劳烦白姐给我满上。”

白小七高兴了，一手把着壶嘴，一手托着壶底，给小段倒酒。

“来来来，庆祝一下。”白小七举起酒盅。

“庆祝什么？”小段问。

是啊，庆祝什么？酒盅还举着，却没有下文。

白小七四下看看：小圆蹲在她的脚边，她陷在柔软的沙发里，像被人满满拥抱着，面前有酒有肉。她可以安心坐下来享用此刻，真是难得的好日子。

“庆祝此刻吧，此刻的心情。”

“我老听人说‘活在当下’，大概就是这个意思。”小段举起酒盅应和她。

“谢谢你，段总。”

“谢我什么？”

白小七没有答话，只是有点脸热。她慌忙干了这一盅，好把脸红归咎于酒精。她意识到，自己把边边角角的借口都搜罗来了，却不肯承认她这一刻身心的舒展，是因为对面坐着小段。

“你高兴我就高兴，都在酒里。”小段也一饮而尽。

一壶酒喝干了，杯盘狼藉，两人都是一副醉相。小段用湿巾仔仔细细擦了手，说："白姐，难得酒壮屃人胆，我今儿想跟你说点掏心窝子的话。"

"说吧。"白小七抱着小圆，含笑答应着。

"你觉得我怎么样？实话实说，不用捧我。"

"人长得帅，性格好，人品也不赖，年纪轻轻，又有一技之长。"

小段双手捧起白小七的脸："说实话，我能挺住。"

小段的手暖暖的。白小七没法躲闪，忽闪着一双醉眼："我说的都是真的。"

"我要真这么好，为什么你不要啊？"小段的眼睛越来越红。

"你该不是要哭吧？不至于，天涯何处无……"

"别说话，听我说。"小段紧了紧双手，"我得借着酒劲儿赶紧说了，不然以后我就不敢说了……"

"说就说呗，别挤我脸啊，这都韩国做的，挺贵的。"

小段扑哧笑了，在白小七脸上捏了一把："正经点儿！"

白小七"唔唔"答应着，做一个虔诚的表情，等着小段说下去。

"我，段展，27岁，普通工人家庭，大学学的是机械，职业呢，一半车手，一半是这个车行。父母在我念书的时候下岗了，家里没什么钱，所以我从大学就开始半工半读——开出租车、赛车、在车行帮忙，学到点儿手艺，也攒下点钱，正好车行老板不做了，我就把这儿盘下来了。做了几年，生意还行，够吃够生活，还能帮衬家里。"

"够娶媳妇儿吗？"白小七插嘴。

"本来我压根儿没想这事。"小段把白小七的玩笑当作一个很严肃的问题来回答，"男人嘛，应该先立业后成家。而且我一直一个人，也习惯了，觉着自由自在多好，心烦的时候就骑上摩托兜一圈，再不行开着车拖着沙滩摩托到海边耍一圈，舒服着呢。"

"为了自由，咱俩再干一杯！"白小七抓住酒壶要倒酒，却发现一滴都没了，"不给力啊，段总，没酒了！"

"别闹！"小段两只手来回晃着白小七的脑袋，让她集中精力，"我刚说到重点！"

小段继续说下去："可是遇见你，我的想法全变了。"

白小七垂下眼睛，看着一茶几啃过的蟹壳。她还没醉糊涂，她的理性依然在拒绝小段的好意。

小段松开手，托起他自己的脸，胳膊肘抵在膝盖上，很疲倦的样子，又似乎心有憧憬：“我从来没有这么怕失去过什么人，可从我第一次见你，咱们俩说了那么几句话，你说你要走了，我站在街口，就特别舍不得……”

白小七想起与小段的第一次见面，她发动了车，他还抱着小圆站在原地，她开车经过他身边问怎么了，他说：“白姐，你以后就叫我小段吧……”

“还有你撞车那次，吓死我了，真是……吓死了……”小段双手揉揉眼睛，喃喃地说，“我开车过去的路上，一直嘀咕，老天爷不会刚把你带到我身边就后悔了吧……”

“我呸呸呸！”白小七瞪了小段一眼，却看出他的两只手腕明显不太对称，“你这儿怎么了？”

“啊？没怎么。”小段赶紧把右手往身后藏。

白小七站起来：“你躲什么呀？给我看看！”

“白姐，你别……这光天化日的，你干吗呀？我害羞……”小段试图要赖蒙混过关，白小七却一把扯过他的右手——手腕上肿了硕大一个包。她用手指碰了一下，小段齿缝间“嘶”的一声。

“怎么回事？”

“没事，干活儿扭的。”

“拉倒吧，你手下工人这么多，根本不用你动手。”

“那就是练车的时候弄的。我一大老爷们儿，受点伤出点血正常，你急什么呀！”

“是不是我撞车那天，你拉车门弄的？”

她心知肚明就是这么回事，不然小段没必要怕她看见。那车门她和邱慈死都推不开，小段一拉就开了，不知使了多大的蛮力。

“真没事。你看你，别发酒疯，快回去坐着。”小段又把右手藏在身后，左手要扶白小七坐回沙发上。白小七不肯，执拗地去够小段的右手，他只好躲闪着她。小段的动作是虚的，白小七却实实在在地用了劲，两人双双跌在沙发上。

小段尴尬地直起身子："我就说别闹别闹吧，砸着你没？"

一股热气涌上白小七的头顶，两行眼泪从她眼眶里流出来，噼里啪啦止不住："姓段的，你是不是傻……"

印象里，白小七记不得上次这么哭是什么时候，也许是五岁，也许是六岁。成年人流泪都是绷着的，不失声，不龇牙咧嘴，不抽抽搭搭，透着一份隐忍。但现在的白小七顾不上了。她习惯了付出，习惯了担待，甚至习惯了被欺骗忽略，突然有一个人如此真诚地处处为她想着，担待她，甚至惯着她，对于她，已成了无法承受的情意。

她突然明白，她并没有站得住脚的理由拒绝小段，之前种种借口，都是她的臆造，她只是不敢相信自己能够走出薛立平、吉普的怪圈，不相信自己还有可能遇到小段这样的爱人，而小段唯一的错，只是他太好了。

这个结论一旦得出，她就不是比小段大三岁的"白姐"，不是白编辑，不是坚忍地帮衬薛立平的贤内助，不是替吉普出谋划策的红尘知己。在小段面前，白小七只是一个女人，一个简单的、被人喜欢着的、宠爱着的女人。

白小七"哇"的一声哭出来，把小段惊着了："白姐……你怎么了……是不是把哪儿压坏了？"

白小七不说话，还是哭，咧开嘴，哇哇哇，哇哇哇。

小段乐了："白姐，不是我说你啊，你哭起来也忒难看了，哈哈哈哈哈……"

"你是不是人？我都哭成这样了，你还笑！"

"不信你自己看。"小段掏出手机冲着白小七拍，然后把手机给她看。

白小七一边看视频，一边抽抽搭搭地说："真他妈的难看啊……这声音怎么跟刮风似的……"说完哭得更伤心了。

"好啦好啦，不哭啦，你都把小圆吓着啦。"小段指指房间角落里睁着一双大眼睛惊恐地望着这两个愚蠢人的小圆，"这是螃蟹没吃够啊……你说吧，还想吃啥喝啥，我现在就打车买去……只要你别哭了，要月亮我都给你摘下来……"

小段刚要起身，白小七一把抓住他的衣领，另一只手抹了一把眼泪：“我虽然哭得难看点儿，可你也得哄啊，你怎么能走呢？什么情况啊你？”

“我是想哄啊，可是我不会啊……”

“你不会？你在大桥下怎么那么能耐呢？”

两张脸很近很近，白小七又看得清小段的长睫毛了。

“白姐……”小段的声音抖抖的。

与小段的嘴唇再次碰在一起，白小七的世界地转天旋。如果大桥下那个长吻是一个甜梦，那么她像是一头跌进那个梦里，又从现在这个梦中醒来了。

再醒来，已经是第二天上午。办公室的门关着，门外有隐约的人声。白小七刚坐起来，小段推门进来：“醒啦？”

“嗯。”

两人的关系已经大不相同，可应对对方的态度还没来得及转变。没了酒精的助力，再看到彼此，想想昨天说的话、做的事，就都有点不好意思。尽管如此，白小七还是很清楚地感受到了自己的欣喜，这欣喜，是一朵花初开的容光焕发，是又一个春天到来的造化神奇，是割掉了一块腐肉后平复的治愈。

“我让人去买早点了。一会儿你吃完了，我送你——上班还是回家？”

“回家吧。”白小七拢拢乱蓬蓬的头发，不好意思地笑笑，“身上一股螃蟹味，得洗洗。”

“我也是。”小段也笑了，“有人约好了来看沙滩摩托，我陪陪，一会儿就完事。”

“嗯，你去忙吧。”

没过几分钟，有人敲办公室的门，开了，是车行的一个工人提着一袋早点。白小七接过来，说了声谢谢。

“不客气，嫂子。”

“啊？”白小七被这称呼吓了一跳。

那工人又冲着正给两个背影介绍摩托的小段喊道：“段哥，早点给嫂子啦！”

“好嘞！”小段爽快地答应，微笑着冲白小七的方向看看。

那一高一矮的两个背影于是也向她的方向看过来。高的那个五十来岁，头发灰白，身材圆胖。矮的那个四十出头，黝黑结实。

正美滋滋微笑的白小七“咣”的一声被一口小红锅砸回了现实——那是老飙和大切。

他们应当也认出了她，不然大切不会满脸错愕，老飙不会径自向她走来：“呦，小段，这是你媳妇？”

“是，看我，还没给飙哥介绍呢。”小段跟着老飙过来了，“白小七，在杂志社上班。”

“这妹子我看着眼熟啊。”老飙眯起眼睛，上上下下打量白小七，“你去过沙漠吧？”

白小七万万没想到会在这里碰见老飙。她后悔当时在沙漠没为吉普摇旗呐喊，让他一不做二不休，把老飙打到失忆。她也后悔自己不该在老飙在场时跟大切夫妇聊天，又在打起来之后下车观战。总之，不该让老飙看见她的脸，听到她的名字。她把这个世界想得太大了——吉普说过，老飙在汽贸城有店，那么他跟小段早就认识吧，也许还很熟呢。

报复她就等于报复吉普，白小七猜想老飙不会放弃这个机会。果然，没一会儿，老飙已经话里有话地把那次在沙漠的事七七八八说得差不多了。

最不明状况的是小段，他问白小七：“你还去过沙漠？没听你说过啊。”

“何止是去过，玩得还很high呢！是陈朗带你‘飞’过好汉坡的吧？好汉坡可是连爷们儿都不一定敢‘飞’的，妹子这胆识都有，还有什么坎儿跨不过来啊？这是跟陈朗离婚了还是分手了？”

越是白小七没法回答的，老飙越要问，偏臊着她。

白小七倒不担心自己，她与老飙的交集毕竟不多，她担心小段。吉普说过，论年龄，论资历，老飙都是越野圈里的大哥，所以不管生意还是交情，小段和老飙的圈子都会有所交叉吧。

“飙哥，咱们还是继续看车吧。”大切试图挽回局面。

“不着急。这不是看见熟人了，叙叙旧嘛。”老飙又得意地转向小段，“有机会让你切哥介绍陈朗给你认识，那小子，风流，妻妾成群啊……呦，今儿我话是不是太多点儿啊？陈朗什么样，你家这个妹子可是最清楚了。”

白小七从来没在小段脸上看到过这种表情。她不知码过多少细腻的文字，用以描摹一种心情、一种状态、一种神色、一种动作、一种长相、一种气质，可她无法描摹小段此刻的表情。她见惯了薛立平的孤清，也熟知吉普的臭硬，他们沿着本来偏执的个性走上多远，她也不觉意外，可小段此刻的表情却超越了她承受的限度。

这正是她最担心的——无论她有意无意，小段都已经在承受她的过去带来的负累。

老飙还在絮烦，但白小七已经没有足够的涵养听下去。她回身把早点放在沙发上，拿了外套往外走。小圆一路跟着她到了车行门口，白小七怕它跑出去丢了，用脚搪住它：“回去吧，小圆。”

小圆似乎听懂了，后退了半步，坐下了。

白小七开门走出去。天大亮的，阳光晃得她睁不开眼。

歪在出租车后座上，马上要转弯了，白小七回头望了一眼。宽阔的路面上跑着几辆车，空无一人。

白小七打车到了昨晚带吉普住的房子，手机关机，一头钻进浴室，放了一缸热水，把自己扔进去。

昨晚，在那个长吻之后，白小七问小段有没有冰块，可他只从冰箱里翻出一听冰啤酒。她把瓶子轻按在他肿起的右手上。小段试探着伸出手臂包裹她，她柔软地歪了头，靠着他。

“哪天比赛？”

“下星期，不过明后天就要去外地集训。”

“这么快？之前怎么没听你说过？”

“我以为你不感兴趣，也怕打扰你正事。”小段嘿嘿笑笑。

白小七问完这话就后悔了——并不是他不提，而是她从没真正关心过他的生活。在他们的交流中，她习惯了只专注于自己的事，他也习惯于倾听，她不提问，他就不说。

“出发时间已经定了？”

“还没，车队有人组织订票，我等通知呢。不过估计也就这两天。”

“你手这样能行吗？”

“问题不大，到比赛的时候应该消肿了。”

“这比赛电视转播吗？”

“应该会，回头你忙完了上网搜也成，别耽误你正事……今天办事顺利吗？”

“还成吧，暂时没什么大事了，但也没彻底解决。”

“写字楼门口跟你说话的是你那个朋友吗？”

“不是，是律师。”

“哦。”

白小七听出小段语气不对：“怎么了？”

“没事，我就是看你们俩有说有笑的，心里有点……那个。”

“呦，吃醋了？”她逗他。

“是。”小段正经得很，“不过不是生你的气，是生我自己的气。”

“为什么？”

“气我自己这么生气，这么在乎，却又没什么资格。”小段叹口气，“下午我坐车里想，我不能这样啊，白姐认识的人多着呢，你们也没怎么着是吧，再说就算真怎么着了，也轮不着我生气，我是你什么人啊……”

“别这么说。”白小七试图安慰他，又不知说什么好，憋了半天，说，“你这不已经是我什么人了吗？”

小段把白小七更紧地抱在怀里。白小七享受着他的怀抱，渐渐有些困了。朦胧中，小段把她轻轻放倒在沙发上，为她盖上一条薄毯子。她微微睁开眼，看见他坐在椅子上，双腿往办公桌上一搭，也睡了。

梦里，白小七站在场边，为一辆在跑道上飞驰的摩托疯狂呐喊。虽然头盔罩住了车手的脸，但她知道，那是小段。

浴缸里的白小七觉得自己像一只干蘑菇，噗噗噗地吸水，膨胀，填满浴缸，填满房间，无比碍眼，令人厌烦。就在昨晚，她哇哇大哭的时候，本来以为过去是自己把事情想得太复杂了，终于可以放松。可是不过几个小时过去，她又再次否定自己：不，事情本来就不简单。

即使白小七已经在心里与薛立平达成和解，即使如果吉普这次不出现，她与他将不再有任何瓜葛，可是经历已是既成事实，保不齐哪一天找上门来，像突然出现在会议室的邱慈，挺着大肚子显摆婚纱照的李美玲，或者横空出世的老飙。即使她想当一切都没发生过，这些人也不答应，他们从不会忘了时不时提醒她：你可不是什么清白无辜的人。

人都以为放下执念与命运讲和是非常不易的，却不知最难的是命运不肯与你讲和。

白小七并不怨小段。老飙说了不少难听话，乍一听让人难堪，细想起来简直是恶心——不该说的全说了，该说的却故意留白，成心让人往不堪处揣测。她丢给小段的这个烂摊子，是他一时间无法承受、无法厘清的。

但说心里没有了希望，却也是不实的，不然不会在车转弯前回头望一眼，也不至于懊恼如此。可她必须掐灭希望，因为那太危险了。期待是伤害之母。

白小七把自己泡了一会儿拎出来，擦擦干净，扑在床上蒙头大睡。让世界折腾去吧，反正它是不会好了。

下午白小七才醒了，是被饿醒的。她走到厨房，打开冰箱，看看有没有能填饱肚子的东西——一点儿没有。她真是实在，把吃的全给吉普带走了，好像生怕他“跑路”途中会饿死一样。她找到手机开了，想点份外卖。

手机刚打开，就叮叮叮响个不停。白小七赶紧查看消息，心里的期许死灰复燃：会不会是小段?

结果除了广告、保险、理财这些垃圾信息之外，其他的消息都是吉普发来的。吉普打不通白小七的电话，之前两人又删除了其他联系方式，只好发来一堆短信：你在哪儿？电话打不通，看到回电!

“喂，怎么了？”她很欣慰地发现吉普又用回他常用的手机号码了，至少邱慈暂时不用担心他再次“跑路”了。

吉普的声音听起来没有短信里那么理直气壮：“你怎么了？怎么一直关机？”

“没事，睡一觉。”

“你在哪儿呢？我想当面跟你说点事，方便吗？”

“我在你昨晚住的那个房子呢。你带点吃的来吧，我一天没吃饭了，饿死了。”

吉普大概在一个小时之后进门。白小七对吃向来没有什么严苛要求，饿不死就行，她本来以为吉普会带点快餐过来，只要能快点吃到嘴里，窝头都是人间美味。门铃终于响起来的时候，她已经挣扎了半天要不要啃沙发了，脑袋里挤满了对吉普的怨怼。

“怎么这么慢？饿死我了！”

吉普没为自己开脱：“能接一把吗？”他提了整整两大包吃的。

“干吗买这么多啊？买个麦当劳套餐不就得了。”

“那玩意儿不健康，你少吃。”

“这什么呀？”

“火锅。”

“真行啊你，火锅也能打包。”

“我去的那家火锅人特多，我还等了一会儿才排上的，不然早来了。不过也算不错了，要是饭点儿，排两小时都够呛能吃上。”

“两小时？那等你来了我都成木乃伊了……你是不是买得有点多啊？”

“我也好几天没好好吃饭了，正好咱俩一起吃点儿。”

终于满足了口腹之欲，白小七理智苏醒：“你找我什么事啊？”

吉普搓搓手，有点为难的样子。

“是不是要卡里那些钱啊？随时提给你，不用不好意思。本来就是你的钱，你往回要天经地义，犯不着搭顿饭。”

“你想什么呢！在你眼里我就是这种人啊！”

“快说正事。吃人家嘴短，你不说我心里不踏实。”白小七吃掉锅里最后两片牛肉，拍拍肚子。

“我昨天从薛律师那儿出来之后就用回这个手机号了，没有公安局的人找我，但是下午颜嫣给我打电话了。”

“她主动给你打电话？”

“对，说要跟邱慈谈谈。”

“跟邱慈？为什么？”

“不知道，她就是这么要求的。”

“那你打算怎么办？要不要再给薛立平打个电话问问？”

“已经打过了。”

“他怎么说？”

“他说了两点：一是让我从颜嫣的要求推测她的目的——为什么要找邱慈？为什么不直接找我？有什么话是直接跟邱慈说更有冲击力，更能达到目的的？第二，如果邱慈去的话，说话一定要小心，不能一被施压就失态，瞎承认什么，以免颜嫣录音当作证据。还有，他说昨天见到邱慈，觉得她情绪好像不大稳定，有点担心她的状态不能承受这次会面。”

“那你怎么想的？”

“我跟薛律师的担心一样，所以不打算让她去。”

“那颜嫣那边能同意吗？”

“她不同意，说必须见到邱慈，不然她会‘采取进一步措施’。”

话说到这儿，白小七已经明白为什么吉普急于找她，给她带了这么多吃的，并迟迟不肯说出来意了。他铺垫来铺垫去，无非是想让白小七代替邱慈去吃这顿鸿门宴，但男人的自尊又不允许他把这话说出口，何况这要求本来就没什么底气。白小七完全可以不理他，把他撵出门去。

自从把吉普从何欢的危机中解救出来，白小七已经把她泛滥的侠义和母性摊开给吉普看——她不格外美丽，不格外聪明，她只是能在关键时刻自觉身负责任，主动挺身而出。白小七身上的这种“鸡妈妈”属性，薛立平知道，吉普也知道。

清楚吉普的来意之后，白小七倒没有因此生出“有事钟无艳，无事夏迎春”的愤慨，她只是无奈。性格决定命运，她自知无论中途有多少挣扎，最终还是会帮他。既然如此，何必彼此消耗。

“她要求什么时候见面？”

“明天晚上，饭店和包房都订好了。”

“你说她为什么一定要见邱慈呢？就为了膈你？”

“我哪知道。我那么懂女人的心思也不至于被她搞这么惨。”

白小七拿起筷子在只剩下汤底的火锅里搅了两下，几片碎白菜叶浮起来又沉下去，白生生的色泽在红油里一闪，她突然有了答案：颜嫣迟迟没有报案，也没有明码标价索要物质赔偿，是因为她意不在此。如果她跟开宇早有勾结，而开宇的目的是挤走吉普取而代之，那么颜嫣的目的又是什么？她为什么一定要见邱慈？有什么话是必须直接跟邱慈说的？

只有一种可能。她要的是婚姻，是让陈朗这个男人成为她法律意义上的丈夫。她需要说服——或者说在意志上击垮邱慈。

想到这儿，白小七暗自吃了一惊，抬眼看看吉普。作为一个男人，吉普两条粗壮手臂围一个温柔乡，让女人想一辈子烂在他的胸膛。这份魅力让邱慈奉上一生，让何欢觊觎陈太之位，也让白小七有过颠倒梦想。可为了占有吉普而不计后果使出杀手锏的，却不是她们中的任何一个，而是颜嫣。

“明天你接我下班吧，我回趟家换个衣服再去见她。”

“啊？好。”也许是白小七答应得太快，吉普的表情有些错愕。

“不过我有个要求。”

“你说。”

“明天我回家换衣服，你跟我一起上去，陪我爸妈说说话。我没说咱俩分了，怕他们受刺激，他们老念叨你。”

“那我带份礼物吧？”

“不用。”白小七把碗筷放进水池。

“谢谢你啊，小七……我不知道说什么好。”吉普一脸笨拙的谢意，

白小七故意逗他：“光嘴说可不成，你得好好谢谢我，至少送我个洋房美女什么的。”

“嗨，看你说的。”吉普不安地原地打转，“我都想好了，等这事过去了，只要你不嫌弃我离过婚，我一定……”

“别说了！”白小七一把将刷了一半的碗筷丢进水池，叮叮咣咣一顿乱响，“我累了，你走吧。”

吉普愣了一下，但很快恢复常态：“好，明天接你下班。”

他的语气并不忐忑，这太让白小七懊恼。吉普没说完的后半句，与其说让她愤怒，不如说让她不安。他对于她，像是白衣服上甩不脱的污点。他凭什么理直气壮说出这种话？他凭什么以为全世界的女人都以嫁给他、

守住他为奋斗目标？他凭什么把他对婚姻的承诺当成一种奖赏？

就算没有邱慈，就算白小七的道德感松垮得跟破布一样，吉普也已经不再是她想要的那个人。至于她想要的人……手机无声地躺在沙发上，没有响动，没有光亮。

第二天下班时间，白小七走出写字楼，迎面是等在那儿的吉普。他穿了一身过于正式的衣服，一双黑皮鞋擦得锃亮，整个人呈现出一种刻意熨烫之后的僵硬的板正。他站在硕大的吉普车旁，一手插进裤袋，一手夹着烟。擦肩而过的女人们都忍不住多看他两眼，相伴而行的则叽叽喳喳地议论。两个年轻女孩的话传到白小七耳朵里："哇，太有男人味了……"

只有白小七知道当下的吉普有多惴惴不安。除非正式场合，他从不穿这种衣服，更不穿这种精致到显得滑稽的皮鞋。吉普穿成这样来接她，心态大概像去面试的大学生，紧张和未知的重压下，只有靠一身自以为足够专业的正装壮胆。但这种笔挺西装穿起来必然不够舒服，全身该像钻了小虫子一样难过。

他抽烟的样子也不比平常，有了这口就没了下一口，恶狠狠，急匆匆。他并不理会那些迎着他看的女人，用眼神在大厦涌出的人群里翻拣白小七的身影。看到她，又世界末日似的猛嘬了一口烟，才把烟头扔了。

"下班啦。"他冲她挤出一个难看的笑。

"走吧。"

路上，吉普几次并线差点儿撞到旁边的车，被人隔着车窗痛骂。按吉普的性格，合该一脚油门再一脚刹车别住骂他的人，拳脚相加。而此刻他的表情是麻木的，似乎根本没听不见自己被骂了那么脏的话。

"好好开车，我还不想死。"白小七试图把吉普的魂往回拉一拉。

他又挤出一个难看的笑。

白小七交代吉普，要是白爸和白妈问，就说最近忙，一直出差，加上白小七也忙，所以才没去看他们……吉普恳切地点头，表示都记住了。

白小七早知道父母是念着吉普这个准女婿的，只是没想到念到这种程度。白妈一见吉普就欢喜得不得了，拽了他到沙发上坐了，谈天说地，还嘱咐白爸赶紧去买点菜。听说晚上不能在家里吃，她的遗憾仿佛是有形状色彩的，顺着她的叹息被具象化，让每个人都觉得非常遗憾。

在房间里的白小七打开衣橱挑衣服，耳听得吉普一会儿问白妈有没有按时吃药，一会儿说给白爸买了茶叶，下次带来……面对满橱的衣服，她突然有点感伤，手懒懒地从衣架上滑过，没有停在任何一件上，人在床边瘫坐下来。

一天了，小段没有消息。是去比赛了？已经出发了？手消肿了吗？会影响比赛吗？也没来得及问问这场比赛叫什么，电视哪天转播啊……白小七颓然地把脸埋在双手中，试图给自己一点安慰。

每次看向手机，她只会更无望。她不是没想过主动发条微信给小段，几次字打出来，又一个个删掉。在小段眼里，白小七已经是个什么样的人了？她还有资格联系他吗？她配吗？

白小七重又站起来，挑了几件衣服扔在床上。

屋外吉普向白妈一再道歉的声音传过来："阿姨是我不好，以后再忙，我也必须来看您！"

"嗨，老白，你看这孩子，没事的，阿姨就是想你了……"白妈咯咯笑个不停。

想想吉普一路过来时的惶恐，白小七心想：也是难为他了。

白小七穿戴好，简单地补了妆，推开门："时间差不多了，走吧。"

吉普马上站起来跟白妈和白爸告别——手里握着一瓶白家自制的酱菜。这场景滑稽了，白小七没忍住，扑哧一乐："你……这是干吗呀？"

"阿姨给我的，说这个好，没添加剂！"吉普一脸幸福。

"行了，你看你跟个卖酱菜的乡镇企业家似的。"白小七站到吉普身边，"爸、妈，我们俩去吃饭了，都跟人约好了。"

她穿了一件藏蓝色一字领连衣裙，外套卡其色长风衣，长卷发散下来，半遮半掩着颈间的项链。她要去做的事，犯不上花花绿绿的喜庆，但也不能奔丧一样先行黑白了自己。

"好好，去吧。"白妈笑眯眯地端详着女儿和吉普，"老白，你看他俩多般配。”

白爸捧着肚子，美滋滋地应着。

白小七感受着父母的喜悦，又欣慰，又悲伤。这份喜悦是她和吉普生造出来的，像她搭的这身衣服，再显得自然，也是刻意为之。可她现在能够给他们的，也只有这饮鸩止渴的喜悦了。

去饭店的路上，吉普的惶恐更甚。事实上，两脚一踏出白家的门，他的脸就忽地一沉，像换了个人。上了车，白小七接过吉普手中装酱菜的玻璃罐子，瓶身上湿漉漉的一层汗。

车开起来，白小七说：“关于这次谈判，你能接受的条件底线是什么？”

“多少钱都给，只要她开个价。”

“你现在还不明白？她要的不是钱。”

“那她搞这么多事到底要干吗？”

车猛地耸动了一下，险些追了前车的尾。

“你冷静点儿！”白小七真是受够了吉普身上的这股生性。

两人都沉默了一会儿，吉普的表情渐渐缓和：“你怎么想？”

“我觉得她可能是想跟你结婚。”

吉普不可置信地看了一眼白小七。

“你想，她为什么明明掌握着证据却不报案？为什么不同意私了？又干吗一定要见邱慈？”

吉普没回答白小七的问题：“这段时间开宇一直没来上班。”

“你联系过他吗？”

“没有，但公司有人联系过，说是联系不上。”

“你要做好最坏的打算。”

“最坏会怎么样？”

“如果这次谈不拢，也许颜嫣就会采取行动了。”

饭店门口，吉普停稳了车：“小七，你不用有心理负担，你能帮我到这个份儿上，我已经非常感激了，昨天我去找你的时候，其实根本张不开口……”

“嗨，别说了，我知道。”

“我知道你知道，但我还是得说。”吉普望着白小七，眼神很深很深，“你不爱听，我也得说——我是打算这个事过去了，就跟邱慈离婚……”

白小七不想继续这场对话。此时的承诺像第一次欢爱之前吉普说的“我爱你”，必定掺着得失心，何况他所承诺的早不是她的想望。

“别说这事了。我只想问你，要是颜嫣不要钱，只想要名分，你答应吗？”

“不答应。要多少钱都行，别的没门儿。”

“那万一……”

“折腾就由她折腾去，反正前几天我把‘后事’也交代完了。要不是她一定要见邱慈不见我，我就直接去跟她对峙了。如果真像你说的，她图的是这个，我就告诉她：婚我可以离，但绝不可能是为她。”

虽然白小七也不觉得颜嫣借此讹婚是明智的，但听到吉普如此决绝的答案，还是吃了一惊。男人宁可失去一切也不肯娶你——对一个女人来讲，还有比这更残酷的吗？

吉普一把抱住白小七。在吉普怀里，白小七想起他刚才抽烟的样子，开车的样子，跟爸妈聊天的样子……连同这个拥抱，无不是最后一搏的用力过猛。今晚的谈判之后，每个人的结局都会浮出水面。

他抱了她好一会儿，没有放开的意思，直到白小七轻轻拍拍他的背，说：“好啦，我走啦。”

“我就在停车场，有什么情况，你随时打电话。”吉普也拍了拍白小七的背，“小七，坚强点儿。”

第十二章

进了大厅，白小七扫视一周，认出了坐在窗边的颜嫣。她摆摆手，谢绝了领位，自己走过去。

颜嫣的全部注意力都集中在她双手转动着的玻璃杯上，窗外的霓虹在杯身上映出光影。越走近，白小七越能感受到颜嫣的杀气：一丝不乱的发髻，直插鬓角的挑眉，绛红的嘴唇，扣得过分严整的纽扣，两条长腿弯出的尖角，刺一样的细高跟……

过去对颜嫣的认知大多是文字上的，她对吉普痴恋娇嗔，抛去醋意，白小七也觉得这女人确有几分可爱。而今见了真人，未等开口，却已被她的锋利紧绷弄得浑身不舒服。颜嫣的长相与柔美无关，与白皙无关，也与松弛臃肿无关，像是个健身中心的女教练，从头到脚没有一块多余的肉。这本不是坏事，可惜人为的紧致总是质感欠佳，跟她着力掩饰的法令纹一样，层层彩妆下另有欲盖弥彰的真相。

现实中的颜嫣居然是这样一副模样，这让白小七有点惆怅。在白小七之前看过的照片里，颜嫣有一双炯炯有神的大眼睛，金色长裙下的肉身闪耀着柔软的质感。也不过几个月而已，颜嫣像一尾丰美的鱼死去了，腐蚀了，空剩下森森的刺。

白小七一直走到桌前，颜嫣才抬头看人。

“是颜嫣吧？你好。”白小七打了个招呼，在颜嫣对面坐下。

颜嫣愣了一下：“你不是邱慈。”

“对，我不是。”料想颜嫣设下鸿门宴，不可能全无准备。眼前的这个女人，从头到脚都不是她耳闻和想象中的陈太太。

“陈朗什么意思？”颜嫣又疑又怒。

“他说是你不想见他的。他就在停车场，如果你觉得有必要，随时可以叫他上来。”

服务员为白小七端来一杯水，白小七微笑着道了谢。

“那你是……”颜嫣终于关注她真正应该提出的疑问。

“我是白小七。”

颜嫣冷笑一声。

这声冷笑里有轻蔑，更有知己知彼的自信。颜嫣早知道白小七这个名字，这没什么稀奇，正如白小七也知道颜嫣的存在一样。在与吉普的交往中，女人们各自为战，步步为营，毫无例外。

“我以为你会更漂亮点儿。”颜嫣语气平静，像在谈论天气。大概因为话语的内容已足够挑衅，所以不需要再拿腔作调。

“从来没漂亮过，习惯了。”白小七也像在谈论天气。她不觉得受到了多大的冒犯——她不是来争宠的，也不是来选美的。再说颜嫣也与她的想象大不相同，不是不美，只是不可爱罢了。

白小七和气地问：“点了什么菜？有点儿饿了。”

对手太过泰然，反让颜嫣绷不住。她鼻子一歪，歪出三分不满。

白小七点了几个菜。服务员转身一走，颜嫣马上发难：“我跟陈朗说过，必须让邱慈来。”

“邱慈身体一向不好，最近这么一折腾更来不了了。你又不见陈朗，所以我就受托来了。如果你信得过我，有什么话可以跟我说。”

“跟你没什么可说的。”

哀怨融化了颜嫣锋利的轮廓，白小七有点于心不忍：“你好像大我四岁。”

“嗯，怎么？”

“我们这个年纪，都不应该在感情上做傻事了……”白小七没有把话说下去。颜嫣开酒吧，也做餐饮，最早如何起家，没人知道。白小七并没有对她的第一桶金存有卑劣的揣测，只是颜嫣打拼在一个更波云诡谲、人心难测的江湖，她走过的路途当比一般的同龄女人艰辛刺激，理应更懂得自保。

“你我可不一样。”颜嫣鼻子一皱，带动法令纹的耸动，“我一知道自己受了骗就想办法报复了。你呢？你现在还在为他出头。”

白小七从服务员手里接过沙拉：“是不一样，我已经出来了，你还执迷不悟——制造假证据……”

颜嫣一叉子穿过苹果块，咀嚼的声响与她身上森然的套装极不相衬：“谁制造假证据了？”她微微欠身，更加仔细地打量白小七。

“放心，我没录音。”白小七脱下外套，露出没有口袋的连衣裙，“这是你跟陈朗之间的事，和我没关系，我想问的是：你为什么想跟陈朗结婚？”

颜嫣将叉子插在水果上，叉子柄像一把直立的尖刀：“谁说我要跟他结婚的？”

又上了一道菜，白小七把盘子冲颜嫣的方向推了推：“吃点儿，美容。”

颜嫣居然真的拔下叉子吃了一片菜叶，之后马上后悔受了操纵，恨不能当场吐出来。白小七猜想，以颜嫣的个性，恐怕无法堂而皇之说出“我根本没想跟陈朗结婚”这样的谎话，所以她才这样心虚沉默。

“结婚的事是我猜的。”白小七放下餐具，尽量把自己坐成郑重的姿态，“我跟陈朗分开有一阵了，已经有了新的生活。我跟他、跟你，都没有利害关系。今天我来，不全是代表他，更多的是代表我自己来跟你说说话，毕竟你我有过交集。”

颜嫣没言语，大概关于白小七和吉普分开的事，她并不是全无耳闻。即便如此，只有白小七探一步，颜嫣才会跟着探一步，绝不肯轻举妄动。

“我不说你也清楚，想跟一个人组建家庭，需要几个条件：他爱你，你爱他，他是个适合一起生活的人。陈朗符合哪条？”问完这句，白小七才想起先前匿名跟颜嫣聊QQ，蒙在鼓里的颜嫣便说过“我爱他，我想他也爱我”。当时两个女人都不会想到有一天会在此对峙，重新将这个愚蠢的疑问摆在桌面上。

“哼，他不爱我，难道爱你？”颜嫣依旧不接招。

“我跟他已经过去了，不重要了。”对吉普，白小七有太多理不清，有些账不能算，有些人必须散，不需要问为什么，“陈朗说你想见邱慈，所以今天我也算是替邱慈来的。你见过邱慈吗？”

“去他家确认他是不是骗了我的时候见过一面。”

“我前几天还见她了——这个事出了，她实在没办法，来找我帮忙。”

颜嫣的高眉毛又拱上去几分。邱慈向白小七求助这件事确实足够她震惊。

“我大概知道你对邱慈这个人的看法：你觉得她多余、没用、碍手碍脚。你觉得她配不上陈太太的角色，应该主动让贤。你认为，如果你是陈太太，一定上得厅堂下得厨房，假以时日，陈朗将会结结实实地爱上你，踏踏实实跟你过日子……”

“感情是可以培养的，何况我跟陈朗本来就有感情基础，如果没有邱慈，我们早就结婚了。”被看穿了心思，颜嫣有点不悦。

“感情是可以培养的，不过感情也是可以消逝的。”白小七笑笑。

“那不一样。我知道自己要什么，陈朗以后也会知道的。”

“邱慈跟陈朗认识十几年了，当初结婚的时候也是有感情的。她一路陪他从无到有，没帮上什么忙，可也没嫌弃过他穷。她稳坐着陈太太的位置，即使后来有了你，有了我，有了别人，都看她不顺眼，可她依然是陈太太。她明明知道有你，有我，还有别人，还要把陈太太这个角色扮演下去，在朋友圈里晒烘焙，晒宠物，与陈朗相安无事……这些，你能做到吗？”

“人是会变的，陈朗不会一直这样。”

“这些话你不用说给我听，要你自己相信才行。”

“我相信啊。”颜嫣笑笑，笑里有女人的无赖，是成心不跟白小七继续聊了，两只手又开始转动桌上的玻璃杯。窗外的夜色更深，霓虹灯在杯子上折射着流丽的光。

“好吧，我的话说完了，现在转述陈朗让我带的话。”是时候了。

“临来时，陈朗跟我说，他不会考虑跟你结婚。”

白小七尽量平和地说出这句话，虽然不管怎么措辞，听起来都是一样残忍。白小七尽量不去想这句话可能带给颜嫣的伤害——如果报复吉普的不是颜嫣而是白小七自己……这让白小七从内到外打了个寒战。

两道泪水从颜嫣的眼角滑下的时候，白小七也抑制着流泪的冲动。无奈之下，她也开始无声地转动手中的玻璃杯。玻璃杯的每个棱角都折射着不同的世界，扭曲变形，多姿多彩。

白小七知道，这场所谓的谈判已经结束了。其实从吉普被点醒，知道颜嫣的真正目的，并交代他的底限开始，成败已经没有悬念。一方已经破釜沉舟，一方却还心存侥幸，所谓谈判只是一场无聊的口舌之争。如果吉普早推测到颜嫣的目的，白小七可能不必蹚这个浑水，横竖由着颜嫣去了。

不过白小七并不后悔走这一遭。颜嫣是一面镜子，它照给白小七看，倘若她继续执着，也会跌进相同境地。吉普是一个黑洞，而她和颜嫣唯一应该做的就是远离他。其他任何举动都是杀敌一千，自损八百。

白小七递给颜嫣一张纸巾，她的电话就响了。

“是陈朗，让他上来吗？”

颜嫣婆娑着泪眼点头。

挂掉电话，白小七拿起外套准备离开：“他马上上来，你们聊吧，我先走了。”

颜嫣擦擦眼角略花掉的妆，犹犹豫豫问出一句话：“白小七，你真的……放下了？”

吉普的身影已经出现在大厅门口。白小七穿好外套：“嗯，我有爱人了。”

“你们过得好吗？”

“会好的。”白小七呢喃一声。

吉普走到近前：“小七，你在附近等我一下，我一会儿送你回家。”

“不用。”

白小七向颜嫣点一下头，算作告别。吉普试图拉她的手，却只拉住衣袖的一角，她向前一挣，摆脱了。

白小七沿着街走了很久。路灯下，她穿了风衣的影子拖得很长，显得格外落寞。走了一阵，她才发现这是去汽贸城的方向。

她掏出手机，没有动静，刷朋友圈，小段毫无音讯。走几步，又掏出来看看，放回去……手机快没电了，她终于站在车行的门口。

据说动物是循着气味找回家的，白小七说不清她是循着什么找到这儿来的。车行的工人还在干活儿，电焊溅出的火花有残忍短暂的美感，没人注意到白小七。她在门口徘徊了一会儿，到底没有勇气走进去，最后绕到车行的后身——墙上独有一扇小窗，通向小段的办公室。

窗帘拉着，看不到室内。窗子里没有灯光，没有声响。

白小七顺势倚在墙边报废的车架上，手臂挽上一条窄钢板支撑身体，锈迹蹭在风衣袖子上，她也不理。

段展，你就这么走了吗？

眼泪滚落在风衣上，一片颜色略深于左右的圆点。

白小七想起刚才颜嫣的问话："你们过得好吗？"

我不好，非常不好。段展，没有我，你会过得更好吗？

手机因为电量低不断报警，白小七刚要关机，吉普的电话进来了："小七，我跟颜嫣谈完了，你在哪儿？"

"汽贸城。"

白小七没有解释为什么这么晚还在汽贸城，吉普也没有追问："你在汽贸城正门等我，我去接你。"

手机自动关机，截断了白小七的拒绝。

"颜嫣同意私了，接受物质赔偿。"送白小七回家的路上，吉普的声音里是尘埃落定的虚脱感。

"嗯。"白小七把头抵在车窗上。

"她要的数，我手里的钱不够……"

"一会儿找个提款机，我把钱转回给你。"她太了解他——有时候，我们越是了解一个人，越无法离开他，有时候则相反。他说了开头，她就知道结尾，所以反应给得太快，这也好，也不好。男女交往的乐趣往往就在于一推一挡，太过简单直接，反而无味，何止没有风情，简直不算友好。吉普果真被白小七的爽快噎住了，没再说话。

车在一家24小时自助银行的门口停下。吉普掏出一张银行卡递给白小七，白小七进了银行，一会儿就出来了，把卡交还：“转完了。”

吉普接过来：“我答应给总部写辞职信和推荐信，让开宇继任我的职位……我一夜之间变成无业游民穷光蛋了。”

白小七把仪表台上她妈给的酱菜握在手里，又把脸扭向车窗：“钱你还能赚回来。再说邱慈不会在乎的。”

“你在乎吗？”

“我不在乎。因为你我早就没关系了。”

“小七，你别说气话……你今天能帮我，证明……”

“证明我在帮自己赎罪。”

白小七的话太过冷酷，着实让吉普消化了一阵：“小七，给我三年，等我再攒下点儿钱，我先把邱慈安顿好，然后……你能等我吗？”

“不能。”她不看他。

“两年。”

“陈朗，你我的问题不在时间。”

“小七，我无数次想过咱们在一起了，生一个健康的宝宝……很长时间了，你都是我的精神支柱，这段时间更是……”

“陈朗。”两道泪滚落在白小七的脸颊上，这真是一个要将人摧毁的夜晚啊，“我做过体检，我可能不能生。”

吉普愣了好一阵：“不会的，现在医学这么发达，总会有办法的。无论怎样，我都愿意陪你一起……”

“我不愿意。陈朗，你还不明白吗？我不愿意。”车奔驰在夜晚的内环路上，正是小段骑着摩托车带白小七飞驰过的那一段路。桥墩一闪，跟关于小段的甜梦一样，与白小七倏忽间错过。

眼泪不可抑止，白小七自觉也快像颜嫣一样成为一尾涸泽中的鱼，她必须快点把话说完：“陈朗，我们不可能了。不可能，不是因为我没耐心等你，不是因为我可能不能生，甚至不是因为邱慈……是因为即使在我们最好的时候，我也没办法全心全意地爱上你——你不具备值得被爱的人格。我其实一直都恨你，就像颜嫣恨你，邱慈恨你……所有自以为爱你的人，都在用恨来表达她们的爱，我不想过这种生活。我宁可彻彻底底地忘记一切，也不想耗尽一辈子去恨你。”

“我可以改。”吉普的声音颤抖着。

“改不改都不要为了我，为了邱慈，为了你自己吧。”

在白小七家楼下，吉普停下车，似乎还想说什么，白小七堵住他的话头：“陈朗，别再找我了。”

她跳下车，意识到酱菜瓶还握在手里，于是反身把它规规矩矩地放在副驾驶座位上。她知道吉普一直看着她，但她并不与他对视。

“小七，以后有什么事我能帮上的，一定告诉我。”最后一个“我”字是飘着的，是男人号啕前的隐忍。

“我自己能搞定。”

已经走到楼道口，身后始终没有传来发动汽车的声音。白小七并未回头。

王早回来了。

白小七早知道王早回来了——杂志社就这么大地方，何况关于王早跳槽的传言已经基本坐实，他的回来更成了一条大新闻。可白小七忙于新一期专栏的采写，常常早出晚归，没有机会跟王早打照面儿。她自己也怀疑是不是有刻意避开的成分，毕竟现在见面对两个人都有点尴尬。所以每次电梯门一开，走去工位的一路上，白小七都既忐忑又期待，一天过去了，还是没撞见王早，她又舒了一口气，不知是叹息还是轻松。

白小七最终与王早重逢，并不是在杂志社，而是在医院。

白小七是去做检查的，她决心好好调养身体，于是挂了中医专家的号。专家是个老太太，银白短发，和蔼富态，脱了白大褂换上丝绸大袄就是活脱脱的贾母。她安抚白小七说：“没事的，小姑娘，我给你开几服药，你回去煎了，吃完来复查，我保你抱个大胖娃娃……结婚几年了？”

“还没结呢。”白小七被说得有点不好意思。

“哟，都30了还不结婚，等什么呀？”老太太在单子上龙飞凤舞了几行字，“小姑娘，找个好人就嫁了吧，别太挑了。”

白小七拿了药单去交钱，在排队的人群里碰见了王早。

白小七还没言语，王早先急了："谁病了？白叔？阿姨？"

这让白小七有点意外，有点感动，又有点埋怨。心里说：你小子消失这么长时间，不问我死活，现在装什么大尾巴狼啊。

"没事，我开点儿中药调理一下身体。"

"吓死我了……你怎么了？"王早去夺白小七手里的单子，白小七一闪身，避开了。

"我没事，就是调理调理。"

"你啊，太拼，不是我说你。"

白小七笑笑，没说什么。王早此刻与她还是隔着点什么。隔着的，是白小七对姚蓓蓓失踪的知情不报，是佳薇王早这段时间的人间蒸发，是这些都发生了之后，欠彼此的一个说法。

王早主动把手里的单子给白小七看："佳薇怀孕了，我们来做孕检的……"

"什么？"白小七一蹦三尺高，"什么时候的事啊？"

"你看你，喊什么呀。哥们儿身体倍儿棒，来个娃还不跟玩似的。"王早嘿嘿笑，一脸荣耀，"第八周。"

"佳薇人呢？"

"她正做别的检查呢，我来排队……我说你怎么样啊？"

"我能怎么样啊，众叛亲离的。"

"嗨，别这么说。不是跟你说过吗，我去见我丈母娘了。"

"丈母娘对你满意吗？"白小七斜瞟着王早，等着听他犯贫。

"那必须的啊！现在有了隔代人，更别提多高兴了！就咱这身条，这脸蛋，这人格魅力……丈母娘必杀啊！"

"哎，不对啊，你俩领证了吗？我告诉你啊，你可不能不负责任……"

"得得得，白总，你这干吗呀，比丈母娘还恐怖呢。."王早掏出手机，给白小七看照片，"看见没，红证。不打算大操大办了，过一阵叫几个朋友一起聚聚。"

白小七看着照片，喜悦很快被伤感压下去了——这么大的事，她居然毫不知情，到底还是疏远了。

王早正色道："白总，其实我没怪过你，但佳薇有点儿掰不过来这个弯。我们俩走之后，一直忙活准备结婚，没空谈你的事。说实在的，佳薇这个人你了解，她就是故意不跟我谈的，弄得我也没敢联系你。现在她怀孕了，更得顺着她来了，我哪敢提你啊？怕再惹她哪根筋不对了……"

"别这么说，佳薇有怨我的理由，是我没处理好。还有，姚蓓蓓的事……"

"话不是这么说的。"王早打断白小七的话，"你是什么人，我太了解了。后来我想了，要不是你瞒我，我也不会对蓓蓓死心，跟佳薇发展得这么好。再说，蓓蓓有她的苦衷，她委屈自己成全我，我得领情。"

时光流去，成长的何止白小七一人。

两人都交完钱，又聊了一会儿，白小七要去拿药，王早要去跟佳薇会合。白小七没提出去看佳薇，王早也没发出邀请。临告别时，王早说："佳薇明知道我回去上班，咱们俩一准能碰见，可什么都没说……她是多聪明的人！现在我们回来了，小七，你放心。"

白小七笑笑："好好照顾佳薇。"

她没说放心，也没说不放心，就像王早也没说清楚是让白小七放心什么。

回到家，白小七跟父母说又要出差，其实一个人去城郊的那处房子住了。天气越发冷，白爸和白妈更不常来，白小七乐得清静，每天煎药，写稿，上网，看看书，发发呆。

北方深秋的晚上太过萧索，让人不由得有些自怜。每当这个时候，白小七看着窗外被风吹落的叶子，为了让一个人的日子显得热闹一点，就想把这几年发生的事情梳理梳理，可一旦开始梳理，又嫌太热闹，坏了这份难得的清静，索性继续煎药、读书、写稿去了。

薛立平消失了，吉普消失了，小段也消失了。前两个人是白小七自行做的了断，打碎了牙往肚里咽，可小段不同。小段是在不期然间离开的，是在白小七以为得救时从她身边被抽离而去的，她需要很长时间去消化这次离别。

她一次次坐在电脑前搜索小段比赛的视频，希望能以这样的方式看看他，哪怕是戴着头盔的。可是由于掌握的信息太少，总是无法如愿。睡不着的夜里，她一个关键词一个关键词地试，最终一无所获。白小七左手拉着右手，想起小段肿起的手腕……瞬间的念头再次刺中了她。

又一个失眠的夜晚，白小七决心不能再这么无头苍蝇似的找下去了，她想到王早——他先前跑过体育新闻，说不定能帮上忙。

一上班，白小七找到王早："帮我查个东西。"

王早抬头正看见白小七的肿眼泡："你这是怎么了？"

白小七没理会王早的问题，她把她知道的关于小段比赛的信息一股脑儿全都说了："帮我问问你那些跑体育新闻的哥们儿，务必帮我找到这个比赛的视频。"

"你跟小段怎么了？"

"没怎么。"

"掰了？"

"嗯。"

"那……"

"放心，我没跟吉普破镜重圆。"

"成，我打几个电话问问。赛车这块冷门，我认识的人也少，不过多打听打听估计能有戏。"

白小七往桌上一趴，脑袋沉甸甸地瘫在胳膊上。

"他知道了。"她把头扭向王早，慢悠悠地说。

"知道什么？"

"吉普的事。"

桌上有一包抽了一半的烟，王早抓起来，犹豫一下，又放下。

"你说，从男人的角度来说，这个事……很严重吧？"白小七问。

王早到底从烟盒里掏出一支烟来，没有点燃，横在鼻子前闻着。

"算啦，反正我也知道。"白小七站起身，试图抖擞精神，"我回去忙啦，你打听到消息告诉我。"

回到工位，白小七看见王早的QQ头像在闪动。点开：

之前的事，佳薇告诉我了，我说没事，咱以后好好过日子。

还有，如果蓓蓓当初告诉我真相，我不会让她走。

说完全不在乎是假的，但要看跟什么比。

下班后，白小七买了点菜，回了城郊的房子，刚进门，王早的电话就到了。

“小七，你在哪儿？”

“刚到家，怎么了？”

“比赛视频查到了……”

“太好了，快把地址发给我！”

“佳薇……佳薇想见你，现在。”

“她怎么了？孩子有问题了？”

“没有，都挺好……我们现在过去找你吧？”

“成，我住城郊那个房子呢，你们能找着吗？”

“差不多，我们马上过去。”

挂了电话，白小七马上冲进厨房洗菜做饭——小段的视频找到了，王早和佳薇回来了，肃杀寂寞的日子终于有了生机。

王早和佳薇进门的时候，白小七还在炖最后一道菜。她手忙脚乱地立在门口，招呼两人：“菜马上好，你们俩洗手准备吃饭吧。”

转身之前，白小七猛地看了佳薇一眼。不相见不知眷念深，白小七太怕佳薇过得不好——怀孕还没见肚，可脸颊明显圆润了，是已婚小妇人甜腻的发福。白小七这才放下心，进了厨房。

王早走进厨房：“小七……”

“嗯？”白小七随手切了点葱花。

佳薇也进了厨房：“姐……”

几个月没见，从埋怨到想念，再到愧悔，10年的情谊随着佳薇的一个“姐”字全抖落开了。白小七本就不怪佳薇，现在更加释然。

“哎。”白小七答应一声，把葱花撒进锅里，蒸汽熏得两眼湿湿的。

“王早，你做饭吧，我跟小七说。”佳薇拉着白小七出了厨房，坐在沙发上。

白小七伸手把佳薇一绺滑落的刘海别在耳后，慈爱得像个妈妈：“怀孕……还好？”

“我挺好的。”佳薇皱皱眉，看起来并不怎么好，她拿起手机，“我们按照打听到的信息找到了视频，你看看。”

白小七接过手机，心扑通扑通快要跳出腔子。又见小段，哪怕是这样的方式，她也知足，她也雀跃。

即使穿着与平时完全不同的衣服，戴着头盔，白小七还是认出了小段。白小七向来对竞技体育不感兴趣，可视频里的摩托车轰鸣声响起的时候，她已经禁不住血脉贲张。

眼泪掉下来，白小七顾不上掩饰，看看佳薇，又看看已经端出汤来放在桌上的王早。

在一声异常的响动之后，王早和佳薇都抖了一下。白小七还没来得及疑惑，就看见小段连同他身下的摩托在转弯处横飞在赛道上，身后的两辆摩托结结实实地撞向他。

手机从白小七手中掉落，她不可置信地看看佳薇，又看看王早。

“这次比赛有几个车手受重伤，有一个……”王早说。

“有一个怎么了？”

“有一个死了。”

嘴唇颤了又颤，白小七终于问出一句：“是他吗？”

“还不知道。我打听到的消息是选手脱离生命危险之后，经过基本的治疗，都回到各自所在城市继续做恢复治疗了。”

白小七赶紧拨小段的手机号，得到的回答是“您拨打的用户已关机”。

“你别急，他可能就在咱们附近的哪家医院住着，我们可以打听打听，或者伤得不重，已经回家了，或者……”

或者在车行。白小七噌地蹿了起来。

王早和佳薇还没反应过来，白小七已经夺门而出，上车，一路向汽贸城开去。

天色微微黑了，车行的门没锁，只是关着。白小七抬起手臂擂响铁门，咣咣咣。没人应，隔壁喷漆店老板倒被撕心裂肺的砸门声惊出来了：

“找谁啊？这家人没在。”

“找段展。”白小七拖着哭腔，“人呢？人都哪儿去了？”

“小段出事了，住院呢，一时半会儿来不了，给工人放假了。”喷漆店老板是个中年人，身上的旧皮夹克一块块诡异的颜色。

“可是门没锁啊！”

“小段之前给我打电话，让我帮他看看店，我这边车和东西放不下可以先放他那儿，当个仓库使，钥匙在我这儿呢。”老板声线低沉，这使他出口的每个字都煞有介事，带着令人不得不信以为真的说服力，“里头没人，别敲了。”

“他在哪个医院？”

“好像在市医院。”老板明显不是个好事的人，说完这句便反身回了店里。白小七像一袭挂在衣架上的袍子，空有轮廓，失了力道，经风一吹，颓在地上。但她马上又一个激灵跳了起来——市医院，那是西域上班的医院。

一路开到市医院门口，穿着白大褂的西域已经等在那里。

“今晚正好我值班，接了你的电话之后就开始打听——段展，男，27岁，对吧？”

“对，他在哪儿？”泪干了，白小七的脑门上有一层细汗。

“跟我走。”

西域大踏步走在前头，白小七小跑才跟得上。夜晚的医院比白天清静，说不清的气味刺激着嗅觉。两人兜兜转转，终于进了电梯。

“他现在情况怎么样？”

“他的主治大夫今晚没在，所以打听到的情况不是很详细。夜班大夫说是没有生命危险，有点脑震荡，胳膊和腿各骨折一条。”

还好，还好。白小七这才定了定神，可另一种慌张马上击中了她——小段想见她吗？她该以何种身份、何种态度出现？电梯上行，白小七紧盯着显示数字。

“我说白编辑，您探望病人怎么连个花篮、果篮也没拿啊？”

“啊？是啊……那我去买了再上来吧。”白小七恍惚着回答。

“嗨，买什么呀，我来想辙。”西域让白小七等他一下，大步跨出电梯。

这个晚上过得太跌宕起伏，中午之后，白小七水米没打牙，开着车绕城转了半圈，此刻才觉得疲倦。她借着墙边消火栓的镜子照自己的样子，双手拢拢头发，无名指去擦眼角哭花的眼线，这才发现右手手腕又红又肿，还有血痕，想是刚才狠命砸铁门弄伤的。

她快被自己的狼狈相气死了。

“好歹也是个知识女性，能不能文明点儿？”西域站在白小七身后。

白小七正要回嘴，却发现身后还有几个小护士，都是水葱一样的年纪，众星捧月地簇拥着西域。

“李大夫，按说这个时间是不允许探病的，不过看在你的面子上就破例了……还好，在段展住的双人间，对床的下午刚出院，不会影响其他人……”一个媚眼如丝的小护士说。

“听说段展是个摩托车手，好帅呀……”另一个圆脸婴儿肥小护士旁若无人地花痴着。

“哎，我没觉得，还是李大夫有男子气概。”一个短发尖脸小护士不以为然，“再说车手有什么啊？不是说这次骨折之后他再不能比赛了吗？”

白小七听到最后一句，只觉脑中轰隆一声，刚刚活泛的眼神又僵了。

寒暄完毕，西域接过媚眼手中的花篮和尖脸递过的果篮，拍了拍白小七的肩膀：“走吧。”

走出几步，西域说：“医院最不缺的就是花和水果，吃不完，放不下，病人借花献佛给护士们，值班室里全是，说两句好话就要出来了。”

白小七接过花篮、果篮，向西域道谢。西域说乐意效劳，帅气地向她敬了个礼，动作神情与二人在吉普的办公室初见时别无二致。白小七不由得有点感慨，感慨又带上了对故人的牵挂：

“他……好吗？”

“挺好。说是把工作辞了，具体我也没问。两口子开车去西藏了，潇洒啊。”

“他们俩一起去的？”白小七有点不敢相信。

“奇怪吧，我也觉得奇怪。他跟我说是你教他的。”

“我？”

“他说是你教他活明白了。”西域指指前边，“那个病房就是，去吧。”

白小七轻手轻脚地把花篮和果篮放在床头柜上。探病拿着花篮、果篮本来正应该，可她此刻只嫌这些东西太盛大，太昭彰。她既想见他，又怕见他，但想还是占了上风。顾不上许多，进了病房，她的眼神便无法离开小段。

小段睡着了，美丽的眼睛闭着，病房的灯光打下来，长长的睫毛在眼睑上现出一道道细密的影子。这场事故没在他脸上留下伤疤，与再也不能赛车比起来，说不清是否也算得上一种成全。

电视正在播放体育赛事，呼呼啦啦很热闹。小段一条腿和一条胳膊吊起来做牵引，遥控器掉落在另一只手边。被褥和病号服都很干净，床头桌上一个塑料饭盒，里面是一个红扑扑的苹果和一把水果刀。

他只有一只手，怎么削苹果？白小七自自然然地拿过苹果和水果刀。

苹果皮越削越长，时间一点点流去，白小七心想：即使你永远不再醒来，我也愿意这样陪着你。然后又暗骂自己乌鸦嘴：呸呸呸，怎么会永远不醒呢？这不是好好的吗？

体育新闻播完了，进了一条广告，音量骤然升高，白小七赶紧去拿遥控器，却碰到了小段同时伸过来的手。

他看着她，眼神里满是不可置信。她也不可置信——就这样相见了。

就这样相见了？

依照白小七的性子，或许该潇洒地转身而去，毕竟她已经确认了小段的安全，不必再为之慌张。可此时的白小七已经在自责和眷念中煎熬了几个月，经过太多内心和现实的劫难，她做不到转身离开，她有太多话要说给小段听。

白小七削下最后一片苹果皮，把苹果和水果刀都放在饭盒里，两手交握，红肿的手腕随之露出来。她一下子理解了那天晚上小段为什么不愿让她看到手上的伤，对于一场走心的表白来说，这样的配置的确太煞风景了。

“我知道你可能不想看到我，不过有些话我还是得跟你说。”

“白……”

“请你听我说完。”白小七知道自己是害怕还没等说完就被拒绝了，就像当初的小段一样。

“我，白小七，30岁快过完了，杂志社编辑。你我是因为追尾认识的，认识你的时候，我刚分手不久——你现在也知道了，他叫陈朗，老飙、大切都认识他。那天老飙说了不少，跟你之前对我的了解一比，可能让你搞不清我是个什么样的人了。那我现在就告诉你，我是个什么样的人。

“他隐瞒了已婚的事实，在相亲大会登记资料，而我碰巧看到了他的资料。在跟他相处了几个月之后才知道他已婚。之后，我很愤怒，也很震惊，而且居然很不理智地决定继续留在他身边伺机报复他。但过了一段时间之后，我发现我不仅没能报复到他，反而越陷越深，所以提出了分手。老飙在沙漠见到我的时候，正是我自以为在报复他的那个阶段。

“我说这些，并不是要强调我多么无辜。在知道他已婚之后，还继续跟他在一起，无论如何都是非常错误的。

“之前跟你说有人求我帮忙，那个人其实就是陈朗。我跟他有过感情，即使分手了，也不想看他不好；加上他的妻子也来跟我求助，这件事的起因又多少跟我有点关联，所以我最后还是帮忙了。我跟他之间也在这件事后彻底了断。

“过去的事交代完了，说说咱们俩。我比你大三岁，按说应该比你经历得多，比你的承受能力强，你离开之后，我应该很快走出来。可我必须承认，我做不到，我走不出来，我从不知道放下一个人会这么难。

“我过去曾经不接受你，不是因为陈朗，不是要欲擒故纵，而是因为不相信我还能遇见你这么好的人。我怀疑我自己。可能无论我今天说什么，在你眼里，我都已经不是个好女人了，但我不后悔把自己摊开给你看——我没什么神秘的，只是一个普普通通的女人，受过骗，犯过傻，爱上一个人就放不下。

“我到处找你比赛的视频，找不到，最后托人才找到，看到你出事了，打你手机关机，车行也没人，是喷漆店的老板说你在这儿住院，我又托人在医院打听……我现在理解你之前说的，我出车祸的那天，你有多害怕……我还听说这场比赛有一个选手死了，我还以为……”

“我这不是活着吗？”小段语气温柔，倒比声严色厉更让白小七惊讶，“苹果还不给我吃，等什么呢？合着不是给我削的啊？”

“是是。”白小七赶紧把苹果递给小段。说了半天话，苹果表面已经微微泛黄。

“你说完了？这回该轮到我说了吧。”小段咔咔咬着苹果，吃得很欢畅。这让白小七摸不准他的路数。

“我没你口才好，就几句：其实出了老飙那个事的第二天我就想通了，觉得打电话、发微信都太没诚意，磨叽了一天，到下午实在受不了，干脆开上车去找你，可是刚到杂志社楼下就看见你走出来，上了一辆吉普车。”

小段说的是跟颜嫣谈判那天，吉普来接她下班。命运真是开得一手好玩笑。

“我跟了一会儿，直到吉普车进了你家小区，就没再跟了。我当时悔得不行：完了吧，就不该犹豫，她离开车行的时候就该一把把她拽回来……这下好了，让别人抢走了吧。当天晚上，我就出发去集训比赛了。”

他一双眼睛清亮亮地望着白小七：“你说你，刚才那么多好听话，怎么不早说呢？我都不知道这几个月我是怎么过来的。”

“我知道。因为我也一样。”两行眼泪掉下来，白小七伸手一抹，“那天你见到的就是陈朗，他是接我去帮他谈判的……”

“打住。咱们俩这好不容易见面了，老提过去的事干吗呀？展望美好的未来好不好啊？”小段用能活动的腿、胳膊努力撑起身体。

“怎么了？不舒服了？你等着啊，我去找大夫！”白小七手忙脚乱去扶小段。

“我现在就一条胳膊一条腿能动，咱俩这么激情四溢情到浓时，我都没法抱你一下，抓心挠肝啊，你说你怎么就无动于衷呢？”小段像条虫子似的在床上来回挪蹭。

“嘿，这事啊，你早说啊！”

白小七嗒嗒踢掉两只靴子，蹭到小段身前躺下，双手环住小段的脖子，紧紧地抱着他。

“白姐，大夫说我以后不能骑摩托车了。”小段用下巴蹭蹭白小七的额头，像一只温柔的小兽。

“不骑就不骑吧，这玩意儿太危险，咱不玩了。”

“可我本来想骑车带你去的地方都去不了了。”

“咱可以开车、坐车、坐飞机、腿儿着，哪儿去不了啊？”

“那能一样吗？我还得随时停车给你买花呢！”

“是啊，你还能往洒水车的射程里骑呢。”

“我还能亲你呢……”

白小七脸一红，小段说：“我亲你，你应该感觉荣幸，你知道在这个医院有多少小护士暗恋我啊！”

“我当然知道了，是圆脸婴儿肥那个吧。”

“这你都知道！”

“那是，你就是个孙猴子，也翻不出我的手掌心。”

“以后你也教教我，我不能再让你逃出我的手掌心了。”小段的嘴唇寻找着白小七的嘴唇。

“别啊，我哭起来太难看，怕你下不去嘴。”白小七别过脸。

小段一只手别别扭扭地把白小七的脸摆正：“那是相当难看。不过没事，反正接吻都得闭眼睛，爷想谁就是谁。”

两张嘴唇马上就要碰上，白小七一声惊叫——小段碰到了她受伤的手腕。

“怎么搞的？弄成这样！”小段心疼地把白小七的手腕握在手里。

“你还是关心你车行的门吧，已经被我的手砸烂了。”

“汽贸城的人都让你砸出来了吧？”

“没有，就喷漆店的老板出来了。”

“大哥仁义，要是别人估计早报警了。”

“哎，我说你能不能好好处对象呀？”

“能啊，必须能啊，没有条件创造条件也得能啊。”小段再次把白小七的头摆正，“这回好好的啊！”

白小七忍不住笑：“什么好好的啊，干吗呀？”

“别闹。”小段正经得很，“白姐，我要亲你了。”

图书在版编目（CIP）数据

一场说走心就走心的恋爱 / 十三著. — 北京：中国华侨出版社，2016.1
ISBN 978-7-5113-5964-3

Ⅰ. ①一… Ⅱ. ①十… Ⅲ. ①言情小说－中国－当代
Ⅳ. ①I247.5

中国版本图书馆CIP数据核字（2016）第028525号

一场说走心就走心的恋爱

著　　者：十　三
出 版 人：方　鸣
责任编辑：芃　霓
装帧设计：粉粉猫
经　　销：新华书店
开　　本：700mm×980mm　1/16　印张：17　字数：300千字
印　　刷：北京京都六环印刷厂
版　　次：2016年4月第1版　2016年4月第1次印刷
书　　号：ISBN 978-7-5113-5964-3
定　　价：32.80元

中国华侨出版社 北京市朝阳区静安里26号通成达大厦3层　邮编：100028
法律顾问：陈鹰律师事务所
发 行 部：（010）82068999　传真：（010）82069000
网　　址：www.oveaschin.com
E-mail：oveaschin@sina.com

如发现图书质量问题，可联系调换。质量投诉电话：010-82069336。